扣住幸福时光

谢文龙 著

天天出版社

图书在版编目（CIP）数据

扣住幸福时光 / 谢文龙著. -- 北京：天天出版社，2025.1. -- （新时代优秀散文书系）. -- ISBN 978-7-5016-2485-0

Ⅰ.I267

中国国家版本馆CIP数据核字第20253GK421号

责任编辑：卢婧	责任印制：康远超 张璞

出版发行 天天出版社有限责任公司
地　址 北京市东城区东中街42号　　　　**邮编**：100027
市场部：010-64169002

印　刷 成都市兴雅致印务有限责任公司　**经销** 全国新华书店等
开　本 880×1230　1/32　　　　　　　　**印张**：9.25
版　次 2025年1月北京第1版　**印次**：2025年1月第1次印刷
字　数 243千字

书　号 978-7-5016-2485-0　　　　　　　**定价**：78.00元

版权所有·侵权必究
如有印装质量问题，请与本社市场部联系调换。

人的多种可能性

（代序）

如果我家乡的邻居或者亲戚们看到这本书，他们一定不敢相信，当初那个胆小如鼠的二子怎么会有这个"本事"。从小就在他们仿佛吟诵一般的"二呆瓜，吃饭要人拉；二呆鹅，吃饭要人驮"的曲调中生活与成长，在他们看来，我能成个家，那已经是很了不起的了。

如果我的学生时代的伙伴或者老师们看到这本书，他们一定会很吃惊。那个成绩报告单上总是出现"华而不实"评语的矮个子男生，"不显山、不露水"，偶尔夸夸其谈，又不够自信，也能有这"水平"？

如果我的战友或者军校同学们看到这本书，他们一定会有几分惊讶。偶尔在连队出个黑板报、收发报纸这些大家都是有目共睹的；到了学员队，经常帮教导员写写材料，这些他们都是知晓的；在后勤部当助理员时，写的请示被领导批示，说用词文绉绉的……20多年一过，突然有这本书呈现在他们面前，怎么不叫人惊掉下巴。

如果我的同事或者曾经服务过的居民们看到这本书，他们一定会意想不到。朝夕相处、工作往来，他们只知道我性急话多，虽然能从朋友圈里看到我晒看过的书和发表过的文章，怎么也想不到，日积月累，居然也能结集出版。

别说他们没想到，我自己也没想到！

还是上中学时，我的最高理想就是有个"铁饭碗"，能逃离农村，不当"泥腿子"就行。那时梦想的职业是驾驶员和厨师。当年，驾驶员可不是一般人能当上的。当兵第一年，司训队选人去学驾驶，我没被选上。我母亲做菜很好吃，我以为如果我当上厨师，水平也一定不会差，毕竟从小受到熏陶。曾经一度无比接近厨师这个行当，却阴差阳错，失之交臂，造化弄人。

说起来，我拿起笔写点文字，还是上初二时候的事。那时，班上的郭明恒同学不知道什么时候开始往乡广播站投稿，后来还拿到大红的广播站通讯员聘书。这对于没有见过世面的我们来说，好比彩票中奖一样让人欣喜、激动和向往。受他影响，我也慢慢地学写新闻报道，偶尔也有一些"豆腐块"在广播中播出。受到乡广播站编辑、播音员林波老师的肯定后，一发不可收拾，变得非常痴迷。本书中的《广播流年》就说了这个事。后来，我也尝试着写些文学作品，有一篇小小说被家乡的《高邮日报》刊发过。总体来说，这些都称不上是写作。

所以，我的那些故旧看到这本书时的吃惊表情，就理所当然了。

也许是上了年纪的缘故，或者是想给下班后的生活找些事情做，不因整天碌碌无为而难过和心慌，2019年的时候，我又拾起笔，给《高邮日报》投稿，投的都是些散文类的小文章。真正开始"疯狂"地写稿和投稿，那是2020年3月以后的事。当时，本书中的《站岗》在《现代快报》刊发，后来又被《中国社会报》转载，激发了我的热情，我正式踏上了写作之路。从一名业余作者成长为一名省作协会员。

写作的同时，我也看书。从开始时的一年十几本，到现如今的每年六七十本。越看书、越沉迷、越知道自己的不足，越看书、越有想法、越有表达的欲望，也越丰富着自己的文字。现在无论是外出开会，还是探亲旅游，我随身都会带本书，利用空闲时间翻翻。有一次从宁夏回南京，航班延误了几个小时，尽管已经是深夜，周边的人都鼾声如雷，我还是打开阅读灯，静静地看书。现在，如果哪天没有书看，怎么都不是滋味。

这在以前是想也不敢想的！上小学、中学时，我也喜欢看书，不过看的都是连环画和各种杂志，成本的小说、散文书真没怎么看过。父亲一包书捆扎在一起，悬挂在屋梁上，我直到上军校回家时，才取下来读。到了军校，读了不少课外书，《三个火枪手》《平凡的世界》……甚至是缺"皮"少页的《暴风骤雨》也从图书馆借来读。毕业到了部队，基本上就不碰书了，不仅是忙于适应环境、忙于繁重工作，也忙着成家立业、交际应酬。直到转业在地方工作的前几年，也没怎么看书。有时候想起来，就觉得这段生命成了空白。我写过一篇文章《读书"还债"》(本书未收录)，说的就是这个事。

就在几年前，我慢慢地开始读起了书。我喜欢买书回来读，一是可以来回反复地看；二是可以珍藏。我没有多少钱留给子孙，给他们多留一点书，也是说得过去的。读书的同时，我也尝试着写书评，如果将来还有机会出书，一定把我写的书评收录进去。前两年，我还在社区创办了读书会，每月举办两期读书分享活动，不仅有草根上台，也有名家分享。我本人也是分享活动的"常客"，经常上台给大家谈谈我的读书心得。读书会的成功创办，得益于我的好朋友曹卫国先生、杨晓渝先生和他们的南京五采智电电力科技有限公司，所以我把读书会的名字叫作"五采"缤纷读书会。经常有人问我为什么叫"五采"这个名字，没想到这背后还有这样的缘由。

之所以在这里大谈读书，因为这也是我自己所吃惊的，我也没想到我会变成现在这个样子。我现在"像一个饿汉扑在面包上"一样如饥似渴地读书，"把别人喝咖啡的时间用在读书上"，那是在"还债"，也是完成自我救赎、实现自我蜕变，让我也有了变儒雅的可能。

我们常常会用宿命论的观点来为祸福作注脚，从而放大自己的欢喜或者平息心中的愤懑。当然，我们每个人也确实逃脱不了命运的安排。如果命运把我们困在一个狭小的空间里，那么我们自己就要想办法丰富自己、愉悦自己，就要让自己实现思想的自由和灵魂的安详。只有这样，人才有各种可能，才会有各种变化和表现形式，才不会被命运捆住手脚，才不会拿命运来为自己做挡箭牌。

我终究是个俗人，也出了这本书。我的文笔非常稚嫩，但是字里行间充溢着真实和真诚。也许这本书不会让读者留下深刻的印象，但是起码不会有"上当受骗"的感觉。对于读者来说，这本书也许没有太多价值，但是对于我来说，它就像我的"孩子"一样，饱含着我的心血，抒发着我的情感，寄托着我的希望。当然，我也绝不"护短"，虚心地接受各方面的批评，从而让我以后做得更好，让我有更多的可能！

是为序。

谢文龙

2024 年 10 月于古城金陵

目录
CONTENTS

第一辑 岁月留痕

春之味	002
沐浴春光好读书	004
万千乡愁一片花	006
儿时清明节	008
露营	010
端午节的仪式感	012
儿时暑趣	014
蛙鸣阵阵伴我眠	017
乡村的秋	019
为一只橙子改变	021
过冬	023
蒸糕馒	025
掸尘	027
杀年猪	029

年夜饭	031
三只小螺帽	034
站岗	036
掏鸭蛋	038
旧衣出"新"	040
挑大型	042
广播流年	045
我的"非常"高考	048
脱粒往事	051
抹布哲思	054
藏书乐	056
我要上舞台	058
追梦征途终不悔	060
毛豆烧仔鸡	062
难忘那年上扬州	064
界首茶干	066
读书,就从今天开始	068
干鱼塘	070
慎点发送键	073
车厢里的阅读	075
窗外有棵树	077
油炸花生米	079
蒜香排骨真香	081
带浆米粥	083
做菜	085
暑假放鹅	087
十年书满房	089
256张票根	091

儿时游戏"砸钱锅"	093
说"四句"	095
乱弹"金盆湖"	097
"灯节"送灯	099
我不识花	101
被这句话暖到了	103
人过四十要学艺	105
为自己找个"假想敌"	107
把青秧插满田	109
九块九的发财树	111
挑把	113
瓜果的狂欢	116
夜游长江	118
读书之计在于晨	121
行程反刍	123
在丽江看"千古情"演出	125
我做事不细	128
煤气灶下面	130

第二辑　温暖人间

郭先生	134
重庆有个李爷爷	136
老黄	139
大吴老师	141
老张	143

干爸老杨 …………………………………………… 145
同唱一首歌 ………………………………………… 147
"恼人"的被子 ……………………………………… 149
我的石桥铺 ………………………………………… 151
抢扫把 ……………………………………………… 153
"模糊"的田孟生 …………………………………… 155
战友聚会 …………………………………………… 157
电波诉衷情 ………………………………………… 159
亲人之间的"电波" ………………………………… 161
欠你一声对不起 …………………………………… 163
打风镐 ……………………………………………… 165
抬标石 ……………………………………………… 167
合唱比赛输掉了 …………………………………… 170
导游小阿哥 ………………………………………… 172

第三辑　爱润无声

邻里之间，暖了 …………………………………… 176
节日的来电 ………………………………………… 178
李大妈 ……………………………………………… 180
巧化干戈为玉帛 …………………………………… 182
"李大炮"变了 ……………………………………… 184
一面 ………………………………………………… 186
近"乡"情更怯 ……………………………………… 188
漫漫回家路 ………………………………………… 190
东东退钱记 ………………………………………… 193

家乡的汪豆腐	195
一店穷三庄	197
最贵的烧饼	199
好吃人会查账	201

第四辑 烟火家事

辨声识亲人	204
半烧半烩	206
爷爷苦了一辈子	208
我和母亲的第一张合影	210
给母亲过生日	213
"拔丝红薯"未成功	215
砧板馋	217
母亲的手机话费	219
未晚要睡觉	221
"温"橙汁	223
母亲的力量	225
父亲的肯定	227
岳母又寄香肠来	229
给父母寄一份	231
我家的特别年俗	233
父母的春天	235
鸡汤的衍生品	238
母亲、谚语和我	240
菜吃光	242

父子的焦虑 …………………………………… 244
扣住幸福时光 ………………………………… 246
那进门的一杯茶…… ………………………… 248
剥虾仁 ………………………………………… 250
母亲教我抗风暴 ……………………………… 252
水芹里的家教 ………………………………… 254
赵金兰的"快递清单" ………………………… 256
岳父的泪花 …………………………………… 258
那一碗腌笃鲜 ………………………………… 260
电话里的"偷听" ……………………………… 262
"放假"的欢喜 ………………………………… 264
手写说明书 …………………………………… 266
一个"勤"字代代传 …………………………… 268
让母亲"好意思" ……………………………… 270
嗜茶如父 ……………………………………… 272
吃土豆 ………………………………………… 274
花生里的思念 ………………………………… 276
"总指挥" ……………………………………… 278

第一辑　岁月留痕
DI YI JI
SUI YUE LIU HEN

- ◇ 岁月匆匆
- ◇ 往事悠悠
- ◇ 精彩记录
- ◇ 生命印迹

春之味

当枯黄的野草开始返青,当柳芽探出枝头,当阳光变得和煦起来,春天的味道扑面而来。春风带着泥土的芬芳,携着春日的暖阳,将我们全身抚摸。伸伸胳膊、踢踢腿、晃晃脖子……把拘谨的身体在春风中恣意地伸展。

野菜的味道从泥土里钻了出来。在那麦田里,在那田埂上,在那花丛中,荠菜的味道若隐若现、若有若无,清新、淡雅、朴素,让人不由自主地走向它。小时候,每到这时,母亲就会拿着刀,挎着竹篮,带上我到麦田里去挖荠菜。田野一片绿,我总是把荠菜跟野草搞混淆,母亲却总是准确无误地挖个不停。约莫个把小时,竹篮就装满了。回到家中,母亲用荠菜包饺子给我们吃。饺子夹杂着淳朴的乡野味道,鲜得叫人梦中还在回味。

别以为春风只给我们送来荠菜这一味野蔬,马兰头、苜蓿头、小蒜头、菊花脑……哪一样都让人垂涎欲滴。"山珍梗肥身无花,叶娇枝嫩多杈芽。长春不老汉王愿,食之竟月香齿颊。"(清代康有为《咏春椿》)说的就是香椿头。它闻上去有一种特殊的芳香,当它与鸡蛋一起下锅煸炒,整桌菜都因它而黯然失色。每到春天,我必吃香椿头,如果没有吃到,就觉得没有经历过春天一般。勤俭持家的母亲到处去挖野蒜,洗干净后腌起来,炒菜时放一点调味,任何调味品都比不上它的美味。用它来拌饭,我往往要多吃一两碗。大自然的馈赠,加上母亲的勤劳,让我们家的生活过得有滋有味。

当春雨淅淅沥沥飘洒下来的时候,春笋也不甘寂寞地钻出了地面。嫩嫩的笋儿馨香、柔滑，用它做上一碗腌笃鲜，春天又多了一剂鲜美的味道。"蒌蒿满地芦芽短，正是河豚欲上时。""西塞山前白鹭飞，桃花流水鳜鱼肥。"肥美的鳜鱼或蒸或煮，都鲜得让人舍不得放下筷子。河虾、螺蛳、河蚌、鲈鱼、江鲫鱼……吃上一口，都要忍不住地赞美春天。

明媚的春光里，怎么能少得了玉液琼浆！美酒让春天的味道多了一份醇厚、多了一道浓香。芸娘为了沈复和他的朋友们春游赏花更加尽兴，特地雇了一个馄饨摊子。用炉子温酒煎茶，真是别有一番趣味。每年春节时，乡亲们也相互办酒，邀请挚友亲人一起把酒话桑麻。母亲说，这叫春意酒，吃了春意酒，寓意着一年风调雨顺、五谷丰登。

明前茶的味道也搭上了春天的列车。袅袅的茶香在春风中氤氲，让春天的气味更有了几许禅意。

春天的味道还挥洒在乡亲们的汗水里。他们老早就卷起裤管，扛起农具，走在了春风中，奔向了希望的田野。

桃花红、杏花白、菜花黄……大地一片五彩缤纷，春天的味道浓得再也化不开了。

——原载 2022 年 4 月 4 日《现代快报》

沐浴春光好读书

淅淅沥沥的春雨下了好几天,刚刚吐芽的花草们吃饱了、喝足了,呈现出一片绿油油的样子。春雨停歇,太阳出来了,花草们更加娇艳,更加妩媚,充满了新生的力量。在春光的照拂下,个个跃跃欲试,争着向阳光展示自己的风采。和煦的风、迷眼的花草、温暖的阳光,一切都是楚楚动人的样子,一切都是赏心悦目的样子,一切都是欣欣向荣的样子。

坐在卧室飘窗前,让透进来的春光将我包围,感受着室外生机勃勃的景象,心也跟着激扬起来。捧着一本书,在阳光下静静地读着……阳光照在身上暖暖的,我边翻书边喝茶边享受春光,惬意极了。

经过一冬的蛰伏,读书的念头也越发强烈起来。是啊,冬天冷得缩手缩脚的,书看上几页就快要撑不住,读书的进度明显慢了许多。春天来了,春风暖暖的、柔柔的、软软的,沐浴在明亮的春光里,读书的念头就像扎根在土里的草木一样不断地挣扎着往上生长,仿佛能听到"嗤嗤嗤"的拔节声。

读一些励志的书吧,春天正是起步奋进的时候。一年之计在于春。不能沉浸在亮丽的春光里,更要奋斗在温暖的春风中。在春天里播下希望,在春天里激发斗志,在春天里扬帆远航。读一些情感的书吧,春天正是增进感情的时候。它让人们不要像冬天一样无情,它让人们要像春风一样柔和。一起郊外踏青、一起对坐品茗、一起读书交心,我们的情感在春风的暖熏下会变得更加融洽,我们的情感在春光的映照下会变得更加温馨。读一些专业的书吧,春天正是增长才干的时候。读书不觉已春深,一寸光阴一寸金。春光虽好,但春光易逝。春景虽美,但春景易消。不抓住这美好的时光多学本领,不仅蹉跎了岁月,更荒废了人生……

沐浴在和畅的春光里,书本上的每个字都生动了起来,就像草地上冒出来的五颜六色的花儿一般美丽动人,就像夜空中的星星一样熠熠生辉。伴着迷人的春景,享着沁人心脾的春光,读着优美的文字,味也甜了、情也浓了、心也醉了。多读书吧,读冬天里慢下来的书,读春光下暖心的书,读生命中催人奋进的书。让书香伴着春光,让生命更加充满力量。

——原载 2021 年 3 月 22 日《扬州晚报》

万千乡愁一片花

星罗棋布的村庄、袅袅飞升的炊烟，还有那奔流不息的河流、碧绿茂盛的田野……那就是我朝思暮想的老家。我的老家在高邮，那里河网密布，阡陌纵横。每年春天来临，各种花儿争相绽放，让我印象最深刻的还是故乡那无处不在的油菜花。

家乡的油菜花，只要空一点的地方都被它占满，田埂上、沟渠旁、马路边……这儿一簇、那儿一片，把大地装扮得黄灿灿的。绿油油的麦苗、粉红的桃花、金黄的油菜花……各种花儿争奇斗艳，给经历了整个萧瑟冬天的故乡带来了新生的力量。

忽然一夜之间，油菜花就亭亭玉立起来，挤挤挨挨、随风摇曳、花香四溢，引得蜜蜂围着它上下翻飞！上学的小伙伴们经常在油菜花丛中逗留，为的是逮上几只蜜蜂，吃它刚刚采的花蜜，甜甜的、香香的，带着泥土的芬芳，仿佛还有几分露水的味道。千万不要责怪这些孩子，他们毕竟是好奇的，也是嘴馋的。一年中难得的一次机会，让他们清苦的岁月、寡淡的饮食有了丝丝甜味。你还没看见他们"狼狈"的模样呢，鞋子湿了，头上、手上、衣服上、书包上到处落满了油菜花的粉，黄黄的，怎么掸也掸不掉，回家少不了要挨父母的一顿训斥。即使会被父母批评，孩子们有时候还要掐下三两枝，或插在书包外面，或放入家中的瓶子里，让那单调穷苦的日子充满了希望。

阳光明媚的天气里，一些爱美的村姑还会跑到油菜田里照相。顽皮的孩子们也跑上前去凑热闹，想看看照相机是不是把人拍得更美了。红色的长大衣、黄色的油菜花、俊俏的脸蛋，一幅多么生动的画卷啊！

　　油菜花开了，天气就暖和了起来。风柔柔的，太阳暖暖的，空气中弥漫着万物生长的味道，让人禁不住放肆地、贪婪地呼吸着。大人孩子纷纷脱下臃肿的棉衣，仿佛卸下了一副挑了很久的重担，整个人顿时轻盈起来。走路变快了，说话的声音也更响亮了，好像跟着拔穗的麦苗一起生长了。炽热的天气里，人的脸都热红了，在黄黄的油菜花映衬下仿佛刚从高原上走下来的。

　　成天从事劳作的父母们是不会花时间去欣赏油菜花的。这个时节，各种农活在等着他们、催着他们，理墒、除草、治虫、下秧，一样不能耽误！只有孩童时期的我们，成天无忧无虑地品味着花香、感受着春天的温暖。

　　年岁渐长，外出求学、谋生，离家乡的油菜花也越来越远，只有在梦里、图画里神游在那金黄色的海洋里。

　　每每想起故乡，眼前就会呈现出一片油菜花海，还有萦绕在鼻尖上的迷人芬芳和心里头的绵绵乡愁。

　　　　　　　　　　——原载 2023 年 4 月 12 日《贵州政协报》

儿时清明节

"燕子来时新社,梨花落后清明。"说到清明,最著名的莫过于"清明时节雨纷纷,路上行人欲断魂"这句诗了。但对于当年还是孩童的我来说,清明节倒没有这句诗描写的那样伤悲,在我的记忆里,儿时的清明节甚至是充满快乐的。

清明上坟祭扫那天,母亲早早地就把我们兄弟俩叫起来,父亲扛着铁锹、拎着装满纸钱的袋子已经在等我们了。

太阳刚刚爬上地平线,蜿蜒的土路被露水浸润得有些泥泞,深一脚浅一脚的脚印就像一个个蜂巢。"雷惊天地龙蛇蛰,雨足郊原草木柔。"路边的野草不甘寂寞地展示着它的鲜嫩和柔软。路两边的蚕豆花开了,白里带着一点黑,像蝴蝶一样振翅欲飞。几个刚刚长出来的、嫩嫩的、绿绿的豆荚清香扑鼻,忍不住摘了几颗尝了尝,那股青涩的芳香溢满了整个口腔。高高耸立的油菜花一片金黄,让绿油油的大地充满了生命的力量,嗡嗡叫的蜜蜂在油菜花丛中上下翻飞。房屋旁的杏花、村庄里的映山红、河岸边的桃花,白的白、红的红、粉的粉……目之所及,五彩缤纷,绚丽多姿。"况是清明好天气,不妨游衍莫忘归。"放下书本,走进自然,沉浸其中,这怎能不让还是学童的我觉得快乐呢?

我们一边哼着歌,一边跟着父亲朝前走去。有时候我会摘几片叶子卷成小喇叭放在嘴边吹,"呜哩哇啦"的噪声打破了乡村的宁静。有时候我还会停下来摘上一朵花或折一枝柳条放在手里玩,走不多远就将它们抛在了路边。不管怎么调皮,父亲是不会训斥我们的,面对一向脾气暴躁的父亲,他那一刻的静默让我们的心情好极了。

到了墓地，周边已经三三两两地来了几家人。父亲用铁锹给坍塌的祖坟培土，我和哥哥折了两根柳枝条插在坟头上。那一刻，没有一个人讲话，安静极了。点燃纸钱，一阵阵青烟飘飘袅袅，灰黑色的纸屑在坟墓上空飞舞，我呆呆地想：这是不是逝去的祖辈们在与我们打招呼呢？在给祖坟磕头的时候，父亲庄重又虔诚。在他的教导下，我和哥哥也严肃起来。

回家的路上，我和哥哥又玩了起来。我们用柳条编成圈戴在头上；我们掐几枝油菜花放在口袋里，准备回家后挂在书包上；我们还会捡上一些土块，甩向河里，打起水漂来。到了家里，母亲早已做好了青菜疙瘩汤，我们吃饱喝足，高高兴兴地去上学了。

中午放学回来，母亲已经把供品提前摆在了桌子上。堆成宝塔形的米饭上插了十双筷子，鱼、肉、豆腐、山芋粉等装在碗里，分列四周。敬了祖宗，母亲就会把这些供品拿到厨房重新烹制。不一会儿，满满一桌丰盛的菜肴就端上来了。我和哥哥大快朵颐，很是杀了一回馋。这在平时，除了有亲戚来，哪会吃到这么好、这么贵的饭菜呢。

之所以觉得儿时的清明节充满快乐，只是我当时还没有体会过亲人离去的伤痛，少年不识伤痛的滋味罢了。其实，我们每个人都应该快快乐乐地活着，这既是活着本身的意义，也是逝去亲人们的遗愿！

——原载 2022 年 4 月 1 日《扬州晚报》

露营

那一年,在讨论五一去哪里玩的时候,儿子说,我们去露营吧。正好有一家机构组织去瓜洲露营,于是全家人驾车欣然前往。

露营地在润扬大桥下面的一处空地,面积大,草皮新,空旷无人,适合团队活动。南面是长江,滚滚的长江水不停地翻腾,各种轮船来回穿梭,大桥上南来北往的车辆更是奔流不息,一幅生机勃勃的景象。

下午三点多钟,四面八方的人到齐了。主办方将各个家庭进行编组,然后以团队为单位开展了各种有趣的活动和游戏。孩子们高兴极了,就像出门放风的小狗儿一样,蹦蹦跳跳,不停地撒着欢儿。家长们仿佛也找回了童年,轻松的笑容一直挂在脸上。空气清新,阳光正好,生命激扬,怎能不让人投入呢?怎能不让人沉醉呢?

吃过晚饭,一家家就把带来的帐篷支起来了。有卡通图案的、有纯色的、有迷彩的,还有独特造型的……多姿多彩,好看极了,就像来到了百花园,看得人眼花缭乱;又像来到了帐篷展销大会现场,让人目不暇接。几十座帐篷整齐排列,横平竖直,真有几分军营的味道。

有些孩子看着自家的帐篷搭起来以后,兴奋地钻进钻出,大人的呵斥顾不上了,随脚带进去的小草也顾不上了,只顾自己尽兴地玩耍。有些孩子邀请刚刚相识的小伙伴到他家帐篷去做客,还拿出心爱的玩具和零食来招待朋友。有些孩子前呼后拥在各个帐篷前巡视，看到他中意的帐篷，还要评头论足一番。

月亮升起来了，星星在月亮的映照下若有若无。只有两个水龙头的水池边挤满了人，用脸盆接满水就得到边上去，总是占着水龙头刷牙洗脸是遭人议论和嫌弃的，谁也不想在公众面前展示自己不文明的一面，于是大家约定俗成地端着水走到旁边的空地上洗了起来。这场面，只有我在部队野外训练时经历过。

草草地洗漱完，我也钻进了帐篷。枕头、睡袋、衣服已经占据了不少空间，狭小的空间根本不能舒适地躺下三个人，玩了大半天的孩子睡梦中偶尔会翻一下身子，那种局促可想而知。周围帐篷里不时地传来说话的声音、打呼噜的声音、吃东西的声音，在夜色里格外清晰。鸟叫、蛙鸣、水响、沉思……夜，静极了！

第二天一早，我在一阵乱哄哄的嘈杂声中醒来。起来一看，帐篷上全是露水，草地上也布满了露珠，甚至无法下脚。阳光还未完全照耀大地的时候，各家都在抹着篷布上的水。动作快的，在大家还忙得热火朝天的时候，已经将帐篷收到了袋子里。不一会儿，两列长长的蛇形队伍又开始在水龙头前排队了。

并不能酣畅的睡眠体现在每个大人的脸上，人们一边打着呵欠，一边聊着天。倒是那些小朋友经过一夜的休整，开始追逐打闹，又生龙活虎起来。

开车回到家，第一件事就是先好好地刷个牙、洗个澡，露营的生活实在不能忍受。往床上一躺，整个人都像散了架。那时候就想，还是待在家里舒服。

不过，五一将至，想要露营的心情再次萌生，这个五一长假，如果能再无忧无虑地露营一次，再辛苦也愿意。

——原载 2020 年 5 月 19 日《高邮日报》

端午节的仪式感

端午前后,是农村一年中最繁忙的时候,不是要抢收麦子,就是犁好地的要放水下秧,时间一点耽误不得。正因为处于抢收抢种的季节,所以过节自然就排在了次要位置。

尽管如此忙碌,端午节在我们家还是有一些仪式感的。每年端午节前一天晚上,忙完一天农活的父亲,就坐在堂屋里包起粽子来。粽叶是早晨从河边的箬竹丛里打回来的,糯米是下午才泡上水的,扎粽叶的白粗线是母亲钉布鞋鞋底时剩下的。

端午节那天,母亲很早就把粽子煮在了锅里。我睡醒后,揭开锅盖就能看到满满一锅粽子,偶尔还会看到一两个咸鸭蛋。端午当天的早饭就是粽子,父母早已到农田里干活去了,只有我和哥哥在家欢快地吃着。

中午放学到家,发现母亲头上戴上了栀子花和端午花。端午花的外形像蝴蝶,用丝绒线制作而成,戴着花的母亲看上去很漂亮。吃饭前,母亲会在我们的手臂、额头和脚踝上涂上雄黄酒,给我们脖子、手腕和脚上系百索子。百索子是老家的一种叫法,家乡作家汪曾祺在《端午的鸭蛋》一文中写道:"系百索子。五色的丝线拧成小绳,系在手腕上。丝线是掉色的,洗脸时沾了水,手腕上就印得红一道绿一道的。"确实是这样,过不了两天,我们的脖子上、手上、脚上就会出现红绿相间的印子。母亲总会比平时多炒一两个菜,吃中饭时,我们逮住难得的机会,拼命地吃一些平时不多见的荤菜。吃完饭,端午节就算过完了。虽然没有复杂的程序和仪式,但我仍能强烈地感受到过节的气氛,感受来自父母的疼爱。

入伍后，端午节似乎从我的记忆中褪去了。那一天，食堂师傅顶多会煮一些粽子，大家也从不把端午当作一个重要的节日来过。后来到社区工作，才真正感受到了端午节的热闹气氛。每年节前，我们早早地就跟驻地部队联系，召集一帮会包粽子的大妈，提前一天到部队去，教战士们包粽子。部队也相当重视，拉横幅、挂彩旗，大家聚在大厅里热热闹闹包粽子，一派鱼水情深的生动景象。在部队包完粽子，回到社区再组织居民包粽子，大家齐动手，然后把粽子送到养老院和居民家中，过一个其乐融融的端午节。

南方人在端午节这天讲究吃"五红"。《端午的鸭蛋》文章中甚至说到了端午那天要吃"十二红"。我们小家也不例外，端午前就准备好了粽子、咸鸭蛋。当天，还会买上龙虾、苋菜、烤鸭、西红柿等食物。

在我们这一代，端午节的过法已经慢慢发生变化。所谓传统，就是在传承中不断地更新、演变……

——原载 2021 年 6 月 3 日《现代快报》

儿时暑趣

蝉鸣疾，夏已深。赤日炎炎似火烧的时节，人们更愿意待在空调房里消夏避暑。想起我少年时期的炎炎夏日，却充满了很多乐趣。

那时候，父母每天都早早地下地干活。我和哥哥吃完早饭，拿着镰刀、挎个竹篮就到菜地里割韭菜、掐豇豆、摘茄子……当我们在家门口的小桌上择菜时，左邻右舍的小伙伴们也在忙着准备午饭了。吃饭时，家家都会把饭桌安在树荫下，我们端着饭碗这家走到那家，邻居们十分热情地招呼我们吃菜，一圈转下来，各家的菜肴都尝了一遍，肚子吃撑了。

吃完午饭，大人们通常要睡午觉。趁着无人管束，我们一群男孩就会偷偷地来到河边。会游的，河两岸不停地游来游去；不会游的，手抱着个脚盆或者轮胎，扑腾个不停。慢慢地，我也学会了"狗刨式"游泳，顺着水流，居然也能在五六米宽的河里游上两三个来回。只要不下雨，几乎每天下午我们都要到河里游泳。有时候打水仗，有时候扎猛子，有时候摸河蚌……一边玩水，一边逗乐，一阵阵银铃般的笑声响彻村庄的上空。

一般要在水里玩上两三个小时，嘴唇乌了、手皮皱了，大家才恋恋不舍地上岸来，边在太阳底下晒，边商量接下来该干什么。头发晒干了，意见也达成一致了。

有时候，我们去菜地里"偷"瓜果。大家三个一群、五个一伙，也不分是哪家的菜地，看到菜瓜、香瓜、黄瓜、西红柿、葡萄……就会边摘边吃起来。大家约定俗成的就是只吃不带，即使有主家知道了，也不会生气，这些数量有限的瓜果又能值多少钱呢，说不定，自家孩子就在其中。那时候父母是没有闲钱给孩子买水果吃的，盛夏菜地里不要钱的瓜果倒是解了我们的馋。

有时候，我们会去果林场"偷"水果，桃子、梨子、苹果、西瓜这些自家菜地没有的"高档"水果是我们觊觎的对象。趁着看守人睡午觉的间隙，几个胆大的孩子就会偷偷地在外围摘几个回来。毕竟胆小怕事，成功率不高。偶尔也会有孩子被当场抓住，放下摘到的水果，说几句好话，也就放回家了。

有时候，我们会去钓黄鳝钓龙虾。缝被子的钢针在煤油灯的火头上熏红折弯，就做成了钓钩。穿上蚯蚓，在稻田的田埂上找到黄鳝栖身的洞，就静静地等着上钩了。这是个技术活，极需要耐心，往往要几十分钟才能钓上一条。有一次我跟在一个小伙伴边上看，忍不住说了几句话，就被他轰走了，他嫌我讲话声大影响了黄鳝上钩。相对于钓黄鳝来说，龙虾就好钓多了。用一根细线拴上蚯蚓、猪肝等腥臭物，一分钟能钓好几只龙虾上来。不到一小时，就能钓上满满一盆，晚餐桌上就能多一道菜。

....

度过了快乐的下午时光，母亲在灶屋里做饭，我们则忙着把大门门板卸下来，铺在长条凳上。在上面吃完晚饭，一家人就会躺在上面纳凉。母亲边为我们摇着蒲扇扇风驱蚊，边跟我们说说家常话。小伙伴们更愿意到打谷场那边的桥上去纳凉，那里空旷通风，人多蚊子少，相当热闹。草席往地上一铺，人往上一躺，吹着阵阵凉风，比家门口舒服多了。上了岁数的人还会给我们讲打仗的故事、讲村庄的历史、讲励志的故事。有时候高兴起来，大家还互相拉歌。你方唱罢我登场，俨然一个文化活动中心。大人们边说话边纳凉，我们可闲不住，有时候去捉萤火虫，有时候去玩捉迷藏，有时候去玩老鹰抓小鸡……玩得满头大汗、粗气直喘，也毫不在乎。大人们不停地在边上喊："歇歇，都歇歇，这澡都白洗了！"偶尔有露天电影的时候，我们更是早早地催父母吃晚饭。扛着板凳，一溜烟地就跑过去了。电影还没开始，我们就放好了板凳，在整个场上跑来跑去，一会儿这个喊，一会儿那个叫，一会儿跑到放映机前看来看去，一会儿跑到银幕后面东张西望……放映机打开了，亮光出来了，一只只小手伸到了镜头前，银幕上出现了各种奇形怪状的影像，笑声也一浪高过一浪。

月明星稀，跑了一天、疯了一天的我们在母亲的臂弯里睡着了，小脸蛋上依然挂着笑容。

——原载 2021 年 7 月 23 日《高邮日报》

蛙鸣阵阵伴我眠

昨天接孩子放学回家,途中他跟我商量晚上能否跟我们换房间睡。问其缘故,孩子说,外面的青蛙叫的声音很大,吵得他无法入睡。

孩子的卧室在北面,窗外是小区景观路,路两边有喷泉和花池。青蛙的声音应该是从花池里传来的吧。当晚,我便睡到了孩子房间。还没到十点,青蛙的叫声便此起彼伏,真有点"盆倾瓴建夜翻渠,绕屋蛙声一倍粗"的感觉。

刚听到蛙鸣,竟然有些兴奋。是啊,车水马龙的城市即使深夜也是灯火通明、喧嚣不止,马路上的车轮声、烧烤摊边的喧闹声、打桩机的撞击声……这些都没有因为夜幕的降临而寂然无声。

能听到儿时常听的蛙鸣不是很有意境吗?幽静的环境让心开始放空,劳碌一天的疲倦身体仿佛在释放、在清空、在重启,恍惚间就有了"身在乱蛙声里睡,心从化蝶梦中归"之感。那一刻,真的舒心极了。

既然在城市里难得听到蛙鸣,索性就认真地听听吧。没想到,听了一会儿还真的听出点不同来。农村老家青蛙的叫声是"呱、呱、呱"连贯着的,是舌头在口腔里的抖动与震颤。蛙鸣高亢嘹亮,就像农村汉子的大嗓门,而且连成一片,高低不同、错落有致、绝不停顿,仿佛是空旷乡野里的青蛙奏鸣曲。

当晚我听到的蛙鸣却不是这样的,有点知了叫的余音遗韵,声音清脆婉约,好似一个清秀女子正在对别人诉说。叫一阵,停一会儿。蓄满力量，又继续叫。发出蛙鸣的个体并不多，大概三四只，就像在演奏着四重奏。小区南面300米外是主干道，北面是山，蛙鸣是不是山蛙发出来的？是城市的噪声让它们不敢放声高歌，还是蛙的品种不一样？要不然，我听到的蛙鸣声怎么就跟儿时不一样呢。

"晚来弛担临风坐，聒耳蛙声更可人。"听着阵阵蛙鸣，禁不住回想起了儿时农村生活的情景。每到清明过后，家前屋后的池塘里就能看到一团团黑乎乎的小蝌蚪。

过不了多久，小蝌蚪不见了，青蛙的叫声就出现了。成片成片的秧田成了青蛙们的大舞台，禾苗成长引来的害虫让青蛙们吃得饱饱的，看着就像肚皮快要撑破一样。

这时候，青蛙的鸣叫声就到了一年里的最高点，仿佛交响乐奏到了高潮部分。当它们不再为食物发愁的时候，又怎能不放声高歌呢。

"稻花香里说丰年，听取蛙声一片。"听着青蛙们越来越激昂的鸣叫声，农人们个个笑得合不拢嘴。青蛙吃得越饱，农田的收成才会越好啊。

想着乡村里那一片片绿油油的秧田，听着一阵接着一阵的蛙鸣，不知不觉中就睡着了。

睡梦中，仿佛又回到了我的家乡、回到了我的童年……

——原载2021年6月11日《金陵晚报》

乡村的秋

"未觉池塘春草梦，阶前梧叶已秋声。"不知不觉中，秋天如约而至，乡村变得更加生动起来。

乡村的秋是多彩的。秋风似一双灵巧的手，用它特有的调色板，把人间装扮得五彩缤纷、绚丽多姿。芦荻白、菊花黄、枫叶红……大地像一片全彩的世界，让人看不过来，叫人看不够。每到这个季节，母亲就会在菜地里撒下白菜、萝卜、茼蒿的种子，不久就会冒出一片绿来，日渐枯黄的大地瞬时又充满了生机。那一丛丛绿仿佛为了让秋天的色彩更加齐全似的，拼命地往上生长。在树叶纷纷飘落时，这些绿就特别显眼，就分外珍贵。夕阳西下时分，母亲挑着水桶，带上我们给刚种下的蔬菜浇水。一舀水泼洒出去，水珠五彩斑斓地飞向空中，又轻盈地飘向菜畦。夕阳将母亲的影子拉得很长，让身材矮小的母亲顿时高大了许多。南飞的大雁在头顶上欢快地歌唱，仿佛在为母亲的劳作而伴奏。"一年好景君须记，最是橙黄橘绿时。"记住了秋天的景致，就会觉得生命也会如此的多姿多彩！

乡村的秋是香甜的。秋风徐来，熟透了的稻禾散发着阵阵迷人的芳香，让人陶醉，令人沉迷。清晨的露珠把稻穗变得像一串串珍珠，颗粒饱满、晶莹剔透，让人心甜。桂花开了，清香四溢，浓烈而不事张扬，馥郁中透着几分淡雅，沁人心脾，真的是"染教世界都香"。这时候，勤劳的母亲就会把慢慢坠落的桂花收集起来，给我们做桂花糕，咬上一口，又香又甜，满嘴甜蜜的味道、满嘴幸福的味道。大自然的馈赠，在母亲的巧手下让每个日子都变得更加珍贵，也让平淡的岁月更加有滋有味。当你再往村外、山野里走去时，菊花的香、野枣的甜、雪梨的脆……一阵阵、一团团地往你鼻中扑来、往你口中奔涌而去，叫你沉醉，叫你迷恋，叫你回味，难怪刘禹锡要说"自古逢秋悲寂寥，我言秋日胜春朝"呢。

乡村的秋是清澈的，秋高气爽、云淡风轻。乡村像被揭去了一层面纱，一切都格外清晰起来。村庄、田野、炊烟、河流、山峦……乡村的一切都似高清画面在你面前呈现，不再虚无缥缈、不再若隐若现，让你觉得近在眼前，触手可及。"落霞与孤鹜齐飞，秋水共长天一色。"孤鹜搅动了夕阳，秋水映满了蓝天，天与水重叠了，人与景交融了。牛儿啃过的草地留下了深刻的脚印，犁铧翻过的土地好似片片浪花，小河里鱼儿跳跃后的波纹仍在荡漾，每个人影在秋色里不再慵懒，乡村的一切都那么灵动和鲜活。

……………

乡村的秋，大豆熟了、玉米熟了、高粱熟了、稻谷熟了……人们收获着喜悦、收获着快乐、收获着全家人的梦想，又在最美的秋色里撒下种子，播下希望。

乡村的秋是绵长的，是迷人的……

——原载 2022 年 9 月 20 日《甘肃农民报》

为一只橙子改变

我是个简单的人，不喜欢繁文缛节，吃水果也是这样。平时，我不怎么爱吃水果，即使吃也是拣那些易去壳剥皮的，比如香蕉、橘子、圣女果等。对于像苹果、梨子这些需要削皮的水果来说，很少碰，更不用说费上半天工夫去剥个橙子来吃吃。

然而，去年底我却爱上了吃橙子，每天都要吃上一两个。晚上孩子写作业时，偶尔我还会剥几个橙子榨汁给他喝，倒变成了自觉行动。

为什么突然就喜欢上了橙子呢？因为去年底大学同学发了一条朋友圈，说他家乡的脐橙熟了，他同学家大批橙子卖不出去，乡亲们很着急，他热心地发到了朋友圈里帮同学推销。看到这条消息，开始我也不怎么感兴趣，因为平时就不爱吃。后来想想，大家都不容易，买些橙子，帮人家一个忙，自己也不吃亏，于是就下单买了两箱。

没过几天，橙子到了。刚一开箱，香味扑面而来。圆滚滚的橙子个个皮黄叶绿。用手一摸，表皮无蜡，这才是食物本来应有的样子！生活中，人们往往要给予人或事物过多的堆砌、过多的外饰，反而失去了纯真的一面，真的是画蛇添足！对于生意人来说，其实也不想这样，可是谁让顾客们那么在乎外表和卖相呢。

迫不及待地剥开橙子尝了尝，肉嫩味甜、多汁少渣。本真的味道就是不一样，这是任何广告宣传的橙汁所比不了的。孩子放学回来，剥个给他尝尝，孩子也说这橙子品质好。现在的孩子生活优越，品质差的食物他们一下子就能品鉴出来，既然他说好吃,那一定是好吃的。

　　没过多久,两箱橙子吃完了。在这过程中,我发现了一个变化。往年这个时候,不知何故,我身上偶尔长些小红点,有些痒,用药膏涂抹,几天就好,因此药膏成了每年必备。自从坚持吃橙子以后,再也没有出现这种情况,困扰我很久的癣疥之疾消失不见了。看来,往年之所以出现这种情况,不仅仅是气候干燥这个原因,我所摄入的维C不足也是关键因素。今年吃多了橙子,补充了维C,不就没出现这样的情况吗?

　　剥橙子确实要费一番工夫,给我带来的改变是十分明显的,我也从中体会到了适当改变的必要性。人不能固执不变,有时候稍许的改变往往就能带来意想不到的效果,没想到一只小小的橙子让我有了这么深刻的认识。

——原载 2023 年 1 月 5 日《楚天都市报》

过冬

不知不觉冬至又要到了。异乡生活二十多年,家乡冬至的情景仍历历在目。

冬至在老家被人们叫作过冬,是小孩子最爱的节气之一。因为过冬那天家家户户都会包顿饺子,可以改善伙食。每年冬至的前一天晚上,妈妈都做饺皮、拌饺馅,让我和哥哥打下手,帮她包饺子。我们一边包一边筹划,明天我该吃哪个。第二天一早,不用妈妈叫,我们都会比往常早起床。揭开锅盖,看着一锅圆鼓鼓的饺子,脸都顾不上洗,拿起碗就开始盛。妈妈知道我们嘴馋,每年过冬包饺子,基本上都是放全肉馅的,擀的皮也比较大,包出来的饺子比现在卖的饺子大上两三倍。

晚上放学的时候,太阳只留下了一抹淡红。我们一路走着都能看到房屋边、河畔上到处在烧着纸钱,到家的时候,父亲已经将划好的纸钱准备好,等我们跟他一起烧纸,寄托对逝去亲人的哀思。老家有句俗话:早晓清明晚晓冬,七月半的亡人等不到中。意思是说清明都是一早就给亡人烧纸,冬至都是傍晚时分,七月半是在快中午的时候烧纸钱。所以,每到过冬的时候,尽管太阳已经不见了踪影,但村庄里处处都是烧纸钱的火光,星星点点,映红了大人小孩的脸。在寒意习习的冬日,火光温暖了人们的心。

更让我们孩童在意过冬的原因是,这个节气一过,春节就快到了。过了冬至,家里就要忙着准备过年的吃食,童心也随着春节的临近,不停地期待着、盼望着、激动着。

过冬前一天，我们还巴不得明天下雨下雪，倒不是因为我们喜欢这样的天气，而是老家有句并没有多少科学根据的说法：晴冬烂年。这话意味着如果过冬这一天是晴天，那么春节就是雨雪天，倒过来也是成立的。过去农村道路基本上是土路，每到冬天有雨雪时，路面白天烂、晚上冻，经过很多天踩踏，才有一道适合行走的路。如果在春节把新衣服弄得一身泥，还影响走亲戚拿红包。

现在生活条件好了，孩子们对过冬也不再那么翘首企盼了。但是对我们来说，家乡的冬至永远难以忘记。

——原载 2020 年 12 月 11 日《现代快报》

蒸糕馒

要过年了,家家户户都开始忙着蒸糕馒了。乡亲们说这是讨个顺遂,希望来年的日子像馒头一样鼓胀,生活水平节节高(糕)。况且开了春,农活多了,来不及做饭,粥里面烫个糕,或是饭锅上蒸个馒头,不费工夫,不会耽误农时。

吾乡少面食,人皆不擅长做面点,蒸糕馒都是请师傅来做。家家都要做,师傅一家一家跑显然忙不过来。于是人家集中到一个厨房宽敞的人家去蒸,各家把干面带过来,再带些柴火来,然后一家一家排队。灶是热的,锅是烫的,水是开的,省去了冷锅冷灶的麻烦。主家也不介意,都是邻居,又不用他家的柴火,还可以顺便用点开水,这能讲什么呢?一旦开始蒸馒头,二十四小时不休息,就这样,一个村庄通常也要蒸上两三天才能全部蒸完。

我们庄子上给大家蒸馒头的师傅姓汤,是一个苦命的人。小时候家里弟兄多,娶不起亲,入赘到我们这里,生了三个儿子一个女儿。一年到头就在土里劳作,日子过得紧巴巴的。到了年底,没事做了,也不能闲着,学会了蒸糕馒的手艺,多少还能挣两个钱。开始生意也不行,毕竟没有真正学过,蒸的馒头不是面没发好,就是碱放多了。大家看他可怜,也不忍心叫外面的师傅来,还是请他蒸。后来蒸的时间长了,成了大师傅,汤师傅就忙不过来了,就把老伴和儿子都带上打下手。

蒸糕馒是同时进行的。一个锅上蒸馒头,一个锅上蒸米糕,炉膛的边上还有用棉被蒙着的笆斗,里面的面正在发酵呢。等面发酵好了,汤师傅就捏馒头。一笼馒头捏好,放到蒸笼的最上面蒸，这时候蒸笼最下面的馒头也好了，就顺便拿出来。一边拿，一边在馒头的最上方盖印章。印章都是红色的字，都是"年年有余""五谷丰登"之类的吉祥话。馒头上笼蒸以后，汤师傅就开始蒸米糕。蒸米糕的模具是个大的菱形木框，框子里面有多个小的菱形格子。米粉倒进去以后，要将木框子在凳子上敲几下，让米粉填满填实。不然米糕不是里面空了，就是缺个角什么的，要不就是没有成形。敲完以后，用一根木头直尺在最上面刮一下，将表面刮平。再用一块垫上蒸笼布的平木板覆盖在表面上，然后瞬间用力将模具倒扣在木板上，轻轻往上一提，有棱有角的米糕就整齐地排列在木板上了。然后小心翼翼地移到蒸笼里，像蒸馒头一样循环往复地蒸。米糕蒸熟拿出来，每块糕上面都有一个菱形的框，框里面还有一个字：汤。这是汤师傅最高兴的时刻，仿佛他的肖像被印成海报一样。原来汤师傅的模具里面早已刻上了字，他还真有宣传意识和商标保护意识呢。

不管外面是风和日丽还是风雪交加，厨房里的汤师傅只穿着一件外套和一件单衣。不断升腾的蒸气、来回不停的劳作、蒸笼周边的热气让他始终大汗淋漓。饿了就吃上两三个糕馒，渴了就喝两口刚从锅里舀出来的热水，两只眼睛通红，实在熬不住就抽两口烟，或者让在烧火的老伴顶一阵。不管哪家蒸好了糕馒，除了按面粉的重量给工钱，另外还要留几对（一块米糕一只馒头算一对）糕馒给汤师傅，一般是四对、六对或八对。汤师傅家过年是不用单独蒸的，这么多家给的糕馒足够他们吃的了。当村里所有人家糕馒都蒸好以后，汤师傅才回去忙着掸尘、置办年货。拿着辛苦了好几天挣回来的钱，汤师傅依然精打细算地去花。

每年蒸糕馒的时候，我们这些孩童最喜欢去凑热闹，那里不仅暖和，还有热腾腾的糕馒吃。吃到最后，小伙伴们都不想吃了，直缠着大人问："还有几天才过年呀？"

——原载 2021 年 1 月 7 日《扬州晚报》

第一辑 岁月留痕

掸尘

过了腊月二十四送灶王爷上天，年味就越来越浓了，家家户户都在为即将到来的除夕和新年忙碌着，而掸尘就是所有忙年活计中的第一件事。

那一天，母亲吃过早饭，就安排我和哥哥整理东西，把只要能放到柜子里的锅碗瓢盆、香炉蜡烛台等物件全部放进去，把能叠起来的衣服全部叠好收起来，家里基本上看不到有多少暴露在外面的东西。随后，就开始到处用被单或布条盖东西：堂屋的老柜、八仙桌，厨房里的水缸，房间里的五斗橱……都被盖得严严实实。

准备工作做好后，母亲用三角巾把头整个蒙了起来，只露出两只眼睛，然后用自制的绑着鸡毛掸子的长竹竿从屋顶开始清扫。当年，家里的三间房子非常破旧。房梁椽子上铺的是一层芦柴，芦柴上面是河泥夹着稻草的一层加厚层，最上面盖着一层青瓦。由于有的瓦缺了一小块角，抬头就能看到天空漏下来的光线。房梁上、墙角处结起了很多蜘蛛网，还有河泥风化后落下来的灰尘。母亲每掸一处，便落下一片灰，那一处顿时就白了许多。在光线的照耀下，家里一片灰蒙蒙，到处雾腾腾的。一间屋子还没掸完，母亲的额头上就冒出了汗珠，三角巾也失去了原来的绿色，看上去像是土黄色的了。年幼的我们兄弟俩拿不稳竹竿，母亲也舍不得让我们做这些体力活，只好在一旁看着。

三间房子全部掸完，已经过了吃饭的时间。母亲匆忙地把锅灶上面清理干净，热一下早晨准备好的面饼。吃完后，又安排我们干活。我和哥哥把前面盖好的被单、布条轻轻地拿到水盆边，然后一人拿一个鸡毛掸子开始掸物品上面的灰。母亲用抹布在家里墙上、桌子上、柜子上到处抹，然后把需要清洗的泡菜坛子、油壶子、盐罐子……归拢到一起，开始一件一件清洗起来。才洗上两三件，原来清澈见底的水就变得像墨汁一样。母亲不停地洗，我和哥哥不停地帮着换水。母亲一边洗，一边对我们说："家要干干净净的，客人才愿意上我们家来。做人也要堂堂正正的，这样人家才看得起你！"

几乎用了一整天的时间，家里才掸尘、清洗干净，到处一尘不染，就像刚刚刷过油漆一样新。

上高中时，家里盖起了二层小楼。二楼房梁椽子上面铺的是一层薄薄的旺砖（家乡人的叫法，跟普通红砖长宽尺寸相同，厚度减少一半），比原来的河泥干净多了。虽然房间比以前多了，清理的时间却比以前少了。

屋子打扫干净了，瓜子也炒熟了，就等着客人来拜年啦！

——原载 2021 年 1 月 18 日《扬州晚报》

杀年猪

快到过年,老家杀年猪的人家就多了起来。

杀猪师傅早晨在集市上卖肉,中午在家吃过饭睡一觉,下午三四点钟挑着一副担子就过来了。担子的一头是硕大的木盆,高齐大腿,长约两米;另一头则是刀、斧、钩、绳、钎等工具。

杀猪师傅一到,就到猪圈抓猪。师傅拽着两个猪耳朵,主家和请来帮忙的人抓住四个猪蹄,一起将猪放倒,用绳子把猪蹄绑紧,再用一根扁担穿过绑扎的绳子,抬向杀猪盆。

盆的上方放了两张长条凳,猪抬过来就放在上面,猪头的下端放了一个铁质的洗脸盆。杀猪师傅用腿抵住猪头,边上两人拽着猪耳朵,只见师傅操起一把锋利的、尖尖的短刀,斜着捅向猪的喉管。随着"嗷"的一声长叫,一股鲜血喷向了下方的盆子里。猪叫一声,血流一股。随着哼叫声减弱,猪血也越来越少。猪血流尽后,主家立即端到屋里去煮。师傅用尖刀在猪脚处戳开一个口子,然后用长长的钢钎伸进去,来回抽动着。这是在为煺毛做准备。

杀猪师傅在木盆里放了两根长绳,然后将猪放到木盆里,一盆接一盆的开水接着就倒了进来。师傅和帮忙的人连忙拽着绳子来回不停地拖,开水烫到了猪身的每个角落。有时候,师傅还用绳子将猪上下起落地烫着。过一会儿,师傅还会用手扯一下猪毛,看看是否已经可以煺毛了。

开水烫很久以后,杀猪师傅拿着长方形的铁刨子开始煺毛。刨子一头卷成圆筒状,方便手握;另一头磨得很尖,方便刮毛。

师傅用铁刨子的圆形洞口撬掉猪脚上厚厚的指甲，然后便不停地在猪身上刮起来。当猪毛快要煺尽的时候，师傅从猪脚处戳开的口子不停地往里面吹气，脸涨得通红，感觉比吹唢呐费劲多了。幸好杀猪师傅平时吃得好，换其他人还真做不到。不一会儿，猪身就鼓胀了起来。师傅用绳子扎好口子，又来回刮一遍，这样就更容易把猪毛煺得彻底一些。有些师傅图省事，通常不做这一道工序，猪毛就煺得不干净。

猪毛煺净后，杀猪师傅会把猪头先割下来，好让主家做个仪式。主家通常会在猪嘴里放上一张红纸，拿到堂屋的神龛前敬一下。也有主家不做这个仪式。

杀猪师傅用一个粗粗的铁钩子将整条猪挂在大树上，用刀剖开肚子，分别往外掏着猪下水，主家用不同的盆子装着，准备后面处理。有些猪内脏已经洗切干净，放在锅里烹炒。当猪内脏全部掏尽后，大家就动手将猪身抬着放在早已搁好的门板上，师傅会按着主家的要求进行分割。有的人家经济条件一般，就会卖一些猪肉给邻居，有的甚至要卖掉一多半。有的人家条件好，整个猪都留着。

猪肉分好后，主家就开始用水冲刷被血污了的地面、门板和长条凳，并帮杀猪师傅把木盆洗干净。师傅装完工具，用绳子把小肠扎好带走。这在我们老家是个不成文的规矩，不管主家付给师傅多少工钱，小肠必须归师傅。

当晚，主家通常会请杀猪师傅吃个晚饭，主家的亲戚、来帮忙的邻居一起作陪。吃着刚杀好的猪肉，喝上几杯酒，说说一年的收成，很是热闹。

——原载 2021 年 1 月 29 日《高邮日报》

年夜饭

从有了记忆时起，年夜饭是我们家一年中吃得最丰盛、最"豪华"的一顿饭。平时亲戚偶尔来，最多也只是加一两个菜，有时候杀一只鸡，有时候打一点肉，做成两三样不同的荤菜，就算招待了。真不是母亲为人吝啬，实在是家里太穷了。一年到头，吃的都是自留地里长的蔬菜，没闲钱，更舍不得打肉买鱼。为了让全家团团圆圆的除夕过得有意义，母亲对年夜饭是舍得"投入"的。

腊月二十四那天，母亲会比平常多做几个菜，就像模拟演习一样，让我们提前感受了年夜饭的味道，更让我们对年夜饭充满了期待。过了二十四，家里又恢复到平日的简餐，忙起来甚至就做点青菜汤烫黏烧饼吃。在距离除夕的这几天里，母亲一直在为年夜饭准备着：鲜活的鲢鱼养在了盆子里，新鲜的水芹泡在了水缸中，鲜猪肉做成的肉圆冻在了碗橱里……

大年三十吃过简单的午饭，父亲和哥哥扫地担水、贴对联，我和母亲在厨房里做年夜饭。里锅煮了满满一锅饭，中锅煨完鸡汤煨排骨汤，边锅专门用来炒菜。母亲一会儿切菜，一会儿舀上一点汤汁尝尝咸淡，一会儿往锅里放着调料。汤罐里的水开了，母亲忙不迭地把水充到水瓶里，还用多余的开水给正在贴对联的父亲冲糨糊。我负责烧火，一边往炉膛里添柴火，一边问母亲火要大要小，母亲就根据菜肴的特点给我下达"指令"。需要煨的菜就放父亲早已劈好的柴火，有时候柴火放多了，汤就会耗干，我赶紧用火钳把柴火夹出来，用水扑灭，腾起的一阵烟把眼睛都熏出了眼泪,母亲就会笑着说,真是急性子,就这么想吃年夜饭啊。炒菜要大火急火,我就会往炉膛里放黄豆秸秆,一点就着,刚扔进去就会发出噼噼啪啪的声音,比起稻草来既干净火力又足,熏得我的脸通红通红的。烧好一个菜后,母亲就用筷子夹一点给我吃,还问我味道怎么样。我吃着刚出锅的烫烫的菜,含混不清地说着:"好吃,好吃!"

晚上六点多钟,外面已经传来了阵阵鞭炮声。满满的一桌子菜让堂屋看上去比平时丰富了许多、亮堂了许多,特别是平时难得一见的几道荤菜让我们兄弟俩垂涎欲滴。父母亲倒上一点酒,我和哥哥的杯子里装上饮料,让这顿饭"高档"了起来。往往父母还没动筷子,我和哥哥已经喝完一杯饮料,又在倒第二杯了。我和哥哥只顾埋头吃饭,父母一边吃一边说着过去一年的收成和不易,又跟我们说着明年学习上要有怎么样的进步、家里还要增加多少收入。看着我们只顾着吃荤菜,母亲说,多吃点水芹菜——我家年夜饭的必备菜——以后要勤历(快)一点,做人不能懒,懒人没出息。当我想把筷子伸到鱼盘子里时,母亲说鱼不能吃,晚上要放到锅里压锅,这样家里才会年年有余。里锅的饭你们肯定也吃不完,那是隔年剩,明年家里就会粮食满仓……年夜饭吃到最后,母亲就给我们兄弟俩拿出初一早上穿的新衣服、新鞋子,还有压岁钱、云片糕。那时候,我们想到的不是父母一年里有多么辛劳,而是拿到压岁钱后的喜悦和快乐。

年夜饭一年一年地吃着,食材越来越丰富,父母也渐渐地老了。前几年,我们一家人从南京赶回去过年,车子后备厢内装满了年货。除夕那天早晨,我又开车到城里买了一些新鲜的菜。下午做年夜饭的时候,母亲说今天她来烧火,让我掌勺。我问她为什么,母亲说她老了,口味跟我们不一样了,咸淡掌握不好,再说好多菜她也不会做了,还是让我们年轻人烧。那一刻,颇有些心酸,父母年事已高,该是我们为家庭承担的时候了,哪能像永远长不大的孩子呢。

那天晚上,全家八口人坐满了八仙桌。看着一家人热热闹闹、有说有笑地吃着,母亲说那是她吃过最好吃的年夜饭。

——原载 2021 年 1 月 28 日《金陵晚报》

三只小螺帽

30多年前,我上初中的时候,用过一支苏州产的圆珠笔,那是我当时特别喜欢的书写工具,天天随身带。

这支圆珠笔外形跟普通的圆珠笔不一样,全身银色,身材修长,像白杨树一样挺拔且富有精神。它的笔身分上下两个部分,不像普通圆珠笔那样是一体化设计的,不注意分辨的话还以为它是一支钢笔呢。它的上半部笔身里面设有卡扣装置,紧紧扣住笔芯的上端,保证对笔芯的控制。下半部的笔身里装有弹簧,笔芯穿入其中。按一下笔身顶端,吐出笔芯;再按一下,笔芯回缩。上下笔身通过笔芯串联在一起,协作配合就像人的大脑和腿一样。它的笔芯也非常特别,长七八厘米,顶部是蓝色塑料制成的齿形构件,笔芯的主体是油料部分,里面装的油量比普通圆珠笔要多得多。一支笔芯通常能用到一两个月,不需要频繁更换,对于慵懒的我来说再好不过了,所以这也是我喜欢它的原因之一。

当然,就像世界上没有完美的人一样,这支圆珠笔也有它的不足之处。那就是上半部笔身顶部的螺帽经常掉(螺帽仅有两三道螺纹,与控制件的塑料螺丝拧结。即使拧紧了,由于每天多次按压,慢慢就会松动脱落)。你可别小瞧那个小小的、圆圆的、毫不起眼的小螺帽,它绝不像人的帽子一样可有可无,它是这支笔的核心部件。从设计构造上看,这个小螺帽就好像整幢大楼的地基一样,承载着控制笔芯收缩的全部力量。一旦螺帽脱落,上半部的控制装置将失去对笔芯的控制,笔芯也就无法正常弹出工作,从而导致整支笔失去使用功能。

由于这支圆珠笔价格是普通圆珠笔的三四倍，再加上我对它的独特偏爱，一旦无法使用，给我当时的学习造成了很大困难。怎么才能让这支圆珠笔"起死回生"呢？一种办法就是再去买一支同样的笔，一只螺帽两支笔轮流用以延缓寿命，但是比普遍圆珠笔贵三四倍的价格让我望而却步。苦思冥想之下，我决定向生产厂家求助。

带着试试看的态度，我给苏州的厂家写了一封信。信中描述了这支圆珠笔对我的重要性，并画出了螺帽的图形，期待厂家能帮我解决求学路上的苦恼。

时间一天天过去，就在我快要失去希望的时候，厂家的回信到了！回信是一封挂号信，黄色牛皮纸信封，里面鼓鼓的。工作人员在信中勉励我要好好学习，做一个对社会有用的人，并随信给我寄来了三只小螺帽。看着塑料袋小包装里面的螺帽，我被感动了！没想到我的小小请求，能够得到他们的帮助，居然真有这么认真负责的生产厂家！不知道是我认真求学的态度感动了他们，还是他们对自己产品高度负责的精神让他们给我回信，我想这两点原因都是有的。

感动之余，我立即给苏州人民广播电台写了一封表扬信，感谢他们对一个中学生的帮助，更表扬他们热心和负责的态度。厂家免费赠送的螺帽虽小，但却是对我求学生涯的支持与托举，那份浓浓的关切之爱让我始终铭记在心！

——原载 2022 年 9 月 14 日《市场星报》

站岗

最近最辛苦的事情莫过于站岗了,一班岗至少三个半小时,全程站下来,双腿已经完全僵硬。那时候想到最幸福的事情莫过于一直坐着,尽管久坐会对身体有伤害。

那天在执勤点值晚班,来查岗的单位领导远远地就对一同值勤的居民志愿者说:"那个人一看就是文龙同志,站得笔直,不愧当过兵,有军人素养。"我听了心里有几分骄傲,尽管已经离开军营十年了,但军人的气质还没有完全消退。

当兵站岗是最正常不过的事情了,就好像歌唱家每天要坚持吊嗓子一样,既是基本功,又是必修课。刚走进军营,第一次站岗时,班长就教导我们,站岗放哨是多么的重要,他还举了列宁和卫兵的故事,让我们一定要提高警惕。从那时候起我就不认为站岗是一件可有可无的事情,而是觉得非常神圣和光荣。

说实话,新兵连一天的高强度军事训练下来,人累得够呛,晚上觉根本不够睡,冷不丁地被叫醒,还要从热被窝里起来,哪里舍得、怎么愿意。纵是万般不舍,还是不敢有半点懈怠,揉揉惺忪的双眼,穿上棉衣、扎上腰带,便和战友一起到点位上站岗去了。

有一次,我值勤的时候正好碰到另一个连队的老乡,他把我叫到一边,从口袋里掏出一块饼干给我。我一把抓了过来,一口就吞了下去。对于两个月没有吃过一次零食的新战士来说,真是美味无穷。我问他怎么搞到饼干的,他说白天给连队的篮球架刷油漆时,一起干活的民工带进来给他的。

临近春节的时候，来新兵连探望的人逐渐多了起来。那天下午，我和一个老乡在大门口执勤，同班的一个本地战友的家长送来了一大包零食，让我们下哨的时候带到班上给他。面对零食发出的阵阵香味，我们俩不淡定了，口水也止不住地流了出来。老乡问我，要不要拆根火腿肠吃吃？一开始理智还是占了上风，没敢去拆。架不住老乡的劝说和美食的诱惑，我们俩一人拆了一根火腿肠，另外还吃了一些其他零食。当我们把剩下的零食拿到班上的时候，那个战友十分严肃地说："我家人带过来，本来就是跟大家一起分享的，你们的做法很让人失望。"那一刻，我真恨不得找个地缝钻进去。

新兵连跟我同一个班的江西战友后来分到了警通连，专门在电话站门口站岗，有几次，我还碰到过他。每次遇到他，都要说上好多话。那个战友非常憨厚朴实，经常对我说，他是吃了没文化的亏，只能被派去站岗，他还劝我要认真学文化，考上理想的军校。

到了军校以后，大门岗已经由战士值勤了，但是我们还是要在学员队门口站岗。

离开军营十年了，原以为站岗放哨已经永远离我而去，没想到这次单位在各个小区都设置了防控点，对进出人员进行排查，我又重新站起岗来。虽然现在在防控点执勤，即使坐着也不会有人讲，但是十多年的军旅生涯背景，让我在哨位上的时候始终站得笔直。

——原载 2020 年 4 月 8 日《中国社会报》

掏鸭蛋

老家高邮盛产鸭蛋，腌咸鸭蛋也是一绝。家乡作家汪曾祺就曾写道："不过高邮的鸭蛋，确实是好，我走的地方不少，所食鸭蛋多矣，但和我家乡的完全不能相比！曾经沧海难为水，他乡咸鸭蛋，我实在瞧不上。"从中就能看出，高邮鸭蛋，特别是咸鸭蛋，是久负盛名的。

尽管家乡盛产此物，可是小时候想吃上一个咸鸭蛋是非常不容易的。我自幼家贫，生活困难，尽管能吃饱肚子，但是想吃好一点或者想改善一下伙食那是很难的，更是要下很大决心的，直到现在我还记得小时候有一次看邻居家吃咸鸭蛋时的情景。

那是三十多年前的一个夏天的早晨，我们像往常一样把饭桌搬到了巷口，准备在那边吃早饭。巷口那边有树，阴凉、通风，十分凉快，邻居家每天也会如此。当时，我家饭桌像往常一样，一锅稀饭、一盘雪里蕻炒毛豆，还有几张妈妈烙的面饼。正当我们把锅里的稀饭盛到自己的碗里准备吃的时候，邻居从家里端来了一盘咸鸭蛋。鸭蛋刚出锅，冒着热气，颜色淡青，特有的香味扑鼻而来，绝对是新鲜的。那一刻，我的眼睛就直直地盯着那一盘鸭蛋。

只见邻居拿出了一个咸鸭蛋，举过头顶，对着阳光照了照，找到了"空头"的那一端，然后轻轻磕在桌子上，蛋壳就裂了个缝。他小心翼翼地沿着那条缝剥了起来，不一会儿，"空头"周边的壳就全剥完了，剩下的好像一个俄罗斯套娃一样被他抓在手里。他边拿筷子从鸭蛋里往外掏，边端起稀饭碗吃了起来。大约五分钟，鸭蛋被掏空了，放在桌子上的蛋壳在阳光的照耀下就像一只工艺灯罩，既美丽又诱人。

我不时地用眼睛瞟向邻居，他每用筷子掏一下，我的口水就止不住地流一次，就像是观看演出时跟着节奏一起打拍子一样。

直到邻居把鸭蛋掏完，我的稀饭还没吃完，好像还在回味着鸭蛋的味道。

当年，家里的全部收入全靠几亩薄田，父母拉扯我们兄弟俩已是不易，根本不可能像邻居家一样有闲钱到集市上买鸭蛋回来腌，即使家里有的鸡蛋，也要聚齐了拿到集市上换钱。母亲看到我那个馋样，愧疚而又坚定地跟我说："想吃上咸鸭蛋、过上好日子，就要自己去努力！"

后来，生活条件逐渐好了，吃个咸鸭蛋已不是困难的事。前阵子回老家，母亲把自己腌好的鸭蛋塞进了车子的后备厢。回来煮给儿子吃的时候，他把整个蛋壳全部剥完，几口就吃个精光，连掏都懒得去掏了！

——原载 2020 年 6 月 16 日《金陵晚报》

旧衣出"新"

现在的年轻人听说过旧衣出新吗?这事我还遇到过,三十多年前我上小学时见过。

也许是耐脏的缘故,或者是耐久经穿的原因,那时候,男人们大多穿像海军制服一样的深蓝色外套。即使是替换的另一件外套,颜色也差别不大。经年换洗,颜色变淡,直至发白,让衣服穿上去不再"好看"。那时物质生活还不丰富,人们哪有多余的钱去买新衣服呢?在一个赶集的日子里,我见到了旧衣服出新的全过程。

那天,走到集镇的一个院坝时,我发现那边围了一群人,还有一阵阵水汽直往上升腾。我内心充满了好奇,赶紧挤上前去看个究竟。

只见人群中间立着一个圆形的大锅,不时有人往炉膛里面添柴火,火势很旺。大锅里有一堆衣服泡在蓝似墨汁的水里,工人们一边烧火,一边不停地翻着衣服。水面上不停地冒出气泡,就像夏季雨天河面上的鱼儿拼命地吐气。大约半个小时后,锅里的衣服就被拿到一边晾起来,然后再往锅里添着衣服,一边添衣服一边倒染色剂。

听大人们说,这是在扎染,就是把深蓝色衣服放到有染料的锅里煮,重新上色。经过半天时间的煮沸和晾晒,原本已经穿旧了的褪色的甚至泛白的衣服就像新买的一样。

纯朴善良的乡民们边等边聊天。有的说今年看病花了不少,没有钱买新衣服过年;有的说给孩子们过年新衣裳都买了,但是过年有几个人情要出，手头就紧张了，只好来染衣服，毕竟扎染要比买新衣服便宜得多，能省一点是一点。来染衣服的人各有各的原因，无外乎就是家庭拮据，只能通过这样的一种方式让新年穿上"新"衣服。

那是我第一次见到旧衣出新这样的事，也是唯一的一次。毕竟那是改革开放初期，人们的生活还比较贫困，手头也比较紧张，哪有富余的钱去给自己置一身行头呢。现在生活条件好了，衣服哪怕破一个口子或者沾一点有色的东西就扔掉了，还有很多爱美的女士买了新衣服放到衣柜后就一直没有穿过，说起来没有一点遗憾反而隐隐带有一点炫耀的意味呢。是啊，这是一个物质极其丰富的时代，谁能想到还有旧衣出新这样的事情发生过呢。

——原载 2022 年 12 月 12 日《扬州晚报》

挑大型

家乡里下河，水网密布，河流纵横。河水不仅哺育着大地上的生灵，也让人们找到了生计。冬闲时节也是枯水季节，县乡通常会在这时节组织河流疏浚。在肩挑背扛的年代，这样规模浩大的工程被乡亲们称作挑大型。

挑大型任务下来，村里都要组织开会，分配任务、强调要求。父亲是村民小组长，每次都会把任务细分给每个村民，谁负责挖土、谁负责推运土的独轮车、谁负责做饭、哪几个人组成一个小组、要带上多少米油、准备多少工具……有的人家劳力少，或者男人在外面打工，就派上妇女去做饭；有的人家经济条件好，就把自己的任务有偿地委托给别人。对于那些鳏寡孤独的村民，大家都说算了算了，就不要派任务了，大家平摊吧。派给各家的任务，没有一家有怨言，大家都觉得做这个事既是责任，又是积德。

父亲一走，家里顿时就少了许多生气，村庄也像散场后的礼堂一样冷清了下来。那天晚上，庄上几个妇女在家跟妈妈聊天。一个大妈苦着脸说，这次挑大型几个乡的人都参加了，大几千人没日没夜地干，我家老头手起泡了，肩膀磨出血了，鞋子坏了好几双，挑泥担子都换了几副，十天半个月也没回来一趟。前两天，生产队的人回来拿衣服才晓得他们这么苦。听她这么一说，我对去挑大型的父亲更想念了。

第一次直面挑大型是家门口的那条河拓宽。那年夏天，一向温顺的河流突然发怒，洪水灌进了家里。当年冬天，乡里决定疏浚这条河。

乡广播站在十六公里长的岸边水杉树上架起了有线大喇叭，每天不停地播放着新闻、歌曲、戏曲和指挥部通知，不仅要传达任务，还要给劳动的人们驱散疲劳、振作士气。挖土的、罱泥的、推车的、放线的、送茶的……人来人往、川流不息，彩旗猎猎、横幅翻飞，好似一个激战正酣的古战场。

外村借住在我家的村民天不亮就起来洗漱做饭，我还没去学校上学，他们就已经上工了。尽管很冷的天，他们穿得却不多。干体力活，穿厚了出汗就容易感冒，有的甚至就穿一件衬衫，还能看到汗水往下流。中午放学回来看到他们的午饭十分简单，最多两个盆菜，还有一碗青菜汤，或者是豆芽汤，偶尔才买一回肉，或是青菜里多了两块豆腐。柴火、蔬菜、米油都是从家里带来的，偶尔买的荤腥都要自己掏钱，他们怎么舍得吃好的呢。每天晚上，我家屋檐下都摆放着一排解放鞋，湿漉漉的，鞋面上还有一层白白的盐霜。那么冷的天，穿着这样单薄的鞋子，他们真不容易。

刚开工时，妈妈看到他们吃得很简单，做的又是苦活，有时候会给他们杀个鸡，村民们推让不止，晚上还算成了钱给我们。他们说，来这做工，借住在你们家，已给你们添麻烦了，怎么好意思吃你们家东西呢。晚上我写作业，在堂屋打地铺睡觉的人有的已打起了呼噜。有一个中年人应该有些文化，每次我写作业，他经常会跑过来看看，也经常对我说："你一定要认真学习，将来考个大学……"

有一天放学回家，老远就听到吵闹声，一群人围在一起，原来他们为白天干活多少发生了争执。一个说自己一直没停，活没少干；一个说这个人跟他一组，他多挑了吃亏了。吵到激动处，差点儿要动手打架。边上就有人出来劝，说都是一个生产队的，还至于啊，吵起来给别人笑，有什么事，回去再吵。也有的说，还是不要让他们在一组了，重新分配吧，免得再吵。第二天，两个人又有说有笑地在一起干活一起吃饭了。

一个多月后，河挖深了，堤堆高了，村民们就要回家了。临走时，一个与父母年龄相仿的村民说能不能跟我们家认个干亲，他说，你们这家人很好，很热情，希望以后能常来往。父亲说，门前的河有你们的功劳，我们的感情也一定会像这条河一样源远流长。

那个年代，挑大型每年冬季都在进行。纯朴勤劳善良的人们毫无怨言，兢兢业业。

——原载 2022 年 12 月 30 日《中国应急管理报》

广播流年

每次开车,我都会把车上的收音机打开,听听新闻、听听音乐,缓解一下驾驶的疲劳,带给自己一些精神上的享受。同时,我也想起三四十年前听有线广播的情形。

有线广播,顾名思义,就是通过线路进行信号传输的广播。乡镇广播站将线路架设到各村,村里将乡镇传来的信号增压扩音后,再把线路架设到各个村庄。传输线路是一根几毫米粗的铁丝,各家各户从总线路上接一根线到自家的广播上,然后从广播上另引一根铁丝插在土里。广播线路电压不高,用手摸也不会触电。小时候很调皮,偶尔把接地线放到其他小伙伴的嘴里,会有麻酥酥的感觉。过一阵子,广播的音量就会降低,只要往接地的铁丝周围浇点水,音量一下子就会大许多。原来是增强了广播线的导电率。

有线广播装在各家各户堂屋柱子上。堂屋是一家人吃饭会客的地方,人们通常一边吃饭一边听广播、交流。黑色的纸做成的喇叭形状的"碗"是广播的正面,背面是线圈和磁铁。不考究的人家就非常简陋地裸装着广播,一般人家会在广播外面罩一个方形的木头盒子(后来改用塑料的外盒),盒子正面开一些孔,内侧用纱蒙上,既能让声音发出来,又能防尘、防鼠咬。有一阵子,村里还给每家广播安装了音量开关,让它一下子"高级"了起来。

有线广播基本是播放县广播电台的节目,每天播音三次,早中晚各一次。早晨广播响的时候,我还没有起床,如果要赖床,大人们就说广播都响了,还不起来啊,好像早晨广播就是起床号似的。中午刚放学,广播开始播音,吃完饭走到学校,播音才结束。晚上写完作业上床睡觉,广播里传来"本台今天全天播音到此结束,祝听众朋友们晚安",一天就这样结束了。县广播电台的节目非常有规律:早晨六点半转播中央人民广播电台《新闻和报纸摘要》节目,七点转播江苏人民广播电台的新闻;中午十二点转播江苏人民广播电台农村节目,时长20分钟;晚上六点半转播中央人民广播电台《新闻联播》。每天三次广播都会有本县新闻和一些专题节目,另外还会播送一些文艺节目,比如歌曲、相声、评书、广播剧等。让我印象最深的是每周五晚上的《文艺百花园》,这个节目采取主持人的形式进行广播,非常新颖,而且听众还可以点播。有一年班长过生日,大家寄了一封信去点歌,周五晚上广播里主持人读我们的来信,放我们点播的歌曲,大家甭提有多激动了。广播听得时间长了,陈永平、高民、夏素兰、周凡……这些播音员的名字都熟记在心,每天"见面"的频率甚至超过学校的老师。

我经常一边听广播一边跟着学唱歌、学唱戏,学会了还要在家人和同学面前表演一番。广播带给我更多的是快乐,但有一次却被广播吓得不轻。一天夜里,熟睡中突然被广播里传来的紧急喊话声吓醒:"现在播送紧急通知、现在播送紧急通知……"只听见播音员用急促的声音播送一则通缉令,说邻乡有个人犯了命案在逃,请大家做好防范,发现要及时上报。听到这个消息,我吓得瑟瑟发抖,父母赶紧起来安抚我,把反锁的大门用桌椅抵住。这样的通知很少听到,更多的是村里临时播送的开会通知,或者是乡广播站播送的治虫除草通知。

我们乡广播站有时还会在县广播电台播音结束后播放自办节目,班上同学们给这个节目投稿,拿到了广播站发的聘书,聘他们担任特约通讯员,让大家羡慕不已。受他们影响,我也给乡广播站投稿，名字慢慢地在广播中出现了，渐渐地竟成了学校和村里的"名人"。乡广播站播音员林波老师经常对我说，爱好重要，学习更重要，希望我不要因为投稿耽误学习。林老师是一个积极向上的人，她写的稿件被《新华日报》采用，这在农村是不多见的。她还苦练普通话，凭借过硬的播音水平被县广播电台录用为正式员工。在她的激励下，我也积极追求进步，参军入伍考上了军校。每次与林老师聚会，我们都要回忆过去那段有线广播的岁月。

不知什么原因，有线广播偶尔还会串音。一个周末的下午，广播里隐约传来低低的嘈杂的声音，我凑上去一听，原来是隔壁村正在播送农村妇女扫盲班上课通知，我觉得这是个好的新闻线索，立即骑车赶到那个村，采写了一篇新闻报道。第二天又骑车将写好的报道送到县广播电台。编辑老师看到我满头大汗的样子，非常惊讶，连说没想到我这个中学生对有线广播工作如此热心。那条几十个字的简讯当天在《本县新闻》节目中播出了。听到播音员播报我的名字，骑车来回五十多公里的疲劳一下子烟消云散了。

稿件被县广播电台采用还有稿费，一年下来能有二三十块钱，虽然钱数不多，但对于还是学生的我来说，却是一笔"可观"的收入。其他同学还要向父母伸手要钱，而我自己能挣来零用钱，减轻了父母的负担，内心怎么会不骄傲呢！高中毕业时，县广播电台招播音员，我也去面试，无奈普通话水平太低被淘汰。现在回过头想想，如果当时被电台录用，人生道路又与现在不同了。

——原载 2021 年 4 月 22 日《新华日报》

我的"非常"高考

我的"高考"有些特别,我是在部队参加军事院校招生统一考试的。

入伍前,父母为我的前程操碎了心。作为世代农民家庭,父母看我高中毕业后四处晃荡,希望我当兵考军校,有个好前途。我当时心里一点底没有,毕竟高中成绩一般,当兵考军校,能考上吗?

刚到新兵连,家里就寄来了高中三年全部课本,但是我很少去翻看,除了忙于军事训练外,我在思想上也没有真正紧张起来。六月份,几个高中同学到我部队驻地参加对口单招考试,看到他们踌躇满志的样子,心里既羡慕又自卑。听说他们被录取后,受到强烈"刺激":我什么时候才能像他们一样成为一名大学生呢?

当兵第三年春节过后,考试日期渐渐迫近,我的紧张焦虑一日胜过一日。我的理科成绩不行,就指望文科方面能多拿一些分。每天早晨五点钟起来背政治,200多页的政治辅导书,我背了三遍。背完政治,吃完早饭,开始复习语文。十点多钟,再做数学、物理、化学题。中午睡个午觉,起来先做理科试题,头脑昏昏沉沉之间,拿着语文、政治书走到连队边上的山路上背。晚上主要以理科题目为主,偶尔做点文科题目。如此循环往复,日子过得飞快。

就在紧锣密鼓复习的时候,我突然得了流感。鼻塞、头痛、流鼻涕,为了快点好起来,平时连吃药都不愿意的我无奈地去卫生队打针。打到第四天，还没见好，我生气地对医护人员说："你们这是什么医疗水平，我怎么到现在还不见好？"医护人员了解我的情况后，笑着说："感冒正常都要7天左右才能完全康复，你这才几天？而且，你每天睡眠时间少，也不利于恢复。"听他们这么一说，我不管不顾了，感冒也在不知不觉中好了。

通信机房上班四班倒，战友下班后，有的补觉，有的采购生活用品，而我是雷打不动地看书。那段时间，吃得香、睡得也香。同宿舍的战友都说，你的呼噜可是比去年响多了。

部队考军校要预考，我顺利通过。预考结束后，部队组织了一个月的文化集中补习，请了地方上的高中老师上课。文化补习期间，正逢四年一次的世界杯如火如荼地举行，一些战友还在谈论各个球队的赛况。一向对外界信息敏感的我，对这一切却没有任何"感觉"，只顾着埋头复习。

填报志愿的时候，我纠结了好久，不知道报哪个学校好。身边人都劝我就报当兵时从事的通信专业，稳妥又熟悉。权衡很久，我还是想挑战一下自己，填报了建筑工程管理类的学校。领导和战友们知道后，说我胆子大，替我捏了一把汗。因为这类学校录取分数高，招生名额也少。

考试如期举行。考英语的时候，我没到考试结束就交卷了。我的英语不太好，不会做的题目在考场挨时间也没意义，不如省出时间复习其他课程。考完数学后，我难过了很久，晚上躺在床上翻来覆去睡不着，因为有几道题我明明做过，可是考试时却没有答对，既恨又悔。后来又不住地劝自己，不能再为已经考过的数学伤心，因为后面还有考试。考完最后一门课走出考场，我给自己估了分，觉得考上军校应该没问题。打电话回家跟妈妈说，我应该能考上！

等待分数的日子漫长又煎熬。分数公布，我的成绩比提档线高 40 分，上学是没问题了，又开始纠结能不能上我所报考的那所学校了。直到拿到录取通知书的那一刻，心才真正地放下来。当我把录取通知书递给父亲的时候，他的笑脸上点缀着几朵泪花，他激动得颤抖地说：你是我们家第一个大学生！

——原载 2021 年 6 月 4 日《扬州晚报》

脱粒往事

三十多年前,脱粒是"三夏"大忙里最忙最急最累的活。一个生产队通常只有一台柴油机和一台"老虎"(家乡人把脱粒机叫作"老虎"),二三十户人家排队等着用。在赤日炎炎似火烧的日子里,机器24小时不停歇。而且,要趁着天晴抓紧把麦子脱出来,否则的话,雨季就要来了。短短两三个小时内,要把五六亩地的麦子全部脱粒,人都累瘫了。

到了麦熟时节,家家户户起早贪黑下田割麦。割好捆成麦把,再一担一担地挑到打谷场。全生产队一二百亩地的打谷场只有六七亩地的面积大,各家只能分到很小的一块。为了腾出地方脱粒,只好将麦把一个一个堆成"山"。

不是说麦把堆好马上就能脱粒,所有人家还要派代表抓阄确定机器的使用顺序。往往上家才脱完粒,柴油机水箱还在汩汩地冒着水泡和白烟,就被几个男劳力抬到了自家的打谷场。这边男人们忙着安装机器,那边已经准备好了铁叉、扬锨等农具。机器固定好,所有人已经各就各位了。谁站哪个位置、谁又干什么,就像彩排了很多次一样,大家都烂熟于心。机器一响,火热的脱粒大戏就上演了。

脱粒中最重要的工作就是喂"老虎",这项工作一般由男人来承担。把麦把从脱粒机的进口送进高速翻滚的、带有针刺的滚笼里,没有一定的技术和胆量是胜任不了的,这也让喂"老虎"的人自然而然地成为整场劳动的主角,就像交响乐会上的指挥一样,节奏快慢全由他掌控。我家每年脱粒时,喂"老虎"都是由父亲来掌控。

一般由上了年纪的人从麦堆上把一个个麦把递给"二传手",再由他把麦把捆绳解开(捆绳也是麦秸秆),通过架在皮带上方的木板递给喂"老虎"的人。只听"轰"的一声,麦秸秆呼啸着从脱粒机喷涌而出。有时候突然塞进去的麦把多了,柴油机"突突突"的声音会变得颤抖起来,烟囱里一阵阵地往外冒着黑烟,显然是受力过重,有些吃不消了。麦把脱离机器的一瞬间,会从进口处飞出许多麦芒和草屑,直接扑在喂"老虎"人的脸上。因此,喂"老虎"的人要戴上草帽、墨镜和口罩。尽管做好了防护,脸上还是喷得像黑脸包公一样。汗水一道一道往下流,把脸上的黑灰冲成了一条条沟,旧的沟刚冲刷掉,新的又覆盖上去了。

这边不断地喂"老虎",那边,"老虎"的肚子(脱粒机滚笼的下方)不停地流出麦子来。如果不及时铲出去,马上就会塞满,影响到滚笼工作。每次脱粒时,这项工作都是由我来承担。我用扬锨一下一下地往外铲,每铲一次,弯一下腰。只要喂"老虎"不停,铲麦子就不能停。两三千斤的麦子全部铲出来,腰都要断了。眉毛、眼睫毛、鼻子里、嘴里都是麦芒,吐出的痰也是黑黑的。

为防止麦秸秆从"老虎"出口一下子喷得太远,侵占别人家的地盘,出口处绑了一个结实的麻袋。这时,麦秸秆就像个醉汉一样东倒西歪地从出口处冒出来。站在出口处的人连忙用铁叉把秸秆捞到后边去,在"老虎"旁边一两米远的妇女们就会用捆绳把麦秸秆捆好。场头边上,就有人堆麦草堆。这可是个技术活,堆松了,禁不住风吹,还容易渗水、发霉,麦草就无法燃烧。堆紧了,想拔草回家烧就很困难(麦秸秆燃烧旺、燃烧值高,是非常好的烧火做饭燃料)。一个生产队里,能堆草堆的人就那么几个。每年脱粒时,这些人就成了"香饽饽",一个人能换两个工回来抢忙。麦子脱完粒后,一座七八米甚至十来米高的"草山"就形成了,非常壮观。

整个脱粒场就像救火现场一样有序,每道流程环环相扣。当柴油机水箱里的水快要耗干的时候,脱粒才会暂停,仿佛音乐会中场休息一样。趁着给柴油机加水加油、给皮带上蜡的工夫,大家横七竖八地坐在打谷场上,喝着早已凉透了的大麦茶。偶尔,还有卖冰棒的自行车过来,平时舍不得花钱的乡亲们这时候也不"吝啬"了,一人一支赤豆棒冰连咬带嚼起来。

油和水加满了,机器又欢快地工作起来,忙碌的人们像陀螺一样又紧张地转动起来。麦子脱完了,机器停了,但耳朵里的机器轰鸣声还在持续。滚烫的机器刚停下不久,又被抬到了下一家……

——原载 2021 年 6 月 25 日《扬州晚报》

抹布哲思

家中厨房有两块抹布,一块用于洗碗洗锅,一块用于抹台面擦餐桌。尽管它们同时采购、同种材质、同时使用,过上一两个月后,总是抹台面擦餐桌的那块先坏。开始是外表粗污不堪,慢慢地脱纱破损,而洗碗洗锅的那块却一直光洁如新。

开始我也很疑惑,想不通怎么会有这么大的变化。后来观察思考,找到了原因:两块抹布的工作环境不一样,享受的"待遇"也不一样!

洗碗洗锅的那块抹布每天工作时间短,每次工作时必须伴以洗洁精,沾染的油污少。每次用完都把它晾起来,还经常拿到阳台上去晒。而抹台面擦餐桌的那块抹布工作时间远远超过它,而且时间还不固定。这儿脏了擦这儿,那边脏了抹那边。不是灶台台面要抹,就是餐桌要擦。不是油烟机要抹,就是瓷砖墙面要擦,哪里需要哪里擦。每次擦完以后就随手一丢,有时甚至不知道丢哪里去了。

就是在这样不同等的条件下,两块"孪生"的抹布也发生了迥然不同的变化,"寿命"自然也就各不相同了。细想一下,人又何尝不是这样呢?

同一个大学、同一个专业的同班同学,毕业后分到不同的单位,若干年后,各自命运也不尽相同。有的当上了领导,有的还是一线工人;有的成富翁,有的下岗待业。就是孪生的兄弟姐妹,这一生的道路和命运也是完全不一样的。即使是同一个人,处在不同的位置上,人生的成长、发展、结果一定是不同的。我军校毕业后，同学们有的去了边疆，有的去了苏杭。二十多年下来，有的成了团长、政委，有的转业安置了工作，还有的自主择业另谋高就。同一个班级毕业的同学，若干年后，境遇果然不同了。

当然，人跟抹布不一样，有许多主观因素发挥着作用，比如意志、决心、吃苦精神、学习能力等，但是环境的因素也是至关重要的。环境之于一个人的作用就像土壤之于禾苗一样。虽然环境对于一个人的成长、发展来说不是决定因素，却是忽视不得的重要因素。所以，当我们感慨自己的遭遇时，想想你处的环境、想想同样两块抹布的命运，或许就能释然了吧。

——原载 2023 年 5 月 18 日《金陵晚报》

藏书乐

每个人都有自己的兴趣爱好，并以此为快乐之源。我的爱好就是藏书，且乐此不疲，延续至今。

小时候，家里很穷，父母守着农田维持生计。即便如此，在我学习上却毫不吝啬，只要我说买书，父母就会拿出一毛两毛的碎钱给我。从开始时的连环画，到后来的各类杂志，各种书慢慢地堆满了衣橱的抽屉。每到夏天，我就会连抽屉一起搬到太阳底下晒书，让那些因为受潮而发皱的书本重新平整起来。晒书时，小伙伴们就会挤到我身边来，想要看上几本。都是熟悉的玩伴，我也不好拂了他们的渴慕之意，便大度地借给他们。不过有言在先，只能在这看，不可带回家。

买的书看腻了，我就到处找书借书看。父母卧室的梁上吊着一捆包扎好的黑袋子，引起了我的好奇。一天，趁父母不在家，我偷偷地解了绳子，打开包裹，里面竟然是书。《喻世明言》《官场现形记》《人生》《红楼梦》……都是厚厚的文学书籍。我拿出其中一本，如痴如醉地看了起来。正当我看得津津有味时，父亲回来了。看我"偷"了他的书，他语重心长地对我说："这些文学书你这个年龄还不能看，一是看不懂，二是耽误你学习时间，等你长大了，这些书都归你。"原来这就是父亲将书束之高阁的原因，想到这些书以后都归我所有，心里甭提多美了。

上大学后，读书的时间多了，基本上是见书就买。同学们有时候会跟我说，你可以到图书馆借书，书看完装在脑子里就可以了，干吗要买书啊？我跟他们解释说，有些书看过一遍不解其中味，没有参透书本的深意，就想多看几遍，自己的书更方便翻阅和思考。同学们听了后，若有所思。大学毕业，同学们各奔西东，大家行李中的书本也和我一样多了起来。

前几年换了房子，我有了属于自己的书房。装修时，我跟工人讲，一定要多打几个书橱，而且要结实。搬进新房，过去的存书把三个书橱一下子就占满了。每天吃过晚饭，我就会泡在书房里，看看新书，翻翻以前的旧书，惬意极了，就像跟老友交心一样舒坦，就像将军检阅士兵一样豪壮。

随着藏书增多，原有的书橱放不下了。去年"双十一"，我在网上买了两个组合式的铁质书橱，拼装起来后，藏书量是以前书橱的好几倍。家人连连称赞我，说是多年来网购最成功的一次，让我沾沾自喜了好久。藏书空间一下子变大了，买书藏书的热情又高涨了起来。

到家里做客的亲朋好友无不为我的藏书之巨而啧啧称赞，有时候还会跟我借上几本。那一刻，我感觉自己很"富有"。朋友们有时候会好奇地问我，买这么些书得需要多少钱啊？听完，我哈哈一笑，自豪地跟他们说，我不抽烟、不喝酒，省出来的钱就拿来买书。抽烟喝酒的满足终归化为无形，藏书的快乐却时刻存在啊！

我的藏书，有些是书店原价买的，有些是网上打折买的，有些是好友赠送的，还有的是地摊上淘的。不管他们来源何处，我都视若珍宝，藏书对我来说甘之如饴。

闲暇时，我会跟上初中的孩子在书房里看书，互相分享读书心得，探讨书中的内容和思想，并且每每都能达成共识。这也是藏书给我带来的收获之一吧。

诗书传家远，耕读继世长。买书藏书不仅愉悦我自己，更能让孩子从中汲取营养，习得安身立命之本领。

藏书乐，乐藏书！

——原载 2021 年 9 月 25 日《江苏工人报》

我要上舞台

从小,我就是个表演欲特别强的人,非常渴望能活跃在各个舞台上。小学三年级时,学校举办六一活动,看着比我小的孩子们在舞台上花枝招展地扭来扭去,我坐立不安,心里想的怎么不是我上舞台呢?

罢罢罢,老师不给机会,我就自己给自己创造机会。周末那天,几个小伙伴疯够了,实在找不到可玩的游戏,问我有什么好主意。我计上心来,这些小伙伴不就是现成的"观众"吗?今天就给他们表演一回,过一下上舞台的瘾。小伙伴按照我的安排,规规矩矩地坐在了床铺前。我脱掉鞋袜,爬上床,放下蚊帐,拉开电灯开关,立刻就有了剧场的样子。

我从蚊帐门钻出,开始报幕:"下面请欣赏淮剧《杨家将》……"小伙伴们不知道我还有这一"招",呆呆地坐在小板凳上,都忘了鼓掌。走回蚊帐后稍作停顿,我又迈着戏中人物的八字步稳稳地走了出来,一边走一边摆着手势唱道:八千岁,你听我讲……小伙伴们开始还看得津津有味,没过多久,就坐不住了。我连喊带吼,但他们还是陆陆续续地走了,人生第一次"上舞台"就这样以失败而告终!

出师不利,对我的舞台瘾打击很大。好长时间,都没有上舞台的想法和冲动了。军校第二年,学校组织国庆合唱比赛,队里要抽100人组队参赛,我比其他同学更期待,因为上舞台的机会又来了呀。当我被选中时,激动得一晚上没睡好。排练中认真学,排练后加班练,老师还把我从后排调到了第一排,别提我有多兴奋了，仿佛比赛当天全场的灯光都打在我一个人身上，成了万众瞩目的焦点。

生活中总是有各种不幸！就在我全身心投入排练的时候，比赛前两天，教导员突然通知我国庆前有个重要会议要开，合唱就不参加了，找人替我，让我抓紧写材料。好不容易有一个上舞台的机会，就这么被扼杀了。

到新单位工作不久，系统组织职工文艺会演，我又被选中参加单位合唱团。这回上舞台的劲头弱了一些，但心里还是期待能拿个名次。没想到，比赛结束只得了个安慰性质的鼓励奖，想想这舞台真不是容易上的。小说《主角》里的忆秦娥根本就没想过要上台唱戏，剧团安排她到灶房烧火，她也接受现实、安于现状。后来她无意中成了主角、成了大腕，成为全社会的焦点，她也淡定从容，哪像我不知天高地厚地要上舞台呢。

有一年，我在一处古镇戏台上看到这样一副对联：凡事莫当前看戏何如听戏好，为人须顾后上台终有下台时。真是充满了人生哲理和智慧。

——原载 2021 年 10 月 27 日《现代快报》

追梦征途终不悔

又是一年记者节。记者这个职业曾经是我的梦想,我为此苦苦追寻过、努力过。

初二那年,班上几位同学经常给乡广播站投稿。没多久,他们就被聘为特约通讯员,还拿回了封面烫金的红色聘书,这在班上引起轩然大波,一向对外界非常关心、好奇、在意的我也心动了。他们能做到的我也可以啊,我能不能像他们那样也成为广播站通讯员,也拿到这样的聘书呢?

有了想法,就有了行动。课余时间,我也尝试着给乡广播站投稿。一次、两次……慢慢地,我采写的新闻稿件隔三岔五地被广播站采用。稿件用得越多,信心就越足,于是就给县广播电台投稿,偶尔也有稿件被县广播电台采用。当听到广播里传来"通讯员谢文龙报道……"时,那种满足、骄傲、得意,充盈着我的内心。

渐渐地,我由入门发展到了入迷,几乎每个周末都会骑车到五公里外的乡广播站去,既是去投稿,向编辑老师学习请教,也是去取县广播电台的稿费。那时县电台的稿费可以在乡广播站领取,由乡广播站跟县电台结算。尽管只有几块钱,但对于一个总向家里伸手要钱的学生来说,那是相当珍贵的。乡广播站的编辑林波老师每次都给我指导,鼓励我多写稿件,勉励我在发挥爱好的同时,不要忘了文化学习,让我非常感动,更让我从心底里尊重她。

有一天,邻村举办妇女扫盲班,我立即骑上自行车赶到现场采访。稿件写好以后，如何送到县广播电台让我颇为踌躇。第二天是周日，邮局不投送邮件，等到周一再寄到电台，错过了时效，这稿子就不会被采用了。我当即决定骑自行车去县城，把稿件送到编辑部去。30多年前的农村道路还非常差，我硬是一口气骑到了30多公里外的县广播电台。当我把稿件放到值班编辑的办公桌上时，他们非常吃惊，连忙说，没想到一个中学生为了新闻事业竟然这么认真，这篇稿件内容尽管一般，但是你的这种精神让我们感动，我们决定采用。听完这话，我疲劳的身体一下子就精神了起来。

写得多了，特别是跟新闻工作接触久了，我喜欢上了记者这个职业。总想着我要是一名记者该多好，我不仅会把新闻写作当作自己的全部兴趣，而且会把新闻工作当作自己一生的事业。我不停地写稿，还专门去学习播音主持专业。可想而知，由于过度投入精力，占用了太多的学习时间，导致文化课成绩一落千丈。高考落榜，我的记者梦碎了。

虽然梦想没有实现，但是我没有就此沉沦，而是把它转化成自己的业余爱好。入伍后，连队一名自学成才的老兵每周都给战士们辅导法律知识，我立即写了一篇消息寄给了《解放军报》。没多久，这篇豆腐块就在报上刊登了。到地方工作后，我经常在报纸上发表各类新闻稿件，有一年竟达30多篇，同事们都叫我"土记者"。只有这样，才觉得我没有远离新闻行业，没有忘却我曾经的梦想。

虽然没有成为一名真正的记者，但是我为痴迷的新闻工作努力过、付出过，直到今天我依然没有后悔过。

——原载 2021 年 11 月 8 日《扬州晚报》

毛豆烧仔鸡

红烧仔鸡通常用毛豆作配料，当然也有用板栗作配料的，但相对较少。一是板栗上市时间短，保存有其局限性，时间久了，板栗就会松软，失去了本真的味道；二是相对仔鸡来说板栗又硬了些、大了些，有喧宾夺主之嫌，也有几分压迫感。所以板栗烧鸡多半是烧老公鸡，如此方能做到互相映衬、相得益彰。

毛豆是红烧仔鸡的灵魂。从"形"上看，毛豆好似柔弱的女子，抢不了仔鸡的"主角"风头。与仔鸡搭配，就像青梅竹马的两个少年，两两相望、不离不弃。毛豆仔鸡之所以成为固定搭配，是人们长期烹制经验和智慧的结晶。毛豆仔鸡作为家常菜，上不了大雅之堂，但却能让家人口舌生津、大快朵颐，满足全家的口腹之欲，让人心生烟火可亲、红尘可恋之感。

上周末，我在家做了毛豆烧仔鸡。我没有按教学视频去做，而是随心所欲，按着家人的习惯口味来做。仔鸡焯水后，倒油入锅。油烧热之后，放入姜片、葱段和蒜瓣，搂几铲子，随后放入鸡块翻炒，倒入几勺料酒去腥，再放少许老抽上色，放入生抽提味。大火爆炒的同时，加入桂皮、八角和香叶，再放入少许冰糖。放冰糖是容易把老抽的颜色固定住，同时能去腥提鲜。再翻炒五六分钟，往锅里倒入略高于鸡块表面的水开始烧煮。当锅里的汤汁开始翻滚时，转小火慢煮，让调料慢慢浸入鸡块，徐徐入味。

问题来了，毛豆什么时候放合适呢？放早了，会煮得很烂，没有嚼劲，糯糯的、面面的。本来你想要阳光普照的晴天，结果却迎来了阴冷潮湿的雨天。毛豆放早了，吃起来就是这样的感觉；放迟了，吃上去又会满嘴青涩，就像吃夹生饭一样令人懊恼和不爽，明显破坏了仔鸡应有的可人的口味。那就在收汁的时候放毛豆，这时候开大火熬汁，毛豆在锅里上下翻滚，像是在演奏锅碗瓢盆交响曲。锅里冒出一个个气泡，就像大雨来临时鱼儿在水面上吐气一样生动。当汁水快收干时，关火装盘上桌。

吃饭时，我装作漫不经心地对上初二的儿子说："刚才我在做毛豆烧仔鸡时想到一个问题，就是毛豆何时放，是这道菜成功与否的关键。时机把握不准，或早或迟，都会影响这道菜的口感和质量。人生的各种时机把握也非常重要，学生时代就该努力学习，走上社会就要挣钱养家……各种时机要靠自己去揣摩去把握，一旦错过最佳时机，人生况味就大不一样了。"儿子不住点头，并做出深思状。

快吃完饭时，儿子突然来了一句："今天吃毛豆烧仔鸡收获还是蛮大的！"

——原载 2021 年 12 月 3 日《扬州晚报》

难忘那年上扬州

小时候，农村人难得去一趟县城，更别说去大城市了。一旦去县城或者大城市，逢人就会说上哪里哪里去了。三十多年前，我刚上三年级的时候，曾非常戏剧性地上过一趟扬州。当年在扬州吃了什么、看了什么，早已忘得干干净净，但是那次去扬州的过程还深深地留在记忆里。

父亲那时在村里的水上运输队工作，经常要往城市送货。当年，奶奶得了肝腹水，父亲一边在外面跑，一边打听哪里有好的治疗医院。暑假时，父亲的船队要去扬州送货，并要在那边等着配货。父亲觉得在扬州待的时间长，就想利用这个机会带奶奶一起去看病。我听说这个消息后，心痒痒的，想跟着他们去玩一趟。要知道，那时候我连高邮县城都还没去过呢。这样的诱惑对于一个未出过远门的孩童来说是巨大的，就像一个饿汉对美食的渴望一样。

出发那天，母亲早早地给奶奶准备好了行李，等着船开过来。我没有像往常那样跟小伙伴们在外面玩，一直守在奶奶身边。奶奶笑着说："细猴子今天怎么这么乖，平时老早就没影子了，今天怎么了？"当我说想跟她一起去扬州时，奶奶一口就答应了。听到这话，我甭提有多高兴了。不过，奶奶又说我爸爸可能不会同意。那一刻，我激扬的心情就像乌云遮住天空般，一下子就灰暗了。

轮船靠岸后，父亲扶着奶奶上船，又来回搬着奶奶的行李。趁父亲不注意，我偷偷地往船上溜。我一边猫着腰往前跑，一边偷偷瞄着父亲，生怕被他发现。溜到船上，父亲的工友们已经猜到了我的心思，他们对我说："你藏在机舱里，你爸爸在前面扳舵看不到你，他万一到时候要喊，你不要吭声。"我重重地点了点头，眼睛里充满了感激。

快开船时，我清楚地听到父亲问工友们有没有看到我，他说刚才看到我在船上的，不知道是不是下船了。工友们都说我回家了。躲在满是柴油味的机舱里，我捂着嘴不敢笑出声来。父亲不放心地准备到机舱里来找我，我的心跳陡然加快，紧张得不住地颤抖，心里念叨着："不要过来、不要过来。"工友们看到父亲准备来找我，都说孩子已经下船了，时间不早了，今晚还要赶到扬州呢，抓紧开船吧。工友们这么说，父亲只好又回到了船头，熟练地驾起了船舶。

机舱里柴油机不住地轰鸣，我听上去一点也不觉得吵，就连燃烧过的柴油味也像美食的味道一样好闻。看着窗外，岸边的树一排排往后倒去，看着一座座桥梁从头顶溜走，我的眼没闲着，心也美美的。

船开了一个小时左右，我终于受不了机舱里的轰鸣和柴油味，跑到了外面。父亲看我突然出现在他面前，眼睛都直了，吃惊地说："你、你，怎么在这里？"我一声也不敢吭，用祈求的眼神望着父亲。一向脾气火暴的父亲刚准备举手要打我，工友们连忙上来拉住他，奶奶在一边也帮着说道："孩子放暑假，在家也没事，从小没出过门，就带他去玩玩，正好我也有个伴。"听到奶奶这么说，父亲只好作罢，又专心地掌起了舵。

那次行程因为我的出现而不再沉闷，工友们都拿我寻开心，我也因为人生第一次进城而兴奋和激动。虽然在扬州待了好多天，记得的只有这些片段，"智取"来的快乐就是这么难忘！

——原载 2021 年 12 月 8 日《扬州日报》

界首茶干

汪曾祺在《端午的鸭蛋》一文中说:"每逢有人问起我的籍贯,回答之后,对方就会肃然起敬,'哦!你们那里出咸鸭蛋!'"作为高邮人,我也经常遇到这样的问答。可见在外乡人观念中,高邮鸭蛋特别是双黄鸭蛋最出名,鸭蛋成了家乡的一张名片。

其实,家乡不仅双黄鸭蛋有名,界首茶干也不输于它。相传乾隆皇帝下江南,驻跸高邮界首境内运河边,尝过界首茶干,不住地称赞。为解开心中疑惑,他还上岸一探究竟。刚走上街,就闻到茶干的阵阵清香,品尝一盘茶干后,连声说道:"佳品也,佳品也!"由此,界首茶干便被列为贡品,名扬四方。凭着独特的工艺,再加上动人的民间传说,界首茶干在1911年、1927年西湖博览会上连获金奖,甚至成为招待外国政要的小吃。

界首茶干制作方式比较独特,汪曾祺的小说《茶干》对此进行了细致描述:"豆腐出净渣,装在一个一个小蒲包里,包口扎紧,入锅,码好,投料,加上好抽油,上面用石头压实,文火煨煮。要煮很长时间。煮得了,再一块一块从麻包里倒出来。这种茶干是圆形的,周围较厚,中间较薄,周身有蒲包压出来的细纹。"煮制过程中投的什么料,汪曾祺小说中没有提及。经向老家专业人士求证,原来煨煮时,要不断地加进适量的大小茴香、丁香、桂皮、胡椒、莳萝等作料。经过这般工艺制作的茶干,表层色泽酱红而发亮,内芯微黄,肉细、紧、实,闻起来有一股芳香,吃起来很有嚼劲。越嚼越香,越香越想嚼。界首茶干制作工艺之复杂，用料之精细，其他地方少有。

第一次吃茶干是我十岁那年。那次堂姐的婆家来相亲，母亲带上我去伯母家帮忙做饭。堂屋的八仙桌上四面坐了人，每个人手里端着茶杯，边喝茶边谈亲事。桌子中间摆放了瓜子、糕点，还有一盘圆圆的、呈酱油色一样的吃食。我悄悄地问母亲那是什么，闻着好香，好诱人。母亲说那是茶干，是招待客人的。当我说也想吃一块时，母亲连忙用眼神制止了我。

往桌上端午饭的菜肴时，顺带撤下桌子上的瓜子、点心和茶干。伯母看我眼睛直盯着茶干看，就拿了一块给我。还没接到手里，口水在嘴里就不停地咽来咽去。轻轻咬一口，香香的、硬硬的，有点酱香还有些微微的甜，真是好吃极了！我天生就爱吃豆制品，到那时才发现，茶干才是我吃过最好的豆制品。从那时起，茶干成了我的最爱。

高中毕业出去当兵，回家次数就少了。每次只要回去，母亲都会买来茶干。走的时候，还会买上几包给我带走。前两年，我在网上搜到家乡有网店在卖茶干。从那以后，我隔三岔五地在网上买，一买就好几袋。

妻子是重庆人，对我老家的菜并不是特别喜爱。每次看我吃得津津有味的样子，就问我茶干好吃吗？我说你尝尝就知道了。开始她只是偶尔吃一两块，后来跟我一样隔几天就想吃。儿子看我们俩吃得不亦乐乎，也加入其中。每天晚上写作业时，一边喝水，一边嚼上一两块茶干。

家中冰箱里放得最多的食品就是界首茶干，一直没有断过。家乡茶干香，幸福滋味长！这小小的圆圆的茶干香满了全家，又幸福了全家！

——原载 2022 年 1 月 17 日《扬州晚报》

读书，就从今天开始

小时候，我就爱读书，尽管当时家里穷，但只要跟父母说是买书，他们都会挤出一毛两毛的碎钱给我。拿着钱，我兴冲冲地跑到书店，买来成套的连环画和故事书，废寝忘食地看了起来。上了初中，我开始去书店租书看，《天龙八部》《射雕英雄传》《一帘幽梦》……只要是课外书，都不挑不拣地借来看，终日沉浸在书本的世界里。

高考落榜后，我参军入伍，一方面忙着执勤训练，一方面忙着补习文化知识准备考军校。此外，我还挤出时间看小说，《战争与和平》《高山下的花环》这些战争题材的书更是让我爱不释手，它们引发了我职业的自豪感。服役期间，每一期《解放军文艺》我都看过，杂志上的精彩故事、巧妙的写作方法，让我着迷，并让我从中受益。考军校时，我的语文、政治科目考得最好，这也得益于平时的阅读。

在军校的那段日子是我读书最系统的时候。除了完成必修的文化课外，我读了上百本中外名著，连《史记》《资治通鉴》这些以前我根本不会去翻阅的书本也仔细读了一遍。印象最深的是从学校图书馆借来书页破卷、连封面都缺少了的《暴风骤雨》，看得我如痴如醉。毕业时，我两麻袋的托运行李几乎全是书。

到了部队后，我全身心投入到工作中。白天，我待在工地上（军校学的是建筑专业）或是到各处营房检查；晚上，我就在房间里看图纸、审核当天的工作，有时干脆24小时住在工地。忙碌的工作让我没有时间去看书，朋友之间的交际增多也让我没有精力去看书。

那是一段忙碌的岁月，也是一段"书荒"的岁月。少了书的陪伴，少了精神的满足，再忙碌的岁月也似乎失去了价值和意义。为了不让美好的读书时光从我手上溜走，我在办公室里、家中的书房里，甚至床头柜上，触手可及的都是书，只要一闲下来，立即就会翻起书本投入地看起来。越看书，我越觉得推掉应酬是多么明智；越读书，我越觉得买书花的钱是多么值得。

慢慢地，家里的藏书多了，书柜也由原来的一个增加到三个，并且还有继续增加的趋势。这才是我想要的生活，这才是读书该有的样子。

通过每天坚持读书，不仅丰富了自己、充实了自己、拓宽了自己的视野，更让我觉得，只要想读书，总能挤出时间，也一定会有收获。不要找借口和理由，不能荒废宝贵的时间。读书，就从今天开始！

——原载 2022 年 9 月 29 日《扬州晚报》

干鱼塘

家乡河多塘多、沟多渠多,因此养鱼的人就多。过了冬至,河水瘦了,鱼不好养了,加上春节来临,市场行情好,令人激动的干鱼塘陆续开始了。

冬天冷,下河捕鱼更冷。塘主一般提前几天看天气预报,选一个风和日丽的日子来干鱼塘。当天一早,先把鱼塘与外界连通的地方筑坝堵好,安上柴油机,架上抽水泵,将鱼塘里所剩不多的水往外河排。

我们一帮孩子沿着鱼塘边跑来跑去,一会儿看看"突突突"响个不停的柴油机,一会儿用手去接水泵出口的水,一会儿又呆呆地看着蹦起来又落到水里的鱼,连父母叫我们回家吃饭的喊声也听不到了,像在等着一个盛大节日的到来。

吃过午饭,塘里的水快要抽干时,捕鱼开始了。下河的人穿起皮袄,在塘里拉起了网,从一头往另一头合围而去。塘里有淤泥,每走一步都很艰难,前进的步伐非常缓慢。偶尔还有人陷在泥窝里无法行进,这时就会有人上来拉上一把。渔网包围圈不断缩小,原本在宽阔深积的水中自由自在生活的鱼儿受到了惊吓,胡乱地往上跳,仿佛逃难一般急着去寻找一处新的安身之所。鱼儿跳跃时掠起的水珠打在了拉网人的脸上,在阳光下闪烁着五彩的光芒,让从来不会打扮的朴素的劳动人民像上场的演员一样生动。耳朵上夹着香烟,或者嘴巴上含着香烟的拉网人顾不上擦去溅到脸上的水珠,一个劲儿地往前走。

当渔网包围圈五六米直径大小时,拉网的人停了下来,等着捕鱼。这时，岸上的人提着水桶、抬着澡盆来到渔网边，用网兜在网中捞鱼。已经没有退路的鱼儿闹得更欢、蹦得更高，激打起来的浑浊的水片让网边上的人成了泥猴一样，引起岸上围观的村民一片欢笑。

一桶桶、一盆盆的鱼儿抬上了岸，等候多时的鱼贩子忙着过磅称重，并在算盘上拨来拨去地算账。塘主一边抹着脸上的水滴，一边数着沾了水的现金，脸上溢满了笑容。村民们围观着塘主数钱，嘴巴张得老大，羡慕着、议论着、思考着……

等塘里的鱼清得差不多时，干鱼塘的高潮到了。按照不成文的规定，这时候塘主就会放村民们下塘捕鱼，捕多少都算大家的，不收一分钱。早就在鱼塘边等着的村民像听到发令枪响的运动员一样，撸起袖子、卷起裤管，从鱼塘的四周纷纷往下面跑。眼尖手快的人抓到了藏在泥里的鱼，笨手笨脚的人摸到了河蚌，带上自制渔网的人捕到了一些小鱼小虾……不管逮到了什么，也不管是否有收获，人们的叫喊声、欢笑声让冬日的天空热闹了起来、温暖了起来。年老体弱或是无法下水的人就在岸上给家人助威，甚至指引着塘里的人该到哪个区域去寻"宝"。

我和哥哥也是干鱼塘活动的积极参与者，每次都是他下水捕鱼，我在岸上一边帮忙提筐，一边看热闹。哥哥当年还小，不敢到水塘中间去，就在岸边不远的地方。这边不像水塘中间，已经没有多少河水，显然不会有多少鱼，大人们不屑在这抓鱼，都往塘中间跑。有一次，哥哥从泥淖里罕见地挖到了两只甲鱼，引起了轰动。村民们都围了过来，有的说这孩子真能干，有的说自己怎么没有这个好运气……塘主也懊恼不已，但是规矩早就定好，只好苦笑了事。

等村民们捕完鱼，塘主就把筑好的坝头撤掉回水，鱼塘又恢复了往日模样。哥哥捕的两只甲鱼卖了五十多块钱，母亲开心地买了肉回来奖赏我们。

那天晚上,我在猪肉鱼肉的美味中香甜地睡去,睡梦中想着没有几天就要过年了,嘴角洋溢着满足的笑容。

——原载 2022 年 1 月 25 日《现代快报》

慎点发送键

刚才,我给报社邮箱投稿,收件人写好、稿件附件上传完,在写邮件主题时,本想按退格键删除打错的字,一不小心却按了回车键。发邮件时,按回车键就相当于点了发送键,手起声落,邮件像离弦的箭一样立即就发送了出去。主题还没有写完整就成功投送,再想修改已经不可能了,让我好一阵懊恼!

不仅用电脑写作时会发生这样的事,在手机上用微信聊天时我也遇到过类似的情况。

前几天,跟爱人发生了点小争执,两人互不相让,演变成了冷战。过了两天,我想缓和一下关系,就主动发微信消息跟她解释。说着说着,我把过去发生的好多不愉快一股脑儿地打成文字,点了发送键发了出去。爱人一看就火冒三丈,责怪我一点没有和解的诚意,埋怨我还是不停地翻旧账。任凭我怎么哄,她就是不消气,又过了几天才慢慢和好。

还有一回,我忙着手头事情没来得及细看同事发给我的消息,就应付几句发送了出去。原以为这事就结束了,没想到第二天领导把我叫到了办公室,问我昨天发给他的信息是怎么回事。听得我云里雾里,慌忙把手机微信打开,这才发现把本来要发给同事的信息错发给了领导,造成了不小的误会。解释了半天,领导还是半信半疑。

当下,网络已成为人与人之间交流的重要方式,很多人甚至通过网络找到人生的另一半。网上签订的合同、网络上发生的借款……这些都被法律所承认,网络的作用也越来越重要。

我们在网上办事的时候，一定要严谨细致，不要以为是虚拟的环境就可以不负责任。我们在网络上跟他人说话聊天的时候，也要注意分寸和尺度。"良言一句三冬暖，恶语伤人六月寒。"千万不能口无遮拦，更不能将消息错发给不该接收的人。如果因自己的疏忽再让自己的亲人朋友伤心难过，那就更无法原谅了。

　　按下发送键的内容等于说出去的话，说出去的话就是泼出去的水，怎么也收不回来。所以在网上办事说话的时候要慎点发送键，三思而后行！

——原载 2022 年 4 月 25 日《金陵晚报》

车厢里的阅读

经常要去五六公里外的上级单位开会,那边车位紧张,每次我都选择坐公交车,走走停停,差不多 40 分钟就到了。

开始的时候,我跟大多数人一样,上车就当"低头族",开始刷手机,新闻资讯、专题文章、朋友圈消息……不停地刷,直到下车。因为是碎片化的阅读,也没看到多少有价值的信息,更别谈在脑海中留下了什么。

开会来回的时间基本错过了高峰期,车上经常是有座位的,一路坐一路刷手机的感觉并不好,我想到了带本书在车上看,用来打发这段短暂的行程。

出发前,我在手提包内放上本子、笔和水杯,并带上一本书,散文、小说……有什么带什么。上了车,找一个空座坐下,便拿出书来看。

晃晃悠悠的车厢,略显嘈杂的空间,这些都不能影响到我。我发现,只要捧着书,把那些文字看进去,心就平静了,仿佛找到了一处僻静的所在,有闹中取静的感觉。沉浸在书本的世界里,接受着文化的滋养,路上的风景都比往日优美了许多。车子偶尔颠簸一下,仿佛应和着书中的曲折情节一样,别有一番趣味。

车子进站上下客时最嘈杂,我会放下手中的书,看向车门。如果有需要让座的,就站起来示意;如果都有位子坐,我就继续看书。每站有乘客上车,欣赏的、疑惑的、肯定的……很快,各种目光朝我投射过来。车厢里大多数人在刷手机,多数时候好像只有我一个人捧着书本，他们显然对我这样的"另类"很感兴趣。

有一次，一位老奶奶牵着一个小学生模样的孩子上了车。他们走到我身边坐下，看到我在看书，老奶奶小声地跟孩子说："妞妞，你看这个叔叔多认真啊，在车上都抓紧时间看书，你要向人家学习哟！"听到老奶奶的话，我抬起头冲他们笑了笑。那个小女孩也歪过头来，好奇地看了看我手里的书，眼光里充满了羡慕，甚至带有几分敬佩。那一路，我的心里满足极了，感觉自己给孩子树立了一个好榜样。

慢慢地，我发现车上的人只要看到我，投来的赞许目光越来越多。一些年轻人眼光里除了赞许，还带有几分感慨。他们是不是在想：几站路的时间，空间这么狭小，能看得进去吗？其实，我安安静静看书的样子已经给了他们答案。

车厢里，陌生人投来的鼓励的目光，让我的心暖暖的，更让我觉得利用坐公交车的时间，见缝插针地读书，是一件很美妙很有意义的事情；陌生人投来的新奇的目光，让我受到了鼓励，更让我坚定着自己的做法。

一路前行，一路收获。后来只要坐公交车出行，我一定会带上书，在各种目光中，惬意地阅读。

——原载 2022 年 4 月 25 日《扬州晚报》

窗外有棵树

办公楼后面是另外一个单位的院子。兴许是修建停车场的缘故，只在小院拐角处独留下了一棵银杏树，这棵树正好在我办公室窗户的外面。早晨到办公室，第一件事就是凝望它一会儿，仿佛它是我的故交，每次见面都要打个招呼说上几句一样。每天下班离开，我也要看它两眼，感谢它陪我度过平凡而又充实的一天。

身处小院一隅的它虽然无树相伴，但仍然精彩地活着。春天来了，旁逸斜出的枝条上长出了鲜嫩的小伞状的叶子，先如指甲盖般大小，后来竟蓬勃成两三倍大。密密匝匝、挨挨挤挤，宛若穿上新装的军士。伴随着阵阵蝉鸣声，它的树皮开始变黑，就像常年在烈日下劳作的汉子那身古铜色一样。满树的叶子更加茂盛，犹如大地上矗立着的一把巨伞。秋天是它的舞台，也是它一年中最高光的时刻。这时候，覆盖全身的银杏叶子灿若朝阳，树干也呈黝黑色。黄的金黄、黑的墨黑，相互陪衬、相互成就、相得益彰，竟让单调的一棵树展现出立体的美。好像一个将军，不仅有着雄浑的气息，还有着指挥千军万马的笃定。它让秋天不再充满忧伤，让诗人都发出了"我言秋日胜春朝"的感叹。无情的冬天没有对它造成摧残，而是让它重新调整自己，休养生息。它落光了叶子，瘦骨嶙峋般的枝干直刺苍穹，有种孤傲的美。

当它的叶子沙沙作响时，仿佛在为我刚刚完成一项工作而鼓掌，给我肯定和鼓励。它仿佛知道那一刻我是喜悦的、我是快乐的。当它沉默不语时，仿佛知道我在思考工作，生怕吵到我一样，陪我静思、伴我冥想。当雷电交加、狂风大作时，它岿然不动，安若泰山，仿佛告诉我人生中总会有起起伏伏、总会有浮浮沉沉，那时候一定要顶风迎雨、坚定如磐。当风和日丽、碧空万里时，它摇曳枝叶，随风起舞，仿佛告诉我在风平浪静时要借力发力、趁势而上，在人生的道路上轻装上阵、阔步前行……

尽管它不说话，但它懂我。每当我感到孤独、想要倾诉的时候，它就会默默地陪着我，并且非常懂我似的点点头；每当我忧伤难过的时候，它就用傲然屹立的样子给我力量；每当我兴奋冲动的时候，它又用沉默暗示我要淡定平和。这棵树就像是我的知己，每天都与我在精神上交流，让我找到了心灵上的寄托。这棵树又像是我的战友，时刻与我并肩作战，给我以生命的护佑。

这棵树又何尝不是我自己呢？哪怕无人欣赏、哪怕独立生存，也要迎接人生路上的风风雨雨，在自己的世界里坚持着、挺拔着、芬芳着……

——原载 2022 年 5 月 17 日《现代快报》

油炸花生米

我做的油炸花生米是一绝,所以这道菜在一些重要时刻就成了家中餐桌上的必备菜肴,就像每年除夕必须要有春晚一样。

说是一绝,首先体现在花生米的颜色上。既不像营养不良的人脸一样蜡黄蜡黄的,也不像冷冻后的猪肝一样紫黑紫黑的,而是宛如豆蔻年华的小姑娘脸蛋,既鲜红又有光泽,水灵灵的,耀眼夺目,让人眼馋。看人也是先看外表,一旦一个人的外表特别引人注目,印象分是少不了的,谁都要多看几眼,我做出来的花生米就有这样的效果。

如果你品尝到,吃起来一定是嘎嘣嘎嘣脆的,很有嚼头,而且越嚼越香,其他菜肴的香味就被盖了下去,让你吃了还想吃。就像在大剧院欣赏高雅的音乐会,演员谢幕了好几次,观众还是舍不得离开一样。

烹制时,在锅内倒入刚刚与花生米齐平的色拉油(多一点或少一点也没有关系,不影响制作效果),一边大火热锅,一边把花生米在水中过一遍。洗好沥干,油温也上来了,把花生米倒入油锅内,不停地翻炒。几分钟后,就能隐约听到花生米炸熟了的"噼啪"声。开始的时候只是零星的几响,过不了多久就会接连不断地传来响亮的"噼噼啪啪"的声音,就好像育婴房里面的孩子,一个哭,其他的立刻跟着哭;也像是雷阵雨,开始只是几滴,不一会儿就连片地往下倒。

就在花生米炸熟的声音此起彼伏时,立刻就能闻到一阵阵熟花生的芳香。当"噼啪"声渐息、花生香味四起的时候,就可以关火了。这时候锅里花生米的颜色还是苍白的，就像是受到了惊吓的脸一样，看不到一点红润。这并不代表花生米没有炸熟，很多人就是上了这个当，自认为没有熟，舍不得关火，等到关火起锅时，花生米已经炸煳了。做任何事情，"火候"拿捏非常重要，过与不及皆不可取。

我还有个非常具有个人特质的习惯，每次听到花生米炸熟的声音后，就把火给关掉。等个十几秒钟，又把火点上，半分钟的时候再关掉，那种让火与花生米最后片刻温存的感觉特别温馨，就像去站台送别亲人一样，随着列车跑上一阵子一定比列车未开动就毅然决然掉头回去更加动人。

炸熟的花生米沥干油后，在上面撒上盐，然后像专业厨师颠勺一样颠个几下，让盐在所有的花生米上均匀分布，一道油炸花生米就可以上桌了。刚上桌时，是不能立即吃的。油温的威力还在，吃了会烫嘴。而且花生米还处于高温软化状态，冷却一段时间才会完全变酥脆，吃起来才有脆脆的感觉，否则就会软软的，不懂行的人还以为没炸熟呢。

我也不是一开始就能娴熟地做好这道菜的，那是一次次失败后不断总结不断改进获得的成功。任何成功都是这样。当一盘香喷喷的花生米端上桌时，成功的喜悦感顿时涌上心头。再吃上一颗，芳香极了、甜蜜极了、满足极了！这里面有亲自劳作后的满足，也有烟火气带给我的生活乐趣！

——原载 2021 年 10 月 14 日《大江晚报》

蒜香排骨真香

我对蒜香排骨产生特别的好感，始于以前单位的酒店。那家酒店里很多菜非常有名，蒜香排骨就是其中一例。

他们制作的蒜香排骨呈长条状，每根约4厘米长，外表金黄，外焦里嫩。整根排骨上看不到一丁点的黑煳色，可见火候掌握得非常好。七八根排骨整齐地排列在定制的盘子里，一股浓烈的蒜香味扑鼻而来，令人垂涎欲滴，只想立即大快朵颐。

用手抓着蒜香排骨品尝时，既能闻到蒜香，还能闻到肉烧熟了的油香。放到嘴里，舌尖一舔，芳香四溢，味蕾完全为之绽放。那一刻，只有一点一点地去咬，才觉得对得起厨师们的精心烹饪。他们的蒜香排骨肉既不老也不烂，越嚼越有味，完全依靠食材本身的味道，让人吃了还想再吃，一点不像现在的烧烤，完全靠孜然粉等调料去调味。

每次在这吃饭，蒜香排骨都是我必点的菜。我曾问过厨师长，在家里怎样做才能做出这样的味道。师傅喜欢熬夜打麻将，眼睛里即使带有几分血丝，也能很清晰地把蒜香排骨制作的步骤告诉我。

可惜我一直没有按照师傅教的方法去实践，如何像他们那样制作蒜香排骨，早就忘到了九霄云外。

前几天，儿子跟我说："爸爸，你经常念叨说蒜香排骨好吃，能不能给我也做一次尝尝啊？"为了不让父亲伟岸的形象打折扣，我不假思索地答应了他。

虽然答应了孩子，心里却一点底也没有。我买来了食材，按照网上教的方法，照搬照抄做了起来。先用蒜末和调料把排骨腌制了 15 分钟，腌好后把整盘的排骨和调味料一起用中火蒸 30 分钟。蒸好后，我在油锅内放上蒜末，当油有五分热的时候，把排骨放下去炸，表面变色后起锅，把油和蒜末倒掉，重新倒油，加热到七成时，再把排骨放下去，等颜色略呈金黄色时起锅。这时候，美味的蒜香排骨就可以上桌了。整个过程感觉就像制作一个高精尖的产品，一步也没有马虎，一分钟也没有偏离。

当我把花了近一个小时做好的蒜香排骨端上桌时，儿子立即说道："真香！真香！"颇有我当年见到蒜香排骨时的样子，难道吃货的天性也会遗传吗？

说实话，自己第一次做蒜香排骨，味道怎么样，心里还真没数。后来我尝了一块，感觉还行，不仅颜色鲜亮，而且味道也不差，蒜香特别浓郁。要知道，这可是不掺任何添香剂、增味剂制作而成的。

没过多久，一盘蒜香排骨就被一扫而光。只见孩子满嘴、满手是油，嘴里连声说着"好过瘾"，一脸满足的样子。

蒜香氤氲在餐厅的上空，一根根短短的蒜香排骨，馨香了全家，温暖着家人。

——原载 2022 年 10 月 6 日《金陵晚报》

带浆米粥

昨晚与老家来的友人一起吃饭，上主食时，友人说，还是老家的带浆米粥最好吃。

带浆米粥不是什么特制的食品，它就是一种粥，只不过待米将熟未熟之时起锅盛碗。刚揭开锅盖，会看见米在水中翻滚，看到粥汤上面翻着无数的、跳跃着的泡泡，有的半圆形，有的长条状……都是透明的，像玻璃一样。不一会儿，这些泡泡就会破裂，新的泡泡又会生成，就像跳动的音符那样动人。只见米粒一个一个地竖立着，不像普通稀饭的米粒那样粘连在一起，粥汤也不像普通稀饭那么浓、那么白。尽管清汤清水的样子，但吃起来米粒香浓，只是略有点硬，不像熟透了的米那样酥软易嚼。

老家人认为带浆米粥有营养。他们说米没有长时间煮，营养成分就没有破坏。带浆米粥是不是真的比普通稀饭更有营养，这个倒没有科学的考证，只是一种生活习惯被沿袭着。

每年农忙的时候，母亲就经常会煮带浆米粥，她说吃了这个粥能扛饿，即使中饭迟一点，也还有体力做农活。我理解，是不是因为带浆米粥吃到肚子里，米粒还要继续吸水膨胀，从而让人有饱腹感呢？其实也不只是这一个原因，更主要的是抢收抢种时节，时间很紧迫，煮上一锅带浆米粥花的时间少，且带上一锅到田头，不至于因为煮熟透以后再长时间放置而影响口感。农民对于收成的工作就是这样争分夺秒！

老家看望病人时，见面第一句就是问人家，还能吃稀饭啦？只要能吃稀饭，就说明病好了。这时候的稀饭一定是煮熟透了的甚至有些烂的米粥，绝不能吃带浆米粥。因为带浆米粥硬，不容易消化。

我小时候家里穷，没有多少荤腥吃，母亲就经常给我煮带浆米粥。她说带浆米粥最养人，让我多吃一点。她一定是怕她的孩子没有好的营养，耽误长身体，所以才不厌其烦地给我做带浆米粥。在母亲的喂养下，我渐渐长大，长得很壮。

离开家乡二十多年了，电饭锅再也不能像土灶那样煮出带浆米粥了，只有在记忆里、睡梦中去想念那一口永远难忘的味道了。

——原载 2020 年 11 月 7 日《扬州晚报》

做菜

昨天,朋友圈有人吐槽说,世上最琐碎的事情莫过于做菜了。细想想,也不无道理。一日三餐,哪顿也不能缺。不仅要把菜做出来,还要让大家都满意,非常之难,所以就有了"众口难调"这一说法。如果再遇到一些挑剔的对象,做菜简直比上刑场还要痛苦。

就拿厨师来说吧,每天做同样的菜肴这就是"枯燥无味"的事,一点激情和欲望都没有。就像两口子,别人羡慕他们郎才女貌时,很多人心里都会嘀咕,哪有什么激情啊,纯粹是左手摸右手的感觉。高速公路在设计时,哪怕是一马平川的陆地,也要隔一段设计一些弯道,目的就是不让驾驶员始终处于同一种状态产生疲劳而发生交通事故。你想想,厨师每天都做同样的事,都闻同一种油烟,多放一点盐也不行,多放一点糖也不可以,他能不疲倦吗?不仅如此,偶尔思想开个小差,菜做咸了,或是太甜了,就要遭顾客投诉,轻则受到领班批评,重则还要扣工资扣奖金,他能不痛苦吗?对于厨师来说,偶尔炒个菜做个饭并不难,难的是一辈子都不能离开大勺。鲜有几个干一行爱一行的,最后才能成为顶级厨师,从而走上管理岗位。细想想,哪个行业不是这样呢。

对于过日子的家庭煮妇(夫)来说,做菜那就更难了。先是纠结每天吃什么,特别是到了菜场后头就大了。每天吃饭的对象就是那几个熟面孔,拿手的菜也就那么几个,他们都吃过,总不能每天都做同样的菜吧。即使辛辛苦苦做出来,摆上桌,也总是批评的多，赞美的少，不客气的还要指导一番。刚刚在单位被领导批评过，没想到回到家还是有在单位的感觉，心里想，爱咋咋地，不伺候了，没有功劳还有苦劳，忙了这么久，一句好都没捞到。第二天一早起床，还是春风满面地问："你们今天想吃什么啊？"

凡事都有例外！我认识一个医学博士，他就特别爱做菜。不管是出差会诊，还是参加朋友聚会，他都要把品尝到的菜品研究一番。就这还不够，为了提高厨艺，他还专门去厨师学校参加了培训。热爱做菜的不仅仅这一位医学博士，被誉为中国最后一个士大夫的汪曾祺也特别喜欢做菜，他不仅乐于钻研，还把做菜的过程和感受记录下来，给我们留了下《故乡的食物》《四方食事》《豆腐》等许多篇精美的散文，让人看了心生做菜之念。我在家也经常做菜，开始是尽责任，慢慢地也尝到了其中的乐趣，以至于现在都是主动下厨。可见，做菜也没有想象的那般恐怖。

生活也是一道菜肴，酸甜苦辣全靠自己去调味。过日子就像做菜，尽管琐碎和痛苦，但尝尝自己的劳动成果，在平凡中做一点创新，在单调中努力地坚守，还是别有一番滋味在心头的。

——原载 2020 年 12 月 25 日《金陵晚报》

暑假放鹅

"嘎、嘎、嘎……"睡得正香时,蒙眬中听到鹅栏里传来一阵急似一阵的叫声。正是夏日里最凉爽的清晨,最适宜酣睡,内心里不想理会,但随即传来母亲的叫喊声:"快起来,太阳都八丈高了,赶紧放鹅去!"

揉着惺忪的睡眼,连连打着哈欠,慢腾腾地从床上爬了起来。匆匆喝几口稀饭,赶忙跑到鹅栏边,放它们出来。关了一夜的鹅们像听到下课铃响的学生一样,扑闪着羽翼未满的翅膀,哼唱着挤出了门口。芦柴编成的鹅栏被它们撞得嚓嚓直响,栏里面的水盆也被踩翻了,它们全然不顾。

我挥舞着竹竿,引着这群鹅往村外走。它们贪婪地吃着带有露水的嫩草,绝大多数仔鹅是循规蹈矩的,沿着道路边吃边往前走。总有那么一两只不老实的小鹅会跑到菜地里,偷偷吃上几片豆叶、莴笋叶。如果野草是家常菜的话,蔬菜的叶子那就是五星级饭店里的美食,因此这对它们的诱惑力是巨大的。在这几只鹅的带头下,其他鹅也不安分起来,纷纷往菜地那边跑。

那怎么行?别说吃了这些菜叶子会被主人责怪,万一蔬菜刚打过药水,那就危及生命了。我赶紧挥动着竹竿把它们往马路上赶,这时它们才不情不愿地放下诱人的美味,平淡地吃起野草来。

上午九十点钟,太阳开始发威,野草被蒸发掉了露水,变得坚硬起来,难以下咽的野草对已经吃饱的鹅们来说失去了诱惑力,它们三三两两地挤在了树荫下。

休息一会儿，就把它们往家赶，我得回家做午饭了。到了家，把它们关进鹅栏，往水盆里蓄满水，再给食盆里放一些稻谷，它们就快乐地睡起了"午觉"。

等我午睡起来，太阳不那么毒辣了，又出去放鹅。这时候，我会引着它们往农田那边跑，那里草多，可以让它们饱饱地吃上一顿。有的鹅嫌野草没味道，直往稻田飞奔过去，跑得快的甚至已经吃了几棵秧苗，我蹚着水连跑带追，把它们赶上马路，要是被人家看到了，不骂我才怪。等它们吃了一会儿，我再赶它们到水塘里去，让它们在水里找些螺蛳和小鱼小虾吃。它们像蜜蜂遇到花儿一样，贪婪地享用起来。头朝下埋在水里，来回不停地找着吃食。硕大的屁股朝天竖着，一点也不知道羞耻。过了很久，也不出水面吸一口气，两只脚掌一会儿露出水面，一会儿又在水面上来回拍打着，像吃奶的婴儿高兴得挥舞着手臂一样。

它们在水里欢快地觅食，我要不在边上钓龙虾、要不折一片荷叶在手里把玩、要不就跟一起放鹅的小伙伴们吹牛聊天。我们一点也不担心两家的鹅混在一起分不清，因为聪明的母亲早已给自家的鹅做了记号，或是在头上，或是在翅膀上，或是在尾巴上，用颜料点了红、绿、蓝的颜色。

别以为放鹅如此轻松，有时一阵大雨突然降临，鹅们倒是很享受，我却淋成了个"落汤鸡"；有时还怕裹进专业户放养的鹅群里，那就要跟人家发生一场争执了。

鹅一天天长大，黄色"衣裳"换成了白色"制服"，叫声也像少年变成青年一样高亢。暑假结束前的一个赶集日，母亲把这群鹅卖给了商贩，换回了我的学费。看着朝夕相伴的鹅被装上车，我的眼里噙满了泪水……

——原载2022年8月9日《现代快报》

十年书满房

对于酷爱读书的人来说，购书藏书是一大爱好。我平时喜爱读书，购书藏书也是我的一个爱好和快乐。

然而，购书易藏书难，难就难在要有一定的空间存放书籍。十年前，我蜗居在一处70平方米的两室一厅小房子里，一家三口加上过来帮忙带孩子的老人居住在内，空间逼仄。除了满足日常生活起居，还要放置孩子的玩具，哪还有空间放书。那些年，我要不去图书馆借书，要不就是在家看电子书。受到这些条件限制，我一年没看多少书，更没有买上几本书，心里总觉得空落落的。

6年前，我卖了旧房换新房，三室两厅120平方米的房子比以前面积几乎增加了一倍。看着宽大空旷的房间，我那早已有的购书藏书欲望瞬间膨胀。装修前我跟设计师说，客卧几乎没有人住，不要放衣柜，就放一张折叠床，其他空间全部打书橱，平时做书房，偶尔父母或者亲戚来，就临时充当一下卧室。

搬进新居，我最满意的就是这间书房了，四组高大的书橱不仅让房间变得满满当当，也让家里充满着知识的气息。从那以后，购书藏书成了我最乐此不疲的事。只要休息，我就带上孩子去书店，选购自己喜爱的书籍。此外，还经常在网上找书。不仅买新书，以前看过的书也买回来收藏。每天吃过晚饭，我就会泡在书房里，看看新书，翻翻以前的旧书，惬意极了，就像跟老友交心一样舒坦，就像将军检阅士兵一样自豪。没过两年，过去的存书加上新购的图书把4个书橱全部占满了。

前年"双十一",我又在网上买了两个组合式的铁质书橱,家人连声称赞我,说是多年来网购最成功的一次,让我沾沾自喜了好久。

书橱的增加却没能跟上书本增多的步伐,家里的书越来越多,连我卧室飘窗平台上都堆满了。上周,我跟爱人去了一趟家具城,买回来两组书柜。卧室放不下,只好装在了客厅里,孩子放学回来一看,冒出一句,我们家成了真正的"书香之家"啦。

周末整理书橱,我统计了一下,家里的藏书已经有2600多本,真有"小图书馆"的味道了。到家里做客的亲朋好友无不为我的藏书之多而啧啧称赞,去年春节父母亲过来,看到我的书橱和藏书,都为我骄傲。

妻子是医务工作者,回到家不仅看专业书籍,有时间还翻看我买的文学哲学类的书。今年已经上初三的孩子经常在书橱中找些名著来读,他的语文成绩特别是作文在班上一直名列前茅。工作之余,我坚持写作,遇到不了解的知识就去翻找家里的藏书。闲暇时,我们一家三口就在家里安静地读书,浓浓的书香氤氲了整个家庭。

去年,我又买了一套80平方米的房子。妻子问我以后这房子怎么用,我说只放一张床就够了,其他的都用来做书房吧!

——原载 2022 年 10 月 24 日《燕赵老年报》

256 张票根

每次跟朋友聚会,朋友都会对我微信朋友圈里发的观看演出动态产生疑问,总是问我怎么那么喜欢看演出,那些演出都是自己花钱买的票吗?只要朋友一问,我就会滔滔不绝地讲述起来。

小时候,经常跟着母亲到四里八村去看戏,慢慢地就喜爱上了文艺。周边哪里有演出,哪天晚上有露天电影,我一场不落,哪怕不吃饭也要从头看到尾。在城市定居后,忙着工作、成家,生活的重担让我没有多余的精力去看演出,偶尔去看场电影都算是奢侈的。

2012年,孩子上幼儿园,我觉得应该给孩子一些艺术上的熏陶了,于是带着他去看演出,如音乐剧、情景剧、舞剧……不仅孩子看得津津有味,我也找到了童趣,弥补了儿时从未观看过专业儿童剧的缺憾。当时的演出场所稀缺,票价也贵,尽管家庭生活条件稍微好了一些,但每看一场演出,都要考虑好久,一年也没看过几场。

2014年,我所在的城市第一座规模较大的商业剧院开业,一下子引起了轰动。开业之初,这家商业剧院推出了一些价格低廉的惠民演出,我也抢到了票。第一次去这家剧院是国庆节那天,我和孩子早早地就到了这里。在剧院周边转了一圈。坐在剧院大厅里,高大的穹顶、纯色的墙壁、柔和的灯光、整齐的桌椅……让我们惊叹剧院的精美设计。演出开始后,全场肃穆,乐音绕梁,我们沉浸在艺术的世界里,陶醉在无限的回味中。

回家的路上,孩子说今天的演出真精彩,希望以后还能经常来看演出，我为他能愉快地接受艺术熏陶而高兴，爽快地答应了他。从那以后，我们隔三岔五地到这家剧场观看演出，生活变得精彩丰富起来。

时间转眼过去了三年。这一年，由政府投资创办的大剧院正式投入使用。相比商业剧院，这边的场馆更专业，有音乐厅、歌剧厅、戏剧厅、综合厅，空中俯瞰犹如四片荷叶，文艺范儿十足。不仅如此，这边的票价更加亲民，有时候一场专业演出最低只要花四十元。我爱上了这里，关注了大剧院的微信公众号，办了会员卡。只要演出开票，我总在第一时间抢购，每年在这里观看演出至少20场。

十年来，我和家人先后观看过民族交响乐、西方交响乐、歌剧、话剧、戏曲、舞剧等演出200多场，现场欣赏过多位蜚声海内外的大师演出。我数了数，积攒的厚厚一沓演出票根有256张，发过的微信朋友圈演出动态达200多条。难怪朋友每次见到我，既羡慕又疑惑。

我跟朋友们说，这十年来，经济条件好了，收入逐年提高，我大概花了五六万块钱买票看演出。每次看演出，我都沉浸其中，吃足了"精神食粮"，整个人身心放松。听我这么一说，朋友们纷纷赞同，还让我以后给他们推荐新的演出呢。

——原载 2022 年 10 月 12 日《亮报》

儿时游戏"砸钱锅"

三十多年前,我还是一个懵懂少年,那时最喜欢玩的一个游戏就是"砸钱锅"。随便找一处空地,地上平放一块红砖,另一头画一道横线,场子就摆起来了。

游戏开始前,小伙伴先要往红砖上放硬币,这红砖就被叫作"钱锅"。有时候每人出五分钱,有时候是一角钱,数额多少大家商量决定。

游戏第一把(回)是根据翻手心手背来决定往横线方向扔铜板(旧时的银圆)的顺序,谁扔的铜板越靠近横线内边,谁就是第一名,游戏中被称为"大头",可以第一个再把铜板往红砖这边扔回来,享受第一个砸钱的权利。这时候"锅"上的硬币多,得到的就可能多,所以大家都憋着一股劲,想抢到"大头"。就在"大头"似乎要产生的时候,后面的人还有机会,只要扔出去的铜板把"大头"的铜板撞出线外,或者压在了上面,自己就成了"大头"。可见,竞争相当激烈,不到最后一刻,"冠军"都无法产生。

根据距离横线的远近,顺着"大头"后面的依次被叫作"二游""三游"……最后一名被谑称为"呆瓜"。有的人用劲过猛,铜板飞出了横线外,如果有几个人的铜板都飞出线外,谁离线越近谁排名越靠前。"大头"产生了,大家一顿尖叫;"呆瓜"出现了,伴随着当事人的叹气声,大家又是一阵哄笑。

往回扔铜板的时候,如果落到了红砖上,或者距离红砖一步之内,就可以"滴"钱。"滴"钱时,跨步站在"钱锅"上方,松手将铜板往下丢,被击打出红砖外的硬币就归自己。如果距离红砖一步之外,只能"砸"钱了。"砸"钱时,在铜板落点处画一道线,一只脚蹲在线内,另一条腿支撑身体往前倾,伸出一只手臂往红砖上的硬币根处砸去,飞落到地上的钱就是自己的。小伙伴王习军是玩"砸钱锅"的高手,轮到他当"大头"时,只见他闭起一只眼睛瞄准,用铜板直接往红砖上的硬币砸过去,经常能砸落几分或者几角钱,等于多了一次机会。大家纷纷效仿他,奈何技术不如他,只好望"锅"兴叹。

第一名按规则"滴"钱或者"砸"钱后,第二名、第三名……大家依次按规则操作。每次几乎不到最后一名,红砖上的硬币就被"砸"完了。红砖上钱没了,这一回游戏就结束了,没得到机会的人只好失望地摇摇头。当然,也有例外,所有人都没有把红砖上的硬币砸光,这些钱就作为底钱放上面,大家继续出钱进行下一把游戏。

下一把谁先往横线方向扔铜板就好办了,因为上一把已经确定了"大头",大家就省事地按上一把顺序来。不过,上一把的第一名,这一回不一定是第一个往回扔铜板,还要看谁的铜板离横线最近,等于又重新确认了先后顺序。只有这样,对大家才是公平的。

开始几年,大家都用铜板做工具,所以"砸钱锅"又被称作"打铜板"。后来,大家嫌铜板力道不够,换上了约五毫米厚的正方形铁块,有时候劲用大一点,能把红砖砸碎。当然,发生这样的事也是有规矩的,谁砸碎了红砖,就取消谁这一把的资格。一旦遇上,当事人好不懊恼。

玩"砸钱锅"游戏时,参加的人大汗淋漓地来回跑,围观的人也不时地一阵阵欢呼。那时候,我们忘记了作业、忘记了父母安排好的农活,沉浸在了快乐里……

——原载 2023 年 1 月 7 日《现代快报》

说"四句"

婚丧嫁娶、砌房筑屋是吾乡村民一生中最重大的事,操办时有各种各样的规矩、仪式和忌讳。在所有仪式中,最让我难忘的是现场所说的那些吉利话和祝福语,母亲称为说"四句"。

比如婚礼当天,花轿抬到了家门口,就有事先安排好的几个人轮流说着喜庆的话:"迎新娘张灯结彩,到华堂欢天喜地。恭喜、恭喜,发财到底。发财、发财,新娘带着元宝来。""跨步进华堂,喜联贴门上,福来都是五,喜到必成双。"……新娘步入洞房时,又有人高声唱说:"右手掀门帘,左手撒金钱;金钱存在库房里,荣华富贵万万年。"

这时候有福奶奶(一般由德高望重的老妇人担任,类似于司仪)帮新娘挑盖头布,一边挑还一边说:"凤冠霞帔戴在头,上面披着红盖头;大红棉袄穿上头,翠绿裙子围腰头……我说四句刚开头,福禄寿喜不断头。"直到闹过洞房,当天所有婚礼仪式举行完毕,这时候还要安排一帮小男孩在屋后捅窗户纸,一边捅还要一边说:"洞房大来有窗孔,糊上红纸红彤彤。金童捣破大吉利,生个儿子必成龙。"叔叔结婚那年,我才十一二岁,当天晚上捅窗户纸这个仪式是由我和表哥表弟们做的,当时我们喊得很大声,亲戚们笑得很响亮。

相较婚礼仪式上的说"四句",我对盖房上梁时说的吉利话印象更加深刻。

上梁那天,边梁已经提前架在了山墙上,中梁横卧在板凳架子上,上面贴着写有"吉星高照"的红纸。提前选好的吉时一到，木工作头（有经验、有威望的木工带班师傅）就高声唱道："天无忌、地无忌，姜太公在此百无禁忌。"他的声音一起，全场的人都肃穆起来，尤其是主家夫妻紧张又激动。这时，作头拿着酒壶，沿着中梁边浇边唱："手抓银壶亮堂堂，壶内盛的是琼浆。酒浆不是我造的，杜康酿酒我浇梁。""酒浇梁头，代代出诸侯。""酒浇中梁喜气多，中间有个凤凰窝。凤凰不落无宝地，才多福多寿也多。""酒浇梁尾，代代做官清如水。"……

看到现场围观的人越聚越多，作头还跟大家互动起来："那头浇到这头来，恭喜大家都发财。"听得人群中又是一阵欢呼，连说这个师傅有水平。中梁抬升到位置上，接好榫头固定后，梁的两头要挂上红布，插上两对金花。这时，作头又唱说了起来："彩布生来喜连连，好比刘海戏金蟾。金蟾戏在华堂内，富贵荣华万万年。"上梁所有的"四句"说完，木工师傅们就坐在梁架上向围观的村民撒米糕和馒头，梁上撒一阵，地上的人们叫一阵、笑一阵、跑一阵，像煮沸的火锅一样热闹、喜庆、暖人。

上初二的时候，学校发了一本地方教材，上面就有说"四句"的记载。我边走边读，正好被做了一辈子木工却目不识丁的堂哥听到了，他让我再全部重念一遍。他一边听，一边眯着眼："书上写的是对的，就是这样的，没想到你们上学还学这些，读书还真有用。"

我上高一那年，家里新盖了二层楼房。上梁那天，父母半夜就把我叫了起来，一会儿这里看看，一会儿那边检查检查，看有没有什么遗漏。木工作头开始说"四句"的时候，父母笔直地站在中梁后面，眼睛一眨不眨地盯着木梁，嘴唇跟着作头一张一合。木工师傅们已经开始往下面抛撒米糕和馒头了，父母还站在原地激动着。

离乡多年，家乡说"四句"时的祝福话语仍在耳边萦绕。我想，该回故乡看看了。

——原载 2023 年 2 月 7 日《安徽日报农村版》

乱弹"金盆湖"

对于总面积9979公顷的重庆茶山竹海国家森林公园来说，金盆湖景区就像它的一只"手掌"，面积很小。那一天，我们一路转下来，用了不到半个小时的时间。

进入景区大门，正面是一圈石质围栏，围栏后面就是金盆湖。围栏右侧，一座长长的木质廊桥沿湖而建，直通向竹林深处。

顺着石板路往里走不到百米远，跨过四五级台阶，人就到了廊桥中。左边是波光粼粼的湖水，一阵阵寒风从湖面隐隐地飘过来，仿佛在湖面上还能看见它的影子。右边是苍翠茂密的竹林，一根根直耸入云的竹子密密麻麻、挤挤挨挨地沿着山坡生长着、挺立着。竹叶随风飘拂，犹如海面上的波浪起起伏伏；飒飒的叶片抖动声、碰撞声，犹如浪花在欢唱。

廊桥尽头是直立的山坡，90度折向北有一条窄道，仅容两三人并行。路右侧有一处休闲山庄，依山而建，虽然是春节假期，客人却不多，使得山庄显得更为幽静。路左侧是一条水沟，在茂密的竹林里若隐若现，蜿蜒着与景区入口处的金盆湖相连。

前行四五百步，一座拱桥横跨在水沟上，拱桥边上是一座双顶八角亭，赭红色的亭子让满眼的绿有了点缀。拱桥后面有一汪水塘，从后面山坡上草丛里渗出来的溪水汩汩地流入塘内。溪水洁净清澈，没有一丝杂质，水底的卵石或大如鹅蛋，或细如药丸。

翻过拱桥，有陡峭的台阶盘曲而上。路边告示牌提示，台阶步道长约一公里，可抵景区最高峰。因同行人缘故，并未登顶，稍有遗憾。想必登到最高处眺望金盆湖，应该能感受到它就像竹海里的一颗明珠，别有一番意境吧。

回程走到金盆湖边，有一处空旷的广场。我和孩子边在广场上等着同行的亲戚们，边聊起了天。

我问孩子，你觉得这里为什么叫金盆湖这个名字？孩子摇头说不知道，问我是怎么认为的。我说可能是这么个由来：当年有一江洋大盗，发迹以后决定金盆洗手、造福乡里，专门来到这处圣洁的水面搞了个"洗手上岸"仪式，乡民们为了感谢他，就把这里叫"金盆湖"。

孩子听了哈哈大笑，连说我想象力丰富，鼓励我再猜。我只好硬着头皮说，还有可能是这个由来：当年有个人做了个梦，梦到湖里有一只金盆，只要把一枚铜钱放进去，满盆都是钱，这个人就到这边找金盆。孩子被我的联想激起了兴趣，说也想到了一个由来：当年有个农夫勤劳善良，一天在湖里打鱼时，放生了一只神龟。神龟为了报答他，就让他捕到了一只金盆。得到金盆后，他跟乡民们一起分享。于是，大家就把这边叫金盆湖。

我们都以为猜得大差不差，兴高采烈地走了出来。出景区大门口的右侧竖着一块简介牌，上面写道：金盆湖竹海中有3个湖，是茶山上难得的高山平湖，人称"金盆"。相传，这3个湖是竹海观音当年洗手濯足所用。

——原载2023年2月2日《现代快报》

"灯节"送灯

元宵佳节，家乡高邮人从不文绉绉地叫作元宵节，而是直接说成灯节。乡贤汪曾祺在《故乡的元宵》一文中也写道：我们那里一般不叫元宵，叫灯节。这么朴实、直接的叫法倒也符合家乡人率真、刷刮（麻利）的性格。家乡的元宵节过得非常平淡，大年初五、初六就有乡民下田劳作，谁还有那个雅兴过一个闹腾腾的灯节呢？

正月十三，家乡灯节开始。对于每年正月初十就开学的我们来说，那天实在没心思上课。既惦记着晚上父母将要准备好的美食，又焦急地盼着早点放学做元宵花灯。

好不容易盼到中午放学，我们旋风一般冲出教室，赶到小伙伴汤小羊家。他的父亲是个木匠，早就为我们准备好了做元宵花灯的材料。

手法娴熟的汤小羊拿起木棍、竹篾子就绑扎了起来。不一会儿，兔子灯的轮廓就出来了。我拿着他做好的花灯骨架往上面糊白纸，善于画画的周广山就在纸上画眼睛、粘胡须，还用彩色颜料在兔子身上涂抹起来。最后在兔子脖子下系一根长绳，各种五颜六色、活泼可爱的兔子花灯就制作成功了。有时候，我们还会做白果灯、八角灯、猪儿灯、鱼儿灯……想到什么就做什么，品种十分丰富。

边做花灯，边匆匆地扒上几口饭。花灯全部做完，我们又要去学校上课了。走之前，我们还要关照大人，把这些灯收好，千万别挤坏了。大家还约好晚上聚集的时间，并讲好到哪几家去送灯。

吃过晚饭，我们又到汤小羊家集中。各自抱着花灯，叽叽喳喳地说个不停，有的说先去这家，有的说那家会给多少红包……大人左叮咛、右吩咐，交代我们要多说喜庆的话，要记住送灯时的吉祥话。

大家决定还是先到王万顺爷爷家送灯。万顺儿媳妇过门三年了，一直没怀上孩子，家里人可没少为此操心。我们快到万顺爷爷家时，瞧见他站在院门口张望着，看到我们走过来，他大声地喊叫老伴赶快点蜡烛、上香。一进院门，他就点燃了鞭炮，看来早就准备好了。我们站在大门口，把两只兔子灯递给了万顺儿子儿媳，一边递还一边说着吉利话：灯节我来送花灯，风调雨顺五谷丰。全家老少志气昂，一年更比一年强。灯节我来送花灯，来年抱上大胖孙。主家福邸亮堂堂，长大就是状元郎……听着我们琅琅的祝福声，王奶奶笑得合不拢嘴，连忙给我们每个人都递上花生、糖果和红包。

在万顺爷爷一家的欢送声中，我们又走向了下一家。

一个晚上下来，走了五六家，送掉了十多只元宵花灯。口袋里装满了吃食和红包，在寒风中回家时看着村庄里星星点点的灯火，脚走热了，心也是暖洋洋的。

——原载 2023 年 2 月 2 日《金陵晚报》

我不识花

按说我一个农村长大的人，对花花草草不应该陌生。但说起来很"丢人"，绝大多数花草的名字我并不知道，甚至听都没听说过。

现在正是春暖花开的时节，只要走到户外，就能观赏到各种颜色、各种形状、各种姿态的花儿，黄的有迎春、粉的是桃花、白的如樱花、紫的有二月兰……当然，这些是我这么多年来认识的且能一口叫出名字的数量有限的几种，若是再问我一些少见的、罕见的花儿，我只好说不知道。倘若还是要刨根问底的话，那只有求助百度了。遇到身边那些连菖蒲、林檎、锦带花、小苍兰……都脱口而出的人，心里真是羡慕又嫉妒。

为什么差距这么大？我觉得，这倒也不能完全怪我，从小就没有受到过这方面的专业培养啊。虽然出生在农村，可那时候的农村很穷，吃饱饭是第一位的，哪有闲情逸致去养花种草呢。房前屋后、田埂上、水渠边……凡是你能想到的空地都被农民们种了瓜果蔬菜。那时候有院子的人家很少，即使有个小院子，也舍不得用来种花草。所以，我整天看到的就是黄瓜花、茄子花、南瓜花……

上初中的时候，父亲在集市上买来两棵栀子花，那是我有生以来第一次接触真正意义上的花卉。栀子花开的时候，推门就闻到阵阵浓郁的花香，邻居婶婶阿姨们都到我家来掐上几朵戴在头上。我的大脑里第一次有了花儿的概念。

尽管后来养花种草的人家慢慢多了起来，但种养的还是鸡冠花、万寿菊、一串红、月季花这些普通品种。再说那时候读高中，学习任务又重了，无暇再去学习花草知识。

就在我以为我这"花盲"要一直"盲"下去的时候，单位曾给我送过一丝短暂的"曙光"。刚参加工作后的某一天，后勤部长问我想不想去学园艺知识，他说单位负责绿化工作的同志将要退休，如果我愿意就让我接手，还说派我到林业大学进修一年。一听有这好事，能彻底给自己"扫盲"，我毫不犹豫地答应了。

第二天一上班，我就请工人从花房搬了几盆花送到宿舍，心想咱没有多少理论，先实践起来还不行吗？吃过午饭，又去书店买来《植物世界大百科》《花卉绿植栽培入门手册》这些专业书回来看。边自学边等进修的消息，左等右等就是没动静。过了一个月去问部长，部长说不派你去进修了，老同志退休后单位返聘，你就安心做好本职工作。我听了这话，就像泄了气的皮球，整个人都无精打采的，看了没多少的书再也不碰了，也懒得给宿舍的花草浇水了。没过多久，那些花草就"寿终正寝"，与我彻底告别了。

这些年，年龄大了，住的房子大了，开始养上了君子兰，有时还会去花卉市场买些时令鲜花。尽管如此，成千上万的花卉品种，我能叫出名字的还是寥寥无几。

有时候想，这也没啥大不了的。"吾生也有涯，而知也无涯"，毕竟"术业有专攻"，大学学的就不是园艺专业，又不从事花卉工作，还是一个粗犷的大老爷们，不识花儿就不识花儿吧，没啥可丢人的。只要把自己的本职工作做好，在擅长的领域有一番建树，"花盲"的帽子戴就戴着吧。

——原载 2023 年 3 月 17 日《现代快报》

被这句话暖到了

上周末,我们一家决定到 50 公里外的一处美丽乡村游玩。第一次去这地方,只好借助导航引路。导航全程预览显示,出了城,就是乡村、河流和山脉,我们向往的心情犹如坐等演出开幕一样迫切。

刚一出发,我们就兴奋地说个不停。久困学业的孩子仿佛笼中鸟儿飞向天空一般欢呼雀跃,向我们谈起了学校里有趣的人和事。妻子一边追问着,一边笑着,还开心地聊起了单位的话题。我听着导航提示,不时地也插上一两句话,逗得他们哈哈大笑。一路上欢声笑语不断。

持续开了 20 多分钟,车子驶上了乡间小道。行驶在丘陵地带,道路高低起伏,车子时而上坡,时而下坡,就像轮船行驶在波浪翻滚的大海上一样。弯弯曲曲的道路好似蛇形,车子一会儿向左行,一会儿又向右转,真是别有一番乐趣。

在乡间小道上行驶十多分钟后,后座上孩子出发时的兴奋劲消失不见,一下子安静了。本来对田园风光十分向往的妻子也有了几分倦意,她坐在副驾驶上闭着眼睛随着车身左右晃动着。车内一下子安静了,导航的提示音格外清晰。

就在快要走完这段弯曲起伏的小道时,导航里突然传来了这样的声音:"走完了人生的弯道,历尽了千般艰险,你将迎来人生的坦途。"话音刚落,一条笔直的大马路就出现在了眼前。

这段话立刻抓住了我的心,尽管是导航发出的软件合成的声音,听了却精神振奋。尽管这只是系统设计的提示内容,却充满了人生哲理。是啊，人生哪能不走弯路呢？人的一生又怎么能全部一帆风顺呢？但是，重要的是我们要坚持自己的人生目标，沿着正确的航向不断前行。

上初三的孩子还不太理解这样的大道理。我跟他说："你在学习文化的过程中也会学到一些箴言警句，这些都是前人智慧的结晶。你要在实践中理解、记忆和运用，刚才导航中的温馨提示，就是根据实际路况来的，巧妙地给我们灌输了道理，听起来一点都不假大空，你一定会记得很牢。以后，我们要在这些箴言警句中、在老师长辈的温馨提示中感受到温暖、力量，你记住了吗？"孩子响亮地回答了一句："记住了！"

顿时，车内又如春风吹拂过一般，大家兴致勃勃地向目的地进发。

——原载 2023 年 3 月 27 日《市场星报》

人过四十要学艺

上周末回老家，几个同学一起聚会。到了约定时间，施同学还没到。跟他生活在一个县城的同学说，施同学平时很忙，很少跟大家聚，今天因为我从外地回来，他才来，要不然都很难看到他。

等他到了，大家连忙问他怎么现在才到，又问他平时都忙些什么。

施同学不紧不慢地说："不好意思，让大家久等了，来之前在学钢琴。本来今天可以按时过来，因为钢琴老师突然有事，上课时间推迟，所以才来迟了，真是对不起大家。"

学钢琴？同学们一听都惊呆了！心直口快的周同学说："哎呀，我们都快 50 岁的人了，你怎么想起来的啊，我们这小县城哪有你这年龄的人去学钢琴的啊，不是给自己找累吗？我们这年纪能学得好吗……"

还是在上初中的时候，施同学口琴就吹得非常好，只要是他听过的歌，哪怕没有谱子，他也能完整地吹奏出来，是同学们公认的音乐"天才"。再后来，大家上高中、读大学，联系越来越少。偶尔从同学那里听说施同学大学毕业后，分到了乡镇，工作干得不错，后来调到了县人大机关，还当上了研究室主任。

就在大家以为他会专门从事理论研究和文字工作时，他去学钢琴的消息不啻一声惊雷，让大家深感意外。

见大家疑惑不解，施同学笑着说："是啊，不仅你们听到这消息吃惊，我去报名的时候，老师也没想到，说从来没有带过年龄这么大的学生。大学毕业后,我一门心思扑在工作上,也算取得了一点成绩。现在孩子大了,工作上也得心应手了,突然感觉自己支配的时间就多了。前两年,我跟很多人一样,整天找熟人打牌、喝茶,成天想着怎么消磨时光,一天下来,觉得很空虚。现在有工作干,都是这样的感受,将来退休了,还要过这样的生活,不是很恐怖的一件事吗?!本来我也想继续吹吹口琴,但那已经是驾轻就熟的事,不能再提高自己,所以就想到去学钢琴,不仅可以锻炼手指、丰富大脑,还能再掌握一门技术,一举多得。现在就提前做好准备,将来退休就会很充实啦!"

听他这一番分析,大家若有所思地沉默着,我也为自己虚度年华而自责不已。

古人曾说"人过四十不学艺",也有俗话说"四十不学艺,五十不改行",但身处现代社会,特别是知识爆炸的时代,这些古时候的旧观念就不合时宜。要想更好地安身立命,要想余生有滋有味,就要趁着还算年轻、在退休前多掌握几门技艺,从而让自己充实地活着,有质量地活着。

细想想,人过四十还真要学点技艺呢。

——原载 2023 年 5 月 9 日《广州日报》

为自己找个"假想敌"

两年前,我开始学习写作,每天都在网上浏览报纸副刊,既是看看自己的稿件发表没有,又是为了借机学习别人的写作方法,再给自己找点思路和灵感。

刚开始,十投九不中。后来渐渐地掌握了方法和技巧,用稿率也上来了。尽管如此,我的写作动力还是不足,不仅有畏难思想,还经常为自己不动笔找理由和借口。加入本地报纸副刊的作者群后,我天天在群里看文友晒发表的文章,心里面痒痒的。

文友老周是群里公认的写作高手,每月都要发表四五篇文章。在大家的羡慕声中,我暗暗地在心里把老周树为我的"假想敌",把他每月发表的数量作为我追赶的目标。我给自己制订了计划,每周至少写一篇,每月至少投六篇。在老周的引领和"刺激"下,我的发表数量也在逐渐增多。直到有一天,我发现我每月发表作品的数量已经超过老周了,心里很满足。

就在自我陶醉时,我发现有一些优秀的作者几乎每天都有文章发表,而且全国各地的报纸副刊上都有他们的名字。这时候,我才感到给自己找的"假想敌"能量太低,那些经常有作品见报的"大咖"才是我真正的目标和榜样,他们才是我难以"战胜"的"劲敌"啊。

每当我想偷懒时,每当我满足于偶尔有文章见报时,想起那些优秀的"假想敌",特别是看到他们在报刊上又发表了文章,我就像冲在跑道上的运动员一样,浑身充满动力,以忘我的状态投入写作中。

一支军队只有遇到真正的对手，才能提高战斗力。一个人也只有遇到合适的"假想敌"，才能感受到"威胁"，才能挣脱安逸舒适的束缚，不断地取得进步、走向成功。不仅写作上是这样，工作、生活、事业上更是如此。

现在，我每天都坚持读书、写作，不管是否有文章发表，都有满满的获得感。未来，我还会在内心给自己寻找"假想敌"，超越"假想敌"，不断地激励自己向前迈进！

——原载 2023 年 4 月 23 日《金陵晚报》

把青秧插满田

"岁月不饶人"不仅是对青春的摧残，更催促着农事的进行。当乡亲们刚从繁重的小麦收割中解放出来，插秧这道农活又摆在了面前，容不得半点休息和停顿，他们又要拖着疲惫的身躯走向农田。

插秧那天，父母早早地来到了秧池田。母亲坐在特制的凳子上拔秧苗。这凳子是在小板凳腿上加了一块宽托板，增加受力面积，人坐上去，凳子腿就不会陷到泥土里。母亲一根一根地把秧苗拔出来，凑成一把，用稻草绳捆好。父亲则把一捆一捆的秧苗聚拢起来，挑到百米之外的水田里。

母亲拔好秧苗后，叫我和哥哥起床。我在家洗衣服、做饭，哥哥去农田里打水线、放样子。给我们安排完事情，母亲便与帮工的伯娘婶婶们一起赶到农田里插秧。午饭后，我也下田干活。我和哥哥用一米长的枝条将两根塑料绳间隔开来，塑料绳固定在两头的田埂上，开始打水线、放样子。我们一人手中抓着一捆秧苗沿着塑料绳插起秧来，深一脚浅一脚地倒退着走，不时将泥土和浊水溅到卷起的裤管上。有时候，光脚踩在了未旋耕彻底的麦茬上，刺痛一阵阵地从脚底往上涌；有时候还会踩在砖块或瓷片上，甚至戳出血来。母亲和帮工的乡邻们就在我们插好秧苗的趟子里栽秧，这样能保证秧苗栽得整齐、均匀，不会影响后续生长。

我和哥哥打好水线样子，又跑到趟子里插秧。我左手抓上一把秧苗，右手从左手中分出两三棵，用拇指、食指和中指捏在一起，然后分出食指贴着秧根一齐插入水田里，一株秧苗就直立在了大地上。由于倒退着栽秧，刚踩进已经平整过的水田，就会留下一个一个脚窝，插秧苗时要用手掌底刮一下平。开始还跟母亲站在同一排插秧，过不了十分钟，母亲就甩开我很远。

骄阳仿佛考验着人们的意志。火热的太阳把水田里的水烤得滚烫，脸上豆大的汗珠与溅到脸上的水珠汇合起来，都顾不得擦一擦，就自由落体式地滚落到水田里。尽管戴着草帽，热浪还是一阵阵袭来。父亲的脸红了，母亲的脸红了，我们的脸也红了……此刻我们心中只有一个念头，赶紧把这块田的秧苗栽好，全家的口粮全指望它呢。

有一回，我的腿上突然传来阵阵麻酥酥的感觉，转头一看，有一截短短的黑黑的虫子在蠕动，吓得我连忙叫来父亲。父亲说这是蚂蟥，专吸人血的，让我不要害怕，边说边给我拍了出来。看着父亲淡定的样子，我想，这在父母们来说是习以为常的事吧。

整块田的秧苗终于插完了，父母直起身来，站在田头，凝望着满眼的碧绿，脸上露出了欣慰的笑容。间或，插秧的人们还会唱起歌："叫我唱咪我就唱咪，唱得不好不要啊怪……"这边一起头，那边就响起了附和声、接应声，让微微荡漾的水面有了灵动、有了风采。

现如今，人工插秧已被机械化插秧所取代，再也见不到"低头便见水中天"的场面，但少年时与父母一起插秧的情景时隔三十多年，仍历历在目。

——原载 2023 年 4 月 28 日《北海日报》

九块九的发财树

只要是到过我办公室的人，进来后的第一句话就是："哎呀，你这发财树怎么长得这么好啊！"

真不怪他们如此惊讶。不信，你看：这棵发财树高近1米，下部是近2厘米粗的树干，高不过10厘米。树干顶端生出两个枝干，长约60厘米，枝干上部斜长出细枝，粗不过几毫米，细枝上生长出浓密的叶子。数了一下，共有9簇，每簇上长有五六片叶片。叶片呈长椭圆形，仿佛像刚从油里浸过一样，绿汪汪的，充满着新生的力量。

最奇妙的是，这棵迷你型的发财树是栽在直径不过15厘米的圆盆里。盆里装满了土，土的上部放着一些白色的鹅卵石。怎么也想不到如此"贫瘠"的土地，它竟然能蓬勃地生长。更令人想不到的是，圆盆是套在一个白色透明的盆子上，两个盆底距离4厘米。在它们形成的间隙里装水，水里有一根从圆盆盆底伸进去的绳子。发财树所需要的水分，就是通过这根绳子提供的。

我不擅长侍弄花草。别说在办公室里养不好鲜花和绿萝，就连仙人掌都让我给养死了。因此，以前我的办公室里是看不到绿植的。

不知道是年龄大了的原因，还是长期用电脑视力下降需要改善的缘故，去年我突然想在办公室里养植物了。养什么好呢？娇贵的养死了可惜，瓷实的又没有可看性，再说，本来对养花种草就没有研究，冥思苦想，没有什么结果。后来想想还是到网上随便看看吧，万一撞上了呢！

到购物网站上一看，好家伙，形形色色、琳琅满目，让我看花了眼。当翻到这棵迷你型发财树时，我立刻就被它吸引住了。首先它的名字好听，发不发财先不说，但寓意吉祥。而且，我发现好多人的办公室都有，甚至还有放在地上长得有一两米高的。再仔细一看，它护理简单，只要往盆子里装上水，能管上一星期，真是太适合我这样的"懒人""粗人"了！其实最让我心动的，或者是战胜购买名贵绿植冲动的还是它的价格，只要九块九。上哪里找这么价廉物美的绿植去啊。就是它了，于是我果断拍下它。

　　刚放在办公桌上的时候，这棵发财树是不起眼的。不仅长得不高，叶片也很稀疏，就像营养不良还没有长开的小姑娘一样。好在也不需要我过多照料，隔几天往盆子里装上水就行。也是神奇，就那么一根绳子，不知不觉就吸进了水，它就慢悠悠地长大了、长高了、长壮了。现在它的叶片已经高过我的电脑屏幕，只要一抬头，就能看到满眼的绿色。

　　很多时候，我们对渺小的或者是价格低廉的物品并不寄予厚望，就像人们对一棵小草熟视无睹一样。然而，往往就是这些微不足道的人与物，在自己的世界里兀自芬芳、茁壮成长，给我们带来惊喜和启迪。

　　这棵发财树还在精彩地生长着，它将陪我度过每一个工作的日子，并一直带给我美的享受！

——原载 2023 年 5 月 18 日《彭城晚报》

挑把

麦子熟了，像一片金黄色的地毯铺满了整个大地，也把父母亲脸上的笑容映衬得熠熠生辉。一年的收成就要到手，一家人内心里充满了喜悦。然而，在父亲闪闪发光的脸庞上，我仿佛看到他有那么一丝丝忧愁。我知道，父亲是担心那么多的麦把怎么挑到打谷场上去。

用镰刀把麦子割下来，捆成一捆，就成了家乡人说的麦把。割完麦子才是夏收的第一步，接下来要赶紧把这些麦把挑到打谷场上，抢时间脱粒、晒干、入库，那才能算真正的丰收。如果慢了一步，脱粒就排到了后面。六月的天说变就变，万一遇上下雨天，轻则要多晒几天，重则麦子会霉烂发芽，这怎么能让父亲不心急如焚呢。

在我还上小学的那些年，每年麦收时，父母天不亮就出门下地割麦子。上午割完，父亲中午不休息，一个人用桑树扁担开始挑麦把到打谷场。挑完捆好的麦把后，又和母亲一起割麦子。六亩多地，要起早贪黑忙上两天才能把所有的麦把挑完，其中的艰辛外人真是难以体会。到了我和哥哥上初中时，农忙的时候我们已经能够搭把手了。我们不仅跟在父母后面割麦子，还拿起扁担跟父亲一起挑把。

起初，母亲总是舍不得让我们挑，说我们还小，过早地挑重担以后长不高。但是，迫于气候与时间的紧逼，母亲也只好勉强同意让我和哥哥去挑把。

刚开始的时候，母亲只在麻绳上放四五个麦把，扁担两头的麦把加起来不过一二十斤重。她让我站到扁担的中间，弯下腰，用两只手将扁担托到肩膀上，然后慢慢地直起腰来。缓缓直腰时，我的身子还有点打晃。母亲心疼地问我要不要拿一两个麦把下来。我咬咬牙说没事，我能行！

父亲在边上鼓励我们说："才开始挑，肯定不习惯，慢慢力气就练出来了，你们跟在我后面走，实在累了，就撂下扁担休息一会儿。"既是帮父母减轻负担，又能为家里做些贡献，我和哥哥信心满满地挑着麦把上路了。父亲挑着沉甸甸的担子风驰电掣般地在前面跑着，一会儿就甩开我们很远。一路上，挑着重担的大人们从我们身边不停地超过。他们一边跑，嘴里一边喊着："嗨哟、嗨哟""哎好、哎好"……此起彼伏，宛如一曲大合唱。在太阳的曝晒和担子的重压下，我不停地流汗，围在脖子上的毛巾都要拧出水来。越往前走，步幅越小，小腿甚至微微地打战。不一会儿，右边肩膀疼了，我连忙把扁担从脖子后面转到左边肩膀上。走一路，转一路。迎面挑着空担子的大人们还不停地为我们加油鼓励，有些人甚至还在说："这两个小子有用了！"

颤颤巍巍走到打谷场上时，我和哥哥猛地把扁担往侧面一撂，大大地舒了一口气，拿起水壶，咚咚咚地大口大口喝起了水。稍事休息，又赶忙走向田头。

晚上到家，肩膀火辣辣地疼，母亲看了心疼地说："肩膀都肿了，明天你俩休息！"第二天早晨起来，摸摸肩膀，感觉不到疼了，我们又跟父亲一起下田挑把。

果然是力气越练越大，第二天我们都主动让母亲给担子每头多加一两个麦把，恨不得三两下就把田地里的麦把挑完。当我们羡慕父亲每次都能挑我们两三倍的麦把时，父亲说："等你们肩胛骨上突出来的骨头被扁担磨平了，就像我这样，你们就能挑得多了！"

每年麦把全部挑完，人都累得几乎虚脱。容不得喘口气，又要开始紧张地脱粒。挑把往事已经过去四十多年，每每想起这事来，就觉得那是一段苦难的人生经历，更是汲取前进动力的一段"光辉岁月"。

　　　　　　　　——原载 2023 年 6 月 2 日《烟台晚报》

瓜果的狂欢

夏天是瓜果们的高光时节。灿烂的阳光照射下,它们一天天长大,昨天还是躲在花朵下的小不点,一夜之间就长成了大个子。它们外衣的颜色一天一个样,由浅入深、由淡变浓,直到披上紫的、黄的、红的盛装。它们的形状也是五花八门,共同特征就是:浑身散发着诱人的香气,闻起来甜甜的。

少年时代,我家徒四壁,没有钱买水果吃。一到夏天,我就惦记着农田里长的瓜果。

暑假里,每天在父母的叫喊声中醒来,睡眼惺忪之时,就闻到了一股瓜香。深吸一口气,用鼻子嗅一嗅,就能分辨出母亲腌的是菜瓜还是黄瓜。还在我和哥哥熟睡的时候,母亲就去菜地里摘回了菜瓜,切成薄薄的片,撒上盐、拌上大蒜瓣、浇上麻油,就成了一道下饭咸菜。每每这时候,都要多吃上一碗稀饭或一块面饼。母亲用黄瓜、菜瓜、白瓜交替着腌,调剂好每天的生活。

吃过早饭,写一会儿暑假作业,我和哥哥挎着竹篮子去菜地,摘回来冬瓜、南瓜或者丝瓜,还有青椒、茄子、长豇豆等蔬菜。到了家,我们分工忙碌起来,哪个瓜切块、哪个瓜切丝、茄子怎么炒、豇豆如何烧,我们都熟稔于心。父母从田地里劳碌回来时,一桌朴素的菜肴就上桌了。父母午睡的时候,就是我们"放纵"的时刻。我们一帮小伙伴要不下河戏水,要不就玩起"打仗"的游戏来,或者聚在一起吹牛讲故事,或者到树林里捉蝉。

下午三点多钟,大家都有点饿了,这时就有人提议去摘些瓜果来吃，每次都是一呼百应。一众人浩浩荡荡地走向菜地。哪家的西红柿熟了，哪家的癞葡萄可以摘了……我们心中有数。我们每天都要到菜地里转上一两回，谁家的菜地种了什么瓜果、熟了几成，我们怎么会不知道呢？到了菜地，大家有序地摘起瓜果来。这个菜地不是一起来的小明家的，就是小刚家的，还有可能就是自己家的。谁也不会多摘，谁也不会碰坏还没有成熟的瓜果。

摘完后，把瓜果按人头均分。我们经常洗都不洗，就用手或衣袖擦一擦，大咬大嚼起来。吃饱了肚子，打个嗝都是浓浓的瓜果味。家长们都知道自己的孩子参与其中，所以对自家地里少掉的瓜果也不在乎，更不会有人出来指责。

自家的瓜果吃多了、吃厌了，有时还去隔壁林场"偷"桃子、梨子吃。趁着看守人午睡，或者回家有事的片刻工夫，胆大的小伙伴就游到河对岸去，快速地摘回几个桃子、梨子来。胆小的就站在这边替他们"站岗放哨"，有时也会被看守人发现，假装追一阵，就不了了之了，都还是顽皮的孩子，又能"偷"多少呢。

最难吃到的瓜果是西瓜。那可不像桃子、梨子、葡萄那样随便就能摘到，只有花钱去买。能吃上一次西瓜，那可是夏日里瓜果狂欢的巅峰时刻。

夏日渐浓，各式瓜果蜂拥上市，再也吃不出少年时代的那个味了。

——原载 2023 年 8 月 12 日《贺州日报》

夜游长江

早就知道离家不远的长江五马渡码头开通了坐游轮游长江的项目，一直未能前去体验。前几天，北京来同学，想带他感受一下与众不同的游玩行程，于是一起去五马渡坐游轮，感受了一回夜色下的长江之美。

晚上六点钟，游轮离开码头逆水行进时，太阳几乎要坠入江中，染得江水一片暗红。起伏不平的江水就像紫红色的琉璃瓦一样，铺满整个江面。波光粼粼的江面好似琉璃瓦的釉面一样闪闪发光，映得满甲板上的人们仿佛披上了一身紫红色的长袍。鸭蛋黄一样暗红的太阳比初升时大了至少两三倍，不知道是它积蓄了一天的力量，蓬勃得如此壮大，还是它想在谢幕之前给人们留下华丽的身影？

一艘艘满载货物的巨轮与我们擦肩而过，一声声欢快的汽笛声让这黄金水道无限生动，仿佛正在上演着一场交响乐。这时，一艘空船顺水而下，向我们迎面驶来。尽管游轮有三层，可是我在顶楼看着这艘货轮时，仍需仰视。数十米高的船帮上印着清晰的吃水线，几十米长的船身让它像一条巨鲸在长江上欢快地游弋。壮阔的长江啊，不仅让生命生生不息地延续，更让人们因它而生存，而富足。

前方就是最著名的南京长江大桥了。放眼西望，大桥犹如一道长虹静静在横卧在长江上。以往都是在大桥的公路桥上走过，连大桥的铁路桥都罕有穿行，这回能从桥底领略它的雄伟壮观，怎能让我不激动呢？又怎能让我不期待呢？

游轮一步步靠近,长江大桥也一点点高大起来,仿佛我在一步步走向一座巍峨的高山一样。抬头仰望,长江大桥更像一条巨龙向我缓缓地巡游过来。越接近它越兴奋,我甚至都要情不自禁地高呼起来。那直入云霄的宽大的桥墩仿佛是一个个擎天柱,顶天立地,稳如泰山。那坚固的桥墩底座比一个篮球场还要大,真是鬼斧神工之作。横跨在桥墩上的钢梁纵横交错,支撑着桥身平整如毯、坚定如磐。就在游轮穿过桥底的一刹那,一列"和谐号"客运列车从铁路桥上呼啸而过,巨大的轰鸣声仿佛千千万万个修桥工人发出的呐喊和欢唱,让大桥充满了豪气冲天般的力量。

穿过大桥,左前方的阅江楼跃入眼帘。在四周现代建筑的对照下,错落有致的四层高楼更显古朴庄重,散发着浓浓的历史气息。通体明亮、金碧辉煌的阅江楼仿佛一颗明珠镶嵌在长江边上,让奔流了千万年的大江充满了传奇色彩。那一刻,我不禁轻轻地背起了宋濂写的《阅江楼记》:"金陵为帝王之州……长江如虹贯,蟠绕其下。上以其地雄胜,诏建楼于巅,与民同游观之乐。遂锡嘉名为'阅江'云。登览之顷,万象森列,千载之秘,一旦轩露……"

游轮经过中山码头时,两岸鳞次栉比的高楼发出来的灯光密了许多、亮了许多。游轮上的广播向游客们介绍起了当年的火车轮渡和浦口火车站,向大家叙说着长江大桥建成之前,火车过江之难,人们出行之艰。再联想到现在的飞机、高铁,真正实现了"千里江陵一日还",不禁感慨如今出行的便捷和生活的美好。

不经意间,月亮升上了天空,染得江水一片银白。滚滚流淌的长江水由开始时的琉璃瓦变成了小镜子。黑黢黢的潜洲就像一艘浮出水面的潜艇,静静地悬浮在江面上。洲上并不伟岸的树木就像夜色中的哨兵一样,守护着长江,守护着这片家园。

我们一边欣赏着两岸的风景,一边比较着重庆、武汉的江景和南京的江景不同之处。与上游的城市相比，南京的长江江面宽，岸边大多为泥滩，无法在江边大规模地修建房屋，更无法近距离领略两岸的风景，自然就比他们"逊色"了许多。不过，我告诉同学说，这几年，南京市加大了投入力度，在两岸修建观江步道和平台，未来江景一定会越来越美的。

就在游轮准备掉头返航时，甲板上的人们发出了阵阵欢呼，有人大声说："看到江豚了，看到江豚了！"我也赶忙走到船舷边上，只见两头黑乎乎、圆嘟嘟的江豚冲出水面，在空中画出一道漂亮的弧线后，华丽地钻进江水里。不一会儿，又跃出水面，既像跟我们打招呼，又像跟我们道别，我的心里顿时升腾起无限的温暖。

当游轮再次靠近长江大桥时，1048盏白玉兰灯灯光璀璨，交相辉映，让大桥像一串夜明珠横跨在长江上。听着广播里的《长江之歌》，吹着柔软的江风，看着长江两岸夜色里的点点星光，我的心儿都醉了！

"呜——"一声汽笛长鸣，游轮缓缓靠岸，两个小时的旅程不经意间结束了。走下游轮的那一刻，意犹未尽、回味无穷、万般不舍、无限留恋，动听的《长江之歌》仍在耳边久久地回荡……

——原载2023年7月8日《人民长江报》

读书之计在于晨

清晨是人们锻炼身体的好时候。经过一夜的休整,这时候跑跑步、打打球,或者练练太极,能够保证一天体力充沛、精力旺盛。作为中年人,我却选择了在清晨读书。与晨练的人们一样,我也在读书中收获了快乐、收获了能量,带来了一天的清醒和充沛。

洗漱完、忙完孩子早饭,我就坐到车子里,等孩子下楼送他去学校。大概20分钟的等待时间里,我会拿出《菜根谭》《了凡四训》《唐诗三百首》这些比较薄的书来读。读上一两篇文章,记上一两句箴言,或是背上一两首诗,整个人都变得明朗起来、睿智起来。在车内安静的空间里,品味着经典的魅力,觉得美好的一天充满了希望。往往就在意犹未尽时,孩子来到了车上。

边开车,我边跟孩子分享着刚才读书片段的感悟,让他跟我一起从经典中获得提高。他也及时跟我畅谈他的理解和感受,让我也从不同的侧面读懂了书中内容的含义。15分钟的车程就在我们一路交流中快乐地度过,看着孩子走进校门的背影,我觉得车上一番互动,给了他开启一天求知之路的力量。

回到家一般在七点左右,小区里晨练的人们还在投入地锻炼着。这时候,我会在书房里拿出一本厚厚的书来读。犹记得几年前我在读《大秦帝国》这套11册的历史小说时,人还没进家门,就已经在回忆昨天读过的内容和情节,生怕马上读书时接续不上。那时候,每天都在为商鞅变法的高超而喝彩,都在为合纵连横的精妙而叫绝,更为作者独到的见解而拊掌。我先后用了一个多月的清晨时间,读完了这套小说,每天都在启发着思路和智慧。最近,又在读 701 页的小说《星空与半棵树》,总拿自己与书中的安北斗、草泽明、何首魁作比较,甚至还在想,如果我是书中的他们,我该怎么做人和处世?

  清晨读书时,尽管腹中空空,仍然津津有味地品尝着书本的甜。通常读到八点左右,一个小时左右的时间,我就赶往单位,开启一天的工作之旅。

  就像早起的鸟儿饱餐之后高歌鸣唱一样,如同电动汽车刚刚充满电在马路上奔跑一样,我在清晨读书时也获得了充足的能量。一天的工作里文思泉涌、神采奕奕,效率高、质量好,不仅做事干净利落,与人交往也亲切友善。整个人就像一个正能量的磁场,吸引和感染着身边的人。

  每个人都有自己习惯的读书时间。每天的晨读给了我时时的清醒,给了我满满的力量,更给了我向上向善的不竭动力,我会一直坚持下去。

  何时读书都不晚,读书之计在于晨。

——原载 2023 年 8 月 12 日《民族时报》

行程反刍

尽管从云南丽江旅游回来已经十多天了,可是六天的行程却记得清清楚楚。

第一天是自由行。旅行社安排车子从机场接我们到酒店后,放下行李,稍作休整,就徒步去了束河古镇。找了一家网红餐厅吃了一顿当地特色菜,一家三口就漫无目的地逛了起来。逛完古镇,打车去丽江千古情景区,边转边等《丽江千古情》演出的开始。看完演出,又打车去丽江古城。吃了鲜美无比的菌菇汤,穿街过巷将古城看了个大概。第二天由导游安排。坐车去了大理,在双廊吃了午饭后逛古镇,下午去了理想邦,喝茶观景发呆。晚上在宾馆附近吃了顿烧烤,仿佛没有离家一般。第三天的行程是大理古城和洱海边的骑行旅拍,好不惬意。第四天登了玉龙雪山,又长途跋涉4个小时去泸沽湖。第五天泛舟湖上,感受了自然风光的无限魅力,当晚回丽江。第六天实在太累,不想动,加上当天中午的航班要回家,就在宾馆里待着,直到旅行社的车辆送我们去机场。

这些只是说了个大概,其实每一天旅行的细节我都了然于胸。比如哪一天有些什么新发现、哪一天又有些特别之处,只要一回顾,6天里的点点滴滴就像电影回放一样,不会漏过任何一个情节。

如果说距离旅行结束时间短暂,记得如此清晰不足为奇的话,那么今年春节回重庆岳母家过年的情景仍然历历在目就值得称奇的了。年三十前一天,我们一家三口坐10个小时动车到了重庆，晚上亲朋好友一起吃了火锅。因为小舅子一家住进新房子是第一年，所以岳父岳母和我们一家决定跟他们在新房子里过除夕。上午吃过早饭，我带岳父岳母去了附近的商场买衣服，下午又去逛了景区。初一一早，回了永川老家。在三姨家吃了午饭，下午一大家子去看望妻子的奶奶。晚上岳父兄弟姐妹几家在一起聚会，四桌人好不热闹。初二去乡下祭扫祖坟，在舅舅家吃了午饭。下午回到城里，岳父召集亲人们吃团圆酒。初三上午看了场电影，中午在大姨家吃饭，下午去了茶山竹海景区转了半天，晚上又是爱人的表弟请客。初四上午逛了公园，在四姨家吃了午饭后又回到了重庆。当天下午去了天空之眼和洪崖洞，晚上叔丈人一家请我们吃饭。初五一早，我们就奔赴高铁站，坐车回家。

春节之行过去了8个多月，仿佛就在昨天。这几天又反复"咀嚼"云南之行的点点滴滴，好似老牛反刍一般。

为什么记忆如此深刻，又反复回味？细想想，这大概跟我这几年来的生活状况有关吧！

这几年，孩子先后从小学升入初中，又要参加中考。妻子在医院上班，加班是常态。我也调整了工作岗位，手头的任务更重，忙得几乎没有休息时间。偶尔有一个难得的双休日，竟然不敢相信是真的。别说去外地旅游探亲了，就连距离只有170公里的本省老家都记不得是哪天回去过了。一家三口在一起有几天难得的放松时间，怎能不奢侈？

这么一想就豁然开朗了，我哪是对时间久远行程的反刍啊，这分明是对短暂旅程的珍惜，也是对一家人难得欢聚的休闲时光的珍藏啊！

——原载2023年8月26日《现代快报》

在丽江看"千古情"演出

到了丽江,随处都能看到这样的告示牌:丽江千古情,一生必看的千古情。真有这么厉害吗?带着疑惑的心情,我走进了千古情剧场,现场感受了一回。

划为10个观众区的上千人大剧场座无虚席,演出开始后仍有观众走进来猫着腰在找座位。我们提前到了剧场,舞台中央上方的银幕上正在播放着《丽江千古情》节目和制作方的介绍,一帧帧鲜活的画面真是吊足了观众胃口。我仔细打量了一下幽暗的舞台,感觉空间很小,甚至有一些逼仄。这就是号称一生必看的千古情演出舞台吗?

随着银幕徐徐上升、灯光四起,我才知道想错了。阔大的舞台堪比一个小型足球场,左右两侧、前后两面到顶的电子显示屏更加烘托了舞台的幽深。数十米高的舞台有时被划分成两层演出区,立体式地向观众展现艺术的魅力。

正当我陶醉在字正腔圆的旁白声中,聚精会神地观看充满民族风情的舞蹈表演时,舞台中间突然出现一道宽达数十米的瀑布。开始我还以为是电子屏在播放,定睛一看,居然是真实的水瀑,两侧的电子屏里也配合地播放着峡谷中奔腾的波涛,营造出惊涛骇浪的场景,让观众觉得特别震撼。更让人惊奇的是,前部观众区的上方也突然往下降水,密集的水幕与舞台上的水瀑前后呼应,相得益彰。在节目临近尾声时,从天而降一只银白色的"大鹏鸟",边下降似乎还在边抖动翅膀,让整个舞台更加辽阔、幽远。

惊奇感还未消退，画风又突然一变，16位袅袅婷婷的小阿妹穿着民族盛装翩翩起舞。不一会儿，撑着3只船儿的3个小阿哥从舞台的一头缓缓驶向另一头，引起了观众阵阵掌声。

演出最扣人心弦的要数《马帮传奇》这个环节。马帮队员为了生计，过完除夕就要跟相爱的人告别，走向一条几年才能回来甚至永不回归的路。舞台上，一对痴情的男女在一个巨大的红灯笼里舞蹈着、缠绵着、告别着、伤心着。突然，观众区上方落下数十盏红灯笼，那缠绵悱恻的生离死别更剜人心。那一刻，观众与演员同频了、共鸣了，令人不禁唏嘘。

表演马帮出发场景时，演员挥一下鞭子，音箱里就分秒不差地响起鞭哨声，配合得天衣无缝。这时，舞台右侧上空贴墙的一个坡道上突然出现几匹马儿组成的队伍，缓缓地向上走着，马脖子上的铃铛还叮当作响，让观众真的感受到了马帮队伍长途跋涉的艰难。一会儿，马队走到了舞台中央，静静地站立在二层舞台上。突然，发生了地震，舞台上马队站立处猛地往下一降，让我心里为他们捏了一把汗，所幸马儿和队员们还是稳稳地站立着。我甚至在想，这马儿要是受惊了该怎么办。

马帮不仅要风餐露宿，随时还会遇到匪帮的滋扰。正当队伍行进时，舞台后方突然从空中"飞"过来两个"匪徒"，吓了全场观众一跳，演出还能这样逼真吗？马锅头与匪徒搏斗时，也是从舞台后方空中飞穿而来，真的是惊险刺激。

更给我带来视觉冲击的是一个节目里舞台中央发射出来的绿色激光，时而像一个圆筒，时而像一根巨柱，时而像一条飞毯，时而像一道波浪，一会儿把演员裹在光环里，一会儿把演员压在巨幕下，一会儿把演员抛上了云端。让人在感受科技魅力的同时，更带来了视觉上的新奇。

演出结束前，一座神圣的白塔从舞台前方徐徐降下，近10道横跨全场的旗幡从舞台最后方上空缓缓滑向前，音箱里传出祝福观众、祈祷幸福的温馨话语，给近一个小时的演出画上了圆满的句号。

在演出的短暂时光里，我仿佛穿越了千年，跨越了山水，来到了玉龙雪山、茶马古道……与远古的人们一起载歌载舞，与他们一起日出而作、日落而息，与他们一起品味邂逅的美好。走出剧场的那一刻，真的是回味无穷、感慨万千，内心不禁感慨：这真是值得一生必看的千古情！

——原载 2023 年 9 月 13 日《中国社会报》

我做事不细

如果你见过做事毛毛糙糙、经常丢三落四的人,恭喜你,哪怕你没见过我,你就已经知道我是什么样的人了。因为我就是那个做事粗枝大叶、总是忙中出错的人。我的母亲就经常说我做事不细心,真是一点都没有冤枉我。

在我老家,形容一个人做事不仔细,总是会有不足,就会说这个人不"细作"。不仅我母亲这么说我,认识我的人都这么认为,那究竟是什么表现让大家都这么给我"下定义"的呢?

比如我小时候,母亲让我洗碗,我只洗碗内里,碗底是管都不管的。一到吃饭,端起碗,母亲就知道这碗是不是我洗的。再比如农忙时,父亲让我拿副担绳到打谷场,我拿过去的却是网状的兜绳,不是他所要的那种长绳,气得父亲生气地说:"这小子魂都不晓得跑哪里去了!"像这样的例子真是太多了,举不胜举。

原以为结了婚会好一点,没想到还是"本性难移",做事不细的缺点还闹出了笑话。刚结婚时,家中的一只开水瓶坏了,妻子让我再买一只,结果我买了一只蓝色的回来。妻子一看就嗔怪道:"怎么不买一只红的,跟家中这一只正好配成一对啊!"我觉得也是,但面子难下,只好狡辩说一蓝一红好区分。再比如妻子让我晾衣服,我是从洗衣机里取出来就挂到衣架上,也没用手去抻一抻。妻子直接说我是"晾衣机",一点都不知道把细节处理好。

可能是在家中做事粗心没有吃过亏,就不知道吸取教训,在单位里还是依然故我。比如早晨到办公室,我去茶水间倒前一天水杯里的残渣，就像后面有敌人追我，又像是马上要百米冲刺一样，要不倒不干净就往回走，要不用水冲杯子时水会淋到裤子上。一边往回走，还一边嘀咕，怎么做事这么不细呢，下一次又忘了。仅是这样的不细心也就罢了，有时还产生了严重的后果。有一次我给领导双面打印材料，十多份材料打好后也没核对文件页码就装订好送了过去。领导也没仔细看，开会发言时才发现他手上拿的这份材料页码有重复，内容自然就既有重复又有缺失了。回来后，领导把我叫到办公室，狠狠地批评了我一通，当时真恨不得找个地缝钻进去。

　　看到这，你该知道我做事是多么不细了吧。其实我也想跟大多数人一样做事细心，赢得众人夸赞，但是一直难以改变。我也苦思冥想过，感觉还是性格原因导致的。

　　我是个急性子，接到一个任务后，让我下午完成，恨不得上午就做完。我宁愿早早地做好事情去休息，也不愿意像制作工艺品那样一字一板地"慢工出细活"。有时候也安慰自己，虽然做事毛糙一点，但是咱绝不拖拉，而且也不是每次都出"纰漏"的，男人嘛，做事粗心一点有啥嘛。

　　想是这么想，但还是在慢慢改变着。妻子有一次像不认识我似的说："没想到你做事也能这么细啊！"我憨憨地回了一句："莽张飞还粗中有细呢，我怎么就不能！"

　　这几年，离50岁越来越近，我更加放慢了节奏，做事也变得慢条斯理起来。如果你现在才认识我，就不会说我做事不细啦！

——原载 2023 年 9 月 20 日《金陵晚报》

煤气灶下面

三十多年前，我初中毕业。既没考上高中，更没考上中专。一向脾气暴躁的父亲恨不得要打死我，看看我瘦弱的身形，他只好一次次地唉声叹气。

看我在村庄上东游西荡，成天无所事事，终究不是个办法。想到我有写作方面的特长，偶尔在县广播电台发表一些稿件，脸皮很薄，从来不愿意求人的父亲妥协了。他说："孩子，你这样下去终究不是个长久之计。我带你去找在隔壁乡当乡党委书记的同学，看看能不能安排到他们乡广播站工作。"

那天天刚蒙蒙亮，父亲就把我叫了起来。父亲骑着自行车驮着我，在天色微明中向着10公里外的乡政府疾行而去。

到了那位书记叔叔家，他们刚起床。看着父亲眉毛上、胡子上都带着露珠的样子，叔叔叫我们赶紧进屋，还问我们有什么急事一大早就赶了过来。

父亲磕磕绊绊地说清了来意，样子十分拘谨，声音也非常小，捧着茶杯的手隐隐地有些颤抖。我手足无措地坐在椅子上，忐忑不安地听着他们说话，幻想着叔叔同意给我安排工作。婶婶在一旁听他们说着事情，突然像想起什么似的，连忙说你们这么早来，一定还没吃早饭，我这就去用煤气灶下面条给你们吃，马上就好。父亲谦虚地推辞了一下，叔叔见状挥手让婶婶抓紧去做。

叔叔喝了一口茶，缓缓地跟父亲谈了起来。他说他到这个乡才一年，人事还不是很熟悉。如果强行安排侄子来上班，毕竟是一个外乡人，本地人肯定有意见，他以后工作就不好开展。再说侄子岁数还小，以后的路还长，现在就困在这个小地方，不是个办法……听着听着，父亲的眉毛就紧锁了起来，我心里更是万分失落。

正如婶婶所说，不一会儿，两碗面条就端了过来。开始父亲怎么也不肯吃，叔叔劝了半天佯装发怒后，父亲和我才又重新坐了下来。

吃完面条，跟叔叔打完招呼，父亲又骑车带我往家赶。父亲在路上对我说："孩子，回去复读吧，以后一定要认真学习，出路就要靠你自己了！你看叔叔家条件多好，用煤气灶下个面条几分钟就好了，我们家用稻草烧土灶，半天才行，还到处是灰。我跟他虽然是同学，差距就这么大，你以后可得用功啊！"

那是我第一次见到煤气灶，更是我第一次直面自己的人生，尽管对未来还有很多迷茫，但听完父亲的话，在自行车后座上，我还是重重地点了点头。

从那以后，我牢记着父亲的窘迫和希望，努力地向上攀升。后来上了大学，在城里安了家。搬家那天，父亲也从老家赶了过来。看着崭新的房间、摩挲着锃亮的煤气灶具，吃着热气腾腾的面条，父亲灿烂地笑了！

——原载 2023 年 9 月 21 日《现代快报》

第二辑　温暖人间

DI ER JI
WEN NUAN REN JIAN

◇ 火热军营
◇ 沸腾尘世
◇ 真实书写
◇ 美好人生

郭先生

在我老家，上了年纪的人去医院看病，一般不说去看医生，而是说去找先生看看。他们之所以把医生称作先生，完全是出于尊敬的意思。在乡人心中，医生是像教书先生一样有文化的人。郭明礼是我们村卫生室的赤脚医生，所以大家无论当面还是背后都叫他郭先生。

郭先生中等身材，皮肤微黑，留着短短的八字胡须，讲话嗓音洪亮、中气很足。他待人非常和蔼，看到人都是满脸笑。村卫生室除了他，还有一个先生，但是村民们只要来这里，一般都是找郭先生看。

郭先生看病非常认真仔细，详细了解情况、做过必要的检查以后才给人下处方。在给病人打针前，他都要有意跟人家说说话，转移注意力，让人家不要想到会疼。往往在人不注意的时候，他的针已经扎下去了。我当时最怕打针，只要我去看病，他都优先选择开药，实在有必要的时候才会给我打针。他的诊室也最热闹，没有人来看病的时候，周围店铺的人就会过来聊天或者下棋。

作为一个半医半农的人，郭先生非常上进。那一年，他到城里自学了牙科。回来以后买了一台牙床，这让他的诊所很是轰动了一阵子，大家都跑来看稀奇。从那以后，郭先生除了看全科的病以外，也给人看牙。我外公的全口假牙就是郭先生做的，当时只收了20多块钱。即使是三十多年前，这个价格也不算贵的。

一个夏天的夜里，我肚子突然疼了起来，疼得直打滚，喊叫声惊动了父母。他们立即把我背到了离家一里地的郭先生家。当时他们一家都已经睡了。没敲两下门，郭先生就揉着惺忪的睡眼出来了，一看便知他经常遇到这种情况。父母按照郭先生的要求把我平放在了床上，他一会儿拿着听筒在肚子上听听，一会儿用手去按压腹部，看着我胀大如鼓的肚子，他还用手敲了敲。没一会儿，他说我肚子里面进了空气，压迫到内脏，所以疼痛不已。他拿出几根银针在我肚子上扎了下去，没过一会儿，放了几个屁以后，果然就不疼了，肚子也明显小了许多。父母非常感激郭先生一下子就看好了我的病，连忙要给他钱。他说，不用不用，也没用什么药，不要给钱。

从我记事时起，郭先生一直在为村民的健康忙碌着。那一年我突然听说郭先生因病去世，年仅45岁。世上又少了一个好人！

——原载2020年9月13日《扬州晚报》

重庆有个李爷爷

24年前,我在去重庆读军校的火车站候车厅里见到了李爷爷。

也许是我穿着军装的缘故,李爷爷主动找我说了话。"小解放军同志,你坐火车是到哪里啊?"李爷爷和蔼可亲地问道。我仔细地打量了一下他,把行程告诉他后,他惊喜地说:"真的啊,那太好啰,我也是重庆人,重庆是个很不错的地方,你去了就晓得了……"在漫长的候车过程中,我们边等车边攀谈。原来李爷爷是重庆一所学院的退休老师,这次是和老伴来南京探亲的。当天他们坐火车去武汉,在武汉玩一段时间后回重庆。分别之际,李爷爷看了我的军校录取通知书,记下了我所在的学校和院系,他说等他行程结束回重庆后再来看我。

到了重庆,一下子就感觉到了火辣。天是热的、菜是红的、汤是麻的。尽管生活上很不适应,但火热的军校生活紧张而又忙碌,倒也没觉得怎么难过。就在我的军校生活慢慢迈入正轨的时候,一天放学,当我们排着整齐的队伍往宿舍走的时候,李爷爷突然在边上叫我。我立即报告,走出了队伍,与李爷爷在操场上聊了起来。

"李爷爷,你怎么找到这来了?"我诧异地问。他说:"前几天我们刚刚回重庆,也考虑到你才到学校,可能还在忙着训练,所以就没来打扰你。在南京不是看了你录取通知书的学校了吗,今天我就找到这边来了。"听到李爷爷这番话,我非常感动,又非常羞愧,当时我都没问李爷爷要一个地址或者电话,也没有主动跟他联系一下。原以为是很偶然的一次相逢,没想到李爷爷把他说的话一直记在了心里。

我邀请李爷爷到宿舍坐坐,他连忙摆手说不行不行,不能影响你们的纪律,这次就是专门来看你,然后让我放假的时候到他家坐坐。分别之际,我要了李爷爷的地址和电话,约好有时间就去看他。

端午节放假,我去了李爷爷家。当我走进他家的院子时,房间内传来了一阵阵欢声笑语。原来,李爷爷那天不仅邀请了我,还请了学院的一些学生到家里来。只见他们热火朝天地帮着李奶奶准备午饭,一点也不陌生,显然是经常来的。

吃完饭后,学生们帮着李奶奶收拾碗桌。李爷爷把我拉到一旁,说这些活儿让他们干,我们聊聊。原来,李爷爷有三个子女,都接受了良好的教育,早已在外地安家落户,最近的孩子在成都,其他都很远。平时就他们老两口生活,日子过得平淡又寂寞。他们平时就打打拳、养养花,隔三岔五地把家在外地的学生叫到家里来吃吃饭。他说这些孩子家庭条件很差,能上学已经很不容易了,一到过节,城里的孩子都回家了,他们留在学校里很孤单,所以把他们叫过来聚个餐,给他们改善一下伙食。

说到这些孩子,李爷爷脸上明显欢快了许多。在他眼里,孩子们个个都是可爱的。他说这些孩子有志气,尽管家里贫穷,但还是坚持求学,学门技术,为自己找到立身之本。

李爷爷拿起挂在墙上的小提琴,问我要不要学学,说着就随手拉了起来。为了不扫他的兴,我很认真地学了一会儿。看我认真投入的样子,李爷爷脸上露出了欣慰的笑容。他还问了我在学校的情况,吃得还适应不?有没有想家?那一刻,我感觉李爷爷就像自己的家人一样可敬可亲,心里顿时温暖了许多。听我描述军校的学习和生活,他频频点头,说军人就是不一样,到哪里都能适应,就是了不起!

后来,我给李爷爷打过几次电话,也写了几封信。再后来,我军校毕业离开重庆,就再也没跟李爷爷联系了。不知道他现在还好吗?

——原载 2022 年 11 月 9 日《扬州晚报》

老黄

在我曾经就读的某学院，老黄是神一样的存在。你要问学员认不认识学校领导，很多人肯定不认识，但是你要问他们认不认识老黄，绝大多数人都会说知道知道。

老黄个矮、干瘦，方形脸，没有胡须，一对大耳朵就像一户平房门前矗立着一对大石狮子一样显眼。一年到头穿着未戴肩章和领花的军装，从肥大的卷起裤脚的军裤里就能看到他那细得像麻秆一样的腿，估计还没有 100 斤重，经常能看到他趿着个拖鞋跑来跑去。

每天起床号响之前，老黄就已经起来了，拿着他的木头箱子站在我们学员队门口。箱子里面有牙膏、毛巾等生活用品，卖给有需要的学员。大家一点也不觉得唐突，俨然他就是我们队的一分子。如果哪天老黄没站在队门口，大家都会觉得缺少点什么，甚至还有同学要问，老黄今天怎么没来？学员们在食堂吃完早饭回宿舍时，就能看到老黄在操场上的货箱前啃着馒头。学员们放学回宿舍，老黄已经早早地在学员队门前的操场上等着了。别以为他的生意不好，经常能看到学员们在他的木头箱子里挑挑拣拣。

平时有一些调皮的学员还跟他开玩笑。说，老黄，你赚的钱用到哪里去啦？老黄总是笑着说哪里赚到钱嘛，你们这些娃儿都跑到外面去买东西了。有同学说过老黄赚的钱有一些贴给乡下老家的亲戚了。

不仅学员们跟老黄相处得很熟，就是院系的领导大多也认识他,从来也没有单位或者哪个人来驱赶他,好像他就是学校的编外职工一样。毕业十周年的时候,我们回去聚会,在沙坪坝大学城的新校区看到了老黄,他还是像在老校区一样做着他的营生。大家看着没什么变化的老黄,不禁纷纷感慨,为什么无情的岁月在他脸上就停止了呢?

  前几天,我把老黄的故事发到了公众号上,引起了校友们的强烈反响。知情的校友留言说,老黄前两年已经患病离开人世,大家看了无不为之惋惜。

  老黄作为母校的符号消失了,我们的青春也一去不复返了。

——原载 2020 年 8 月 17 日《现代快报》

大吴老师

20世纪80年代，我上小学的时候，大吴老师曾教过我语文课，当年他已经60多岁。虽然只是短暂地教了我们一段时间，但现在回想起来，有几件事还是印象深刻的。

有一次上课，大吴老师背着一个鼓鼓囊囊的包进来了。这让同学们非常惊奇，叽叽喳喳地议论起来。"同学们，今天我们讲爱迪生，前面让大家预习了课程，相信你们对内容已经有了一些了解。爱迪生啊，从小就对发明创造有兴趣，经常拿些瓶瓶罐罐到学校实验室里去……"他边讲边打开包，里面露出一些空着的玻璃瓶和铁罐子，林林总总、五颜六色。同学们一下子就笑了起来，严肃的课堂顿时变得丰富有趣。

大吴老师不仅教我们语文，偶尔还会教我们音乐。他教音乐也非常有特点，不仅自己写词谱曲，还用木风琴给我们伴奏。别说是农村小学，就是当时城里的小学，也很少有这样专业的老师。他发现有些同学上课好动、写作业不认真、学习成绩不扎实，就专门编了一首歌教我们唱。歌名我已经忘了，歌词是这样的：肚里饿，心里潮（难受的意思），瓜洲买米镇江淘，扬子江上挑担水，紫金山上打柴烧。短短的几句歌词，意义却非常深远，同学们唱完都沉默了。他便抓住时机告诫我们，学习要有计划性、周密性，要循序渐进，不要浮于表面。

在20世纪七八十年代，农村孩子的父母不仅忙于农活顾不上子女的教育，有时候在孩子的培养上还有误区。大吴老师跟我们讲过一个真实的故事：他当年教的一个女学生成绩非常好，可是家里非常穷,有一年开学竟然没来。大吴老师多次跑到这个学生家里做工作,女学生的妈妈对大吴老师说:"抱灰(稻草在锅炉膛里燃尽后的灰)糊不住墙,女儿养不了娘!家里穷,就不让女儿上学了。"但是大吴老师没有放弃,他一次次上门劝说,最终这家人还是让女生去上学了。后来这个女生很争气,考上了军队的学校。大吴老师说,这个女学生考上军校后,他第一时间就去她家祝贺,她的父母既羞愧又感激。那时候,大吴老师经常用这样的成功学生来教育我们,让我们好好学习,跳出农门。

教完我们,大吴老师就彻底退休了。人们之所以称他大吴老师,完全是尊敬他的意思,因为不仅我们,我们父辈好多都是他的学生。新学期开学,看着背着书包的孩子,我不由又想起了他。

——原载 2020 年 9 月 6 日《京江晚报》

老张

老张个子不高,八字须,皮肤白皙,体形瘦弱,乍一看还以为是个书生,再仔细一看,他对谁都板着个脸,就好像别人欠他钱一样。村里人都说老张这个人太死板,做事一根筋,大家都不愿意跟他打交道。

那一年,村里决定把集市的马路修一下。动工之前,村委会主任为请谁来看护新修的路面头疼,大家就推荐了老张。

从修路那天起,老张就吃住在工地上。修路第一天,村小学的孩子们放学后都跑来看稀奇。老实的看完就走了,不老实的却要用手去摸一摸,一个胆大的同学直接走到新修的水泥路上踩了踩。就在他准备离开的时候,老张出现了!"谁叫你踩上来的,没看到路口的告示啊,马上把你的老师和家长叫来,不说清楚不准回家。"老张生气地对那个学生说道。话音未落,那个学生吓得哇哇大哭起来,眼泪一会儿就把上衣打湿了。边上围观的村民们就说:"老张,算了算了,孩子也不是故意的,认个错就行了,让他回家吧,家里人还等着呢。""不行,今天把这个放走了,明天还有其他孩子来踩,那新路还有个样子吗?谁给他求情,谁掏钱把刚才踩坏的路重修一下。"老张这一说,再也没人为孩子求情了。后来,学生的家长过来道了歉,答应把踩出印子的水泥路重新修好,这才了结。

一天中午,马路边上的一户居民找了一个拖拉机准备把粮食运回家。开拖拉机的师傅听说要经过一段新修的水泥路,就不愿意了。居民说没事的,家门口新修的水泥路差不多已经能走车子了，趁老张回家吃饭的时候走，用不了几分钟。

没想到拖拉机刚开到居民家门口，老张就赶过来了。居民惊呆了："老张，你不是回家吃饭了吗，怎么一下子就冒出来了？""我昨天就听说你准备运粮食回来……居然趁我回家吃饭把拖拉机开过来！告诉你，我走到半路听到声音就跑过来了。你说这事怎么办？"居民说："老张，通融通融，大家都是一个村的人，你看，我家门口的路也修了好多天了，水泥也硬了，走一下没事的。你看，现在路上不是也没有车胎印子吗？""那不行，现在看是没有车印子，但是水泥底下、马路里面你能看清楚吗？到冬天一冻，这水泥肯定就得开裂。保养期没过，就是不能走车子。"

见老张不肯相让，居民也不乐意了，双方就吵了起来。老张的老婆见他半天还没回家吃饭，就把饭端了过来。老张拿过饭盒对老婆说："你去找村干部来，今天这事不解决肯定不行。"

不一会儿，村干部到了现场，那位居民又找他们求情。村干部说："这条马路现在归老张看护，你们听他的，他说怎么办就怎么办。"经过一番协商，居民出钱，把拖拉机压过的马路拆了重修。

马路修了将近两个月，没有出现一处人为损坏，这在村里修路史上是罕见的。大家都说："亏了老张在，要不然路没这么平。"

你说，老张这人"死性"不"死性"？

——原载 2020 年 11 月 15 日《京江晚报》

干爸老杨

兴许是命中注定，老杨成了我的干爸。

20年前，老杨的女婿，也就是我后来的干姐夫，跟我们单位有工作往来，也就认识了他。相处一段时间后，那天大家一起吃饭，老杨一直不停地说我不错，我们领导一听，说那你们认个干亲吧。老杨满怀希冀地说，我是没意见，就怕小谢不同意呢。看着热情宽厚的他，加上有了前面几次接触，我点头同意了。从那以后，我就改口叫老杨干爸。

成为老杨干儿子后，我才慢慢了解了他。他退休前在地区建筑公司上班，管建筑材料供应。计划经济时代，这岗位十分重要，别人也都说这位置"油水"多。但是，忠厚老实的干爸从没贪过公家一分钱。干妈经常跟我说，你干爸这人太"傻"，从不为自己和家里人考虑。外地供应商送货来，有时没能及时拿到回款，你干爸还给人家垫交通费呢。外人还说我们家有钱，除了分了一套公房，三个子女的工作都没安排上。就凭这一点，干爸这人就值得我尊敬。

干爸不仅做人公道正派，而且非常热情。每年春节我去拜年，他都要我坐他身边，一边给我倒酒，一边还给我搛菜。有时候干哥干姐他们就讲他，说你年纪大了，不要给人家搛。干爸就说，文龙工作忙，难得回来一趟，平时就想他，回来了就控制不住地要给他搛。我说没事，我喜欢干爸给我搛菜呢。越这么说，干爸就越开心地给我搛起菜来。一边吃，他还一边跟我说，要对你爱人好一点。一个女同志不容易，要上班，还要操持家务，我们男人不能当甩手掌柜。我连连称是，见我答应得过于干脆，他还大声地对我爱人说，以后文龙要是欺负你，你就跟干爸说，我给你撑腰。当听说我在家也做家务，也管孩子学习时，干爸开心地说，这才是我儿子应有的样子。

那年中秋节，我到干爸家的城市出差，晚上就去他家吃饭。才坐下来，干爸就让我给父母、岳父母和爱人分别打电话。他说，今天是团圆节，你公务在身，没办法跟他们团聚，要跟他们解释一下。今天到我这来，我们家第一次真正团圆了！一番话，让我低沉的情绪开始高涨起来。

孩子出生时，我给干爸打了电话，报了平安。办满月酒那天，干爸一家八口人从安徽滁州赶了过来，一向晕车的干妈刚下车就止不住地吐了起来。我连忙递上纸巾，责怪干爸不应该让干妈也过来，应该让她在家休息。干爸说，晕车也要来，添孙子了，这是喜事，我们高兴，她做奶奶的，能不来看看吗？话没说完，他拿了给孩子准备的礼物，有金项圈、棉被、浴巾、洗澡盆……

干爸孝老爱亲，他兄弟姊妹五个，干奶奶一直由他赡养照顾。干爸每天要推着轮椅带干奶奶出去转，让她晒晒太阳，跟老人们聊聊天。后来干奶奶行动不便卧床养病，干爸每天都把饭端到她的床头。他说为老人尽孝是我们的义务和责任。

在干爸家，我从来没有感到自己是个"外人"。不仅我这样想，我的爱人孩子也是这样认为。

——原载 2021 年 6 月 28 日《现代快报》

同唱一首歌

生于20世纪六七十年代的人对歌手郑智化一定不会陌生。他的嗓音略带沙哑，哀婉中含有几分执拗，富有磁性，穿透人心，极具魅力。

我就是郑智化的忠实歌迷。当年，作为一个为自己前途命运而苦苦追寻的迷茫青年，我在他的歌声中自然能找到几分慰藉。"他说风雨中这点痛算什么，擦干泪不要怕，至少我们还有梦……"这样的歌词甚至比长者的一味劝说更能激励我。

为了有个好的前程，我选择了当兵。在火热的军营里，郑智化的歌被高亢的军歌所代替。我一度甚至觉得他的歌有些颓废。直到遇到晚我一年当兵的战友周忠跃，当我知道他也喜欢郑智化的歌曲时，我知道，郑智化以及他的歌曲并未离我远去。

他是一个普通工人家庭的孩子，还有个妹妹，父亲上班，母亲身体不好，一家人生活非常困难。当年他在学校未能考上大学，为了寻找出路选择了当兵。这与我苦苦追寻的未来何其相似！当他知道我也在准备考军校时，经常会来找我问一些问题。出于同样的追求，我们之间的交流就多了起来。

他说他苦闷的时候就会听听郑智化的歌，觉得一腔辛酸无人诉说，唯有在郑智化的歌声里才能找到知音，才能找到些许寄托。我也会向他诉说当年的曲折经历。我告诉他，高中毕业后，我外出打过工，打工岁月单调又苦闷，经常在一个人独处时不由自主地哼唱郑智化的歌，仿佛有个懂我的人正在与我谈心。

人在落魄的时候最脆弱，人在落魄的时候也最封闭。因为社会不会待见你的失落,因为战场上从不赞美失败者。我们在唱郑智化歌曲的同时,想到不能只沉湎在悲愤的情绪里,而要从他的歌声中汲取能量。当兵第三年,我顺利地考上了军校。拿到录取通知书后,战友周忠跃的眼里充满了羡慕,同时也有几分坚毅。他说,除了郑智化,他又多了一个偶像!

到了军校,我们经常通过电话和书信交流。我鼓励他不要被环境左右,一定要为自己的目标而拼搏。第二年,他也顺利地考取了军校。当我听到消息的那一刻,非常欣慰,更为他的努力而赞叹。

从那以后,我们始终保持着书信来往,并不因为时空的距离而减弱了战友情谊。有时候他还说,兄弟,我们什么时候再来合唱一首郑智化的歌啊!

——原载 2021 年 2 月 23 日《现代快报》

"恼人"的被子

如果要问我 15 年军旅生涯有哪些苦恼的事,头一件要算刚入伍时配发给我的军被。

26 年前冬天的一个清晨,我从县人民武装部欢天喜地地领到了被装物资。拿到后,就迫不及待地跟人家学着打起被包来,没用多久,三横两竖的外形就有了行军被的样子。

到了新兵连,首要工作就是学习整理内务,叠被子是其中最主要的内容。班长要求我们把被子叠得有棱有角,要像豆腐块一样耐看。每天训练结束后,我们就被集合到操场上压被子。被子整块地铺在水泥地上,用小板凳在上面不停地来回碾压,一直压到棉絮板扎为止。为了方便找准折叠的位置,我们还用笔在被子上画上记号线。有些战友为了让被子叠出的棱角更鲜明,有时甚至用一点点水洒上去。

尽管我跟战友们一样用心,也花了同样的时间,但是我的被子叠得始终没有战友们的好看。班长为了减小对全班内务评比成绩的影响,把我安排到了上铺睡觉。这也就罢了,大不了我比别人费点事,也吃不了什么亏。但是,事情并没有那么简单。

一天中午,我们训练结束回连队,突然发现操场上横七竖八地散布着许多被子。当时我的头皮一麻,心里立即祈祷起来,但愿没有我的被子!

真是怕什么有什么!到了宿舍一看,我的床铺空荡荡的,就像刚收割过的小麦地一样杂乱无章,我知道大事不好了。那天全连在没有通知的情况下,组织内务大检查,叠得不合格的被子统统被扔到了操场上,我的被子"光荣"在列。

更没想到的事接踵而至!午饭后,值班班长把我们几个被子被扔下楼的战士拉去扫厕所,作为对我们的惩罚。要知道,连队指导员前一天刚表扬过我写的诗歌,还准备让我在全连晚会上朗诵呢,这时候出这个丑事,我那一刻的心情就像咸亨酒店里的客人戏问孔乙己偷别人东西一样,只觉得有辱斯文。

考上军校后,被子的事情提前终止了我的喜悦。那天放学回宿舍,我的被子因为内务检查又被扔到了操场上,带来的结果就是我从下铺调整到了上铺,这与新兵连的命运何其相似!

军校毕业后的一个偶然机会,我与当年带我们去打扫厕所的班长一起吃饭,聊到了新兵连的话题,自然也说到了我被处罚的事情。我说:"感谢班长当年教育我们,让我们认识到错误,不然也不会有我的今天。"班长本来还想说点什么,一听我说到被子的事,半天没说出什么话来。

当兵第八年换发新军被,我领到新被子后,没花多少工夫就把新被子叠得横平竖直、棱角分明,放在床上非常耀眼,就像切好的豆腐块一样,怎么看怎么满意。排里的战士们都说:排长,你的被子叠得真漂亮!

没有对比就没有伤害!到这时候我才知道,让我苦恼了近八年的被子真不是我的技术不好,而是被子的先天不足,难怪古人要说"工欲善其事,必先利其器"呢。

——原载 2021 年 5 月 25 日《高邮日报》

我的石桥铺

石桥铺距我读书的军校只有三四站路。走路过去，20分钟就到了。

第一次去石桥铺是到那边参加学雷锋活动，对于久居营区的我们来说，甭提有多兴奋了。那天，我们扛着扫把排着整齐的队伍，一路唱着军歌，兴高采烈地走了过去。修电器的、理发的、法律咨询的……大家忙得不亦乐乎。然后在驻地百姓不舍的目光里，我们班师回到营地。

第一次去石桥铺，就觉得石桥铺非常繁华！街上摩肩接踵，车水马龙，交通四通八达。往北可以去沙坪坝，那边又是一个繁华所在。往东能到大坪、两路口，一路走下去，就能走到重庆的市中心解放碑和朝天门。往南就是陈家坪长途汽车站，下乡的、进城的，络绎不绝。电车尖锐的刹车声、吵架一般的说话声、声嘶力竭的叫卖声……石桥铺就像一个火锅，一片沸腾。

重庆是火锅之都，石桥铺也到处有火锅店。那边的德庄火锅，自助只要28块钱一位，啤酒免费。对于每个月津贴100元左右的学员们来说，偶尔去打个牙祭还是可以承受的。刚到重庆，火锅是吃不了红汤的。我们一般都是点个鸳鸯锅，吃完以后，腮帮子都是麻麻的，用手去掐也不觉得疼。后来待久了，像当地人一样，吃火锅直接上红汤，清汤嫌没劲。

石桥铺的繁华，不仅体现在交通要塞，那里更是店铺林立、应有尽有。重庆最大的电脑城就在这里。一到周末，同学们就请假去买书、买生活用品、买软件光盘。

毕业前几天，我去石桥铺买土特产，准备回来时，碰到了班上的李海军同学。他是山东人，来自海军部队，爱好体育。我是江苏人，来自陆军部队，爱好文艺。尽管我们同在一个班，但交集不多、交往不多。互相寒暄了几句后，他突然叫我一起吃饭。我当时比较诧异，他看出我的不解，说，咱们同学一场，一毕业就要奔赴祖国各地了。我一听，眼睛就有点湿润了。我们边吃边聊，越说越投机。说到同学之间快乐的事情时哈哈大笑，说到将要毕业分别又有点不舍。我们班的同学来自全国各地，毕业又要分配到四面八方去，我们都在感慨，今后什么时候能再重聚呢？

今年是我们军校毕业20年，大家都想再回重庆聚一次。年初就制订了计划，后来因各自工作忙等种种原因，重庆之行只好取消，大家无不为之叹息。

石桥铺，我读军校时的石桥铺、无限繁华的石桥铺，一别之后尽想念！

——原载2021年9月3日《扬州晚报》

抢扫把

新兵教导队集训结束，我跟同年兵章祺分在了一个连队。连长看我们学的专业相同，就出题考了我们，看看我们学得如何。考了几道题目后，连长说，章祺你要向谢文龙学习，他的专业知识比你扎实。跟班工作还有一段时间，你要抓紧补课！看着章祺羞愧地低下了头，我在一边窃喜。

入伍后，部队教育我们，处处要争第一，战场上只有第一，没有第二。这是我们在领导面前的第一次亮相，显然我拔得了"头筹"。从那以后，章祺在内心里跟我较上了劲。每次连队组织劳动，他都第一个到场，干活也最卖力。每次连队组织理论学习，他都认真记笔记，抢着回答问题。八一那天会餐，指导员说，大家都热热闹闹在这吃饭，不知道猪圈关好没有。话音刚落，章祺丢下饭碗立即跑去了食堂后边的猪圈。那一刻，全连的目光都聚焦在他一个人身上。我拿着筷子的手停在了半空中，整个人像僵住了一样。一边恨自己没有想到，一边又恨章祺太会表现，抢了风头受到表扬。心里面想，这回他又要得到领导的赏识了。

看着章祺积极表现，我也被逼着勤快了许多，不仅把宿舍打扫得干干净净，走廊和洗漱间每天都要拖上几遍。尽管这样，还是觉得跟章祺比似乎差了点什么。一天早晨，离起床号响还有十多分钟，睡醒后我准备拿扫把去扫马路。刚走到工具间，看到章祺已经在里面找扫把了。那会儿，我终于知道自己表现为什么不如他了。明天我一定要起得比他早，不能再让他抢在前面。一边拿着扫把，我一边在心里盘算。

第二天，天刚蒙蒙亮，离起床时间还有五十多分钟，我在闹钟的催促下一骨碌下了床，蹑手蹑脚地走到了工具间，扛起扫把，踮着脚走了出去，既怕吵醒大家，又怕被章祺发现。

我是从路的那一头往连队这边扫的。当我扫到连队门口时，章祺正好扛着扫把走了出来。看我满头大汗，看着刚刚扫过整洁的路面，他愣住了！那一刻，我就像一个得胜归营的将军一样在他面前高高地昂着头，神气活现地将扫把左右甩了几下，就像在敌人面前骄傲地甩着胜利的战旗一样。

几年后我当了排长，发现战士主动拿扫把扫地、主动表现，心里十分高兴，并毫不吝惜地表扬他们，从他们身上看到了我当年的影子。

抢扫把是我和战友追求进步的表现，看似难以理解，隐藏的却是一颗积极向上的心。20多年来，不管在什么岗位上，我都保持着"抢扫把"这种争先领先精神，并从中受益无限。

——原载2021年9月15日《现代快报》

"模糊"的田孟生

去年,阔别 20 年的几个军校同学在一起小聚,大家欢快地聊着当年上学时的话题,回味同窗共读时的难忘往事。陈梁突然说起了他们同一楼层的同学。他说前段时间见到了田茂生,现在还在部队工作,发展得挺好……

田茂生?我们学员队没这个人啊!听到这名字,头脑里就产生了这样的疑问,我连忙诧异地问他,你是不是说错了?陈梁说同学怎么能记错,田茂生住一楼,是他隔壁宿舍的。为了证实他说得没错,他还向我们形容起田茂生来。他说田茂生是重庆人,个子不高,团脸,皮肤白,成天笑眯眯的,嘴唇上稀稀拉拉地长了几根胡子,就像淹水后剩下的几棵秧苗,常年一副平头,看上去既和善又干练。陈梁还说田茂生入学前参加过"98 抗洪",比大家晚来学校。我说你讲的这个人我有印象,不过还是觉得有些不对。

我经常跟军校同学们说,全队 188 个人都叫什么名字、老家是哪个地方的、来自哪个部队、毕业后又分到了哪里,我基本上全知道。同学们起初不信,认为我吹牛,后来他们经常向我打听其他同学毕业后的去向,每次我都能准确地说出来。偶尔有同学到我所在的城市来旅游出差,只要一说起同窗往事,我立即就能报出当事人的名字来。慢慢地,大家都很佩服我的记忆力。

1998 年 9 月,来自祖国四面八方的 188 个同学相聚到了山城重庆,考在同一个学员队读书。入学时,陆军、海军、空军的同学穿着各自的军装,教室成了一个多兵种的大军营,煞是壮观。

彼时,我们的宿舍分散在一幢楼内的四个楼层,三年的文化课程也在同一个阶梯教室里进行,大家接触的机会就多了。

当时,队里还成立了信息报道组,负责写文字材料、编队报、上报各类信息。组里有老家河南的刘明、祖籍陕西的谭宏锋、老家湖北的郑韬、老家福建的吴银光、老家江西的吴辉等人,我也是其中一员。正是这个原因,我经常能看到同学们的花名册,加上平时协助队里干些写同学们的各种鉴定材料,对每个同学的基本信息就了如指掌了。

陈梁突然说到田茂生,我就觉得不对头,在我印象中没有同学叫这个名字。我像过筛子一样在大脑里把同学们的名字又梳理了一遍。过了几分钟,我对陈梁说,你说的这个同学我想起来了,他不叫田茂生,叫田孟生,好像跟王峰、王虎荣他们一个班。当天在一起聊天的孙伟证实说:"对,对,你说得对,这个同学就叫田孟生!"陈梁听我这么一说,立即反应了过来,连忙给我竖起了大拇指,称赞说:"文龙,你真了不起,毕业这么久,同学的名字你还记得这么牢!"

军校求学那几年,是所有同学人生中最青春、最辉煌、最具活力的时候,也是战友兼同学最亲密无间的时候。大家一起学习、一起训练,结下了深厚的同窗情、战友情。火红的军校生活,对我的人生是一次蜕变、一次锻造、一次升华,我又怎能忘怀?那一个个亲切的名字、那一幕幕熟悉的场景深深地镌刻在了我的内心深处,让我常常想起,又让我常常泪流满面……

20年过去,好多人和事渐渐模糊,但生命里当兵、同窗的历史,一辈子也不会忘记!

——原载2022年3月3日《金陵晚报》

战友聚会

国庆前夕,在无锡工作的战友姜华发微信给我,问我国庆回不回高邮老家。他说战友们准备3号晚上聚会,如果我回去,就一起参加。当时手头上还有一些事情在处理,我只好模棱两可地跟他说,如果回去就参加。姜华说,能回来就回来吧,再不回来聚聚战友都要变成"网友"了。

他这么一说,我内心不平静了,不住地掀起波澜。是啊,已经很多年没跟战友们聚聚了,这次无论如何都不能掉链子,我立即爽快地答应了他。

老家距南京180多公里,开车也就两个半小时左右,即使距离并不遥远,一年到头我也回去不了几次。以前一年回去最多不超过一只手的次数,也不知道究竟在忙什么,心里总是觉得对不住老家的父母。每次回去,我哪里都不去,就在家陪陪父母,就这样错过了多次跟战友们聚会的机会。

3号晚上,我早早地来到了聚会的饭店。边等人边聊天,尽管好多年没见,那种亲切与温暖没有一点陌生,一直萦绕在大家的心头。人到齐了,一边品着故乡的美食,一边叙说着过去的趣事和当下的生活。

1995年冬天,我和另外20多位同龄人幸运地来到了南京当兵。彼时大家并不熟悉,在教导队时我还差点因为一件小事跟一个老乡打起架来,情急之下冒出的家乡话让我们知道对方原来是"自己"人,立刻就握手言和。真是"老乡见老乡,两眼泪汪汪"。再后来,大家慢慢熟悉起来,起码知道哪个人是老乡、是从高邮来的。三年服役期满，有的考上了军校，有的转了志愿兵，有的回乡安排了工作。从那以后，大家再聚在一起就不容易了。

吃饭的时候，姜华说过两天要送儿子到南京上大学，战友俞泳说他过两天也要送儿子到洛阳去上大学。他们的孩子都快要上大学了，我的孩子才上初二。这么多年下来，差距、变化就这么不知不觉地产生了。大家都在感慨时光飞逝如闪电，都在叹息岁月无情催人老去，都在感悟战友情是多么纯粹，又是多么珍贵。

这么多年下来，战友们都有了不同的处境，但是哪一个也不把差别带出来，哪一个也不会显出自己的过人之处，更不会让得意之色显在自己的脸上，那种平等平和平静的氛围，就像是久经考验的战友情一样绵柔又刚强。

再美的爱也需要表达，再好的情也需要陪伴。哪怕如战友般坚固的情，也需要偶尔小聚来加以升华。如果只是通过微信发发消息，或者只是偶尔打个电话说说事情，总是不在一起聚聚，战友不就真的成了姜华说的"网友"了吗？

聚会散场时，大家都意犹未尽，并约好了今后只要有时间，不管凑上几个人，都要在一起聚聚叙叙。

——原载 2021 年 11 月 9 日《金陵晚报》

电波诉衷情

1995年冬,我入伍到南京当了一名通信兵。工作之余,听收音机成了我和战友们的消遣。

那时,电台节目直播刚刚流行。江苏文艺台、江苏音乐台、南京音乐台……我们轮换着听,哪家电台什么时候有自己喜欢听的节目或是喜欢的主持人都如数家珍。江苏台的大卫、文蔷,南京台的黄凡、张耿、马莉……各个主持人的节目听得我们沉醉其中、如痴如醉。

也许正青春年少,我和战友们特别喜欢听南京音乐台叶帆主持的《夜色温柔》节目。每天晚上8点到9点,战友们准时聚在一起收听。当兵第三年,我考上了军校。刚到重庆上学,很不习惯。麻辣的伙食、潮湿的空气、听不懂的方言、陌生的人群、忙碌的军校生活……让我无所适从,心里一直想着南京,想着南京时的点点滴滴。

孤单消沉的时候,我想到了过去曾经听过的节目,想到了那些从未谋面但又十分"熟悉"的主持人。为什么不找他们倾诉呢?我试着给江苏文艺台的节目主持人吴继宏写了一封信,写满了对过去战友的思念,倾诉了对当时生活的惘然无措,表达了那一刻的无助和迷茫。

在南京时,我经常听吴继宏主持的《飞一般音乐空间》。她的嗓音特别,充满磁性,就像一个老友坐在你的身边平静地讲述着一件件往事,平淡如水、波澜不惊。她选的那些歌曲著名又典型,让我听了日渐成瘾。写给吴继宏老师的信寄出去两周左右,我收到了她的回信。

拿到信的那一刻，紧张又兴奋，激动得微微颤抖。我手忙脚乱地撕开信封，津津有味地读了起来。吴继宏老师在信中感谢我对她节目的关注，勉励我在军校要认真学习，希望我尽快调整状态，早日融入新的生活……看着一行行娟秀的字迹，听着她谆谆教导的话语，我的眼眶模糊了起来。那一刻，我仿佛听到她在节目里读着我的来信，感受到她对我的热情鼓励，犹如亲人般给予我力量。

时光匆匆，二十多年过去了，现在很少有时间再去听广播了，但青春年少时那段电波诉说往事仍常忆常新，那份感动时刻萦绕在心间！

——原载 2021 年 10 月 15 日《市场星报》

亲人之间的"电波"

昨晚,我带孩子去理发,店里有顾客在排队,我们也依次排了起来。

女主人一边熟练地为顾客烫发,一边朝楼上喊了一声:"东子,下来把地扫一下,地上全是头发!"说是喊,也就是平常说话的音量,并不震耳欲聋。木楼板上立刻传来一阵"咚咚"响的脚步声,一个身高1.3米的小男孩跑了下来。他在店里转了一圈,看着满地的头发,淡定地从靠墙的铁皮柜里拿出水杯,喝上几口水,嘟囔着说道:"头发不多嘛……"边说边跑上了楼。

孩子往楼上跑,女主人还在跟他说着话,尽管说话的声音不高,已经跑到楼上的孩子还是立即就回应了她。坐在店门口的我听不清那孩子说些什么,但从女主人的回话猜测,应该是那小孩不愿意扫地,似乎还找了各种理由。女主人一边忙着手里的活儿,一边不住地"隔空"教育起了孩子。

妈妈说一句,孩子就在楼上回一句,就像当面聊天一样。我感到非常诧异,妈妈讲的话孩子能听得清楚吗?孩子回话妈妈知道是什么内容吗?虽然我听不清,我想他们一定是清楚彼此在说什么的,要不然他们怎么会准确无误地一直不停地交流呢?

由这对母子"隔空"对话,我想到了我们一家人。

当我在关着门的厨房里做好饭菜,叫孩子过来端菜拿碗筷,正在聚精会神埋头写作业的儿子一定会分秒不差地走进厨房。当孩子把试卷放在桌上,我沉默不语时,就好像知道我将要说什么似的,他就会怯怯地说:"爸爸,这次考试有一道题明明会做,却答错了，请你谅解！"当妻子吃完晚饭，坐在沙发上自言自语时，孩子就会跟她说："老妈，工作不要急，今天你事情多，现在就好好休息。"妻子听孩子这么一说，疲惫的身子一下子坐直了……

其实不仅是理发店的母子，也不仅是我们一家人会这样，全天下所有的亲人之间沟通都没有障碍！婴儿的一声啼哭，母亲就能迅速地捕捉到，并立即满足他（她）。孩子咿呀学语时，尽管发出的声音一点也不清晰，父母也能明白孩子想要表达的意思。父母弥留之际，词语含混不清，子女也能知道他们想要交代什么……

亲人之间有着血缘的纽带和牵绊，有着朝夕相处的默契与共鸣。当亲人之间窃窃私语或是无声交流时，外人无从知晓，甚至不明就里，那是因为亲人之间的"电波"在来回碰撞，还有外人无法破译的爱的"密码"在无形中保护。

亲人之间的"电波"每时每刻都在发送与接收，既神秘又普通！

——原载 2022 年 3 月 8 日《现代快报》

欠你一声对不起

上课铃响了,刚做完广播体操回班级的同学们还沉浸在放松的状态中:有的掉头跟后排同学说话,有的拿着课外书看得不亦乐乎,有的在过道上来回跑动,有的还在叫嚷着同学帮忙……教室里话语声、欢笑声交织在一起,就像早晨的菜市场一样热闹。

当教室里乱哄哄的时候,一个身材修长、略显单薄的女老师走到了教室门口。这时,我还在跟后排的同学争论一个问题,同桌用手推了推我,我回过头来一看,门口站着的是孙兆琴老师。

猛一见她,吓得我立即站了起来,大声地喊了一句:"起立!"犹如一声惊雷,全班同学都被震醒了,板凳左右晃动甚至是摔倒的声音随即响了起来,大家摇摇晃晃地站了起来。看着同学们东倒西歪的样子,面孔本来就不生动的孙老师脸色更难看了,带着一丝愤怒的声音说:"同学们好!"就像犯了错要讨好父母的孩子一般,同学们齐声地高喊着:"老师好!"

待大家落座后,孙老师开始有条不紊地讲起课来。同学们很快就进入了听课状态,教室里一片寂静,只听见孙老师抑扬顿挫的声音滔滔不绝地响着。我却一点也听不进去她在讲什么,心乱如麻地想着问题。

作为班长,听到上课铃响就应该维持好班级秩序,更应该第一时间看到老师,喊大家起立。老师都在门口站了好大一会儿了,我却浑然不知,这不是对老师不尊敬吗?这不是没有履行好班长职责吗?孙老师今年研究生刚毕业,我们是她教师生涯的第一批学生,她平时对大家特别关心,哪个同学成绩下降她就给

"开小灶",哪个同学生病请假,她就给补课……她跟我们年龄相差不大,就像大姐姐一般疼爱着我们……

  课上到一半,孙老师安排同学们自习,把我叫到了教室外面。"谢文龙,你今天怎么回事,上课铃响过那么久,班上还是乱哄哄的,你这班长有没有一点责任心!我知道你不喜欢生物这门课,平时把精力都放到了写作上,可这是高考的必考科目,你其他课程成绩不错,平时表现也很好,不然也当不了班长,你这样的放任态度,就一定能考上你想上的大学中文系吗?希望你好好想想我今天讲的话!"孙老师严肃的话语让我的内心像经历了一场"地震",原来她并没有放弃我。我羞愧地低着头,几次想要抬起头跟她说对不起,可都没有说出来。

  有几次想去孙老师办公室跟她道歉,每次快走到那边我又退了回来。有几次在校园里碰到她,想跟她说对不起,始终没有鼓起勇气,或是低声呢喃地叫一声"孙老师好",或者佯装没看到闪过一边去。

  新学期开学,班主任告诉我们一个消息,孙老师调到她家附近的学校去了,生物课由其他老师教。听到这个消息,同学们唉声叹气起来,有的甚至难过地流出了泪水,我更是把头埋在了课桌下面,心里无比失落,那一声始终没有说出口的"对不起"还沉重地压在我的心底。

  前几天,高中同学群里回忆起了30年前的任课老师们,我就给大家讲了这段往事。我跟同学们说:"当年,年幼无知,目空一切,我欠孙老师一句对不起。如今,天各一方,杳无音信,我想把这事写下来,跟孙老师说一声'对不起',表达我真心的歉意,并告诉孙老师,这么多年,我一直没有忘记!"

——原载 2022 年 9 月 7 日《金陵晚报》

打风镐

昨天晚上,我在连队当排长时的战士小江建了一个微信群,把大家都拉了进来。看到我进群,战士们纷纷发来了消息:"排长好!""排长,你现在在哪工作?""排长,你还记得我吗?"……

我一边跟他们打招呼,一边回答他们的问题,一边询问他们的近况。听说战士们在各自岗位上都干得不错,我很满足,也很欣慰,表扬他们没有忘记自己曾经是一个兵。小江当兵时就是个机灵鬼,立即在群里说:"排长,还是你当年教育得好,引导我们走正路,要不然,我们这些十八九岁的孩子懂什么啊!"听他这么说,我还真有点陶醉呢,不过我还是告诉他们,这是部队大熔炉锻炼的结果,更是他们个人努力的结果。这一说,战友们纷纷回忆起了往事,战士小李说:"排长,还记得你带我们打风镐的事吗?当年,要不是你带着我们,那么艰巨的任务,我们排不可能完成呢。"

听小李这么一说,我猛然想起军校刚毕业分到连队当排长,跟他们一起施工的事。

当时,部队准备把礼堂东侧的一片高地铲平,修建集会场所,施工任务分给了我们工兵排。晚上,连长把我喊到会议室,向我布置了任务,并对人员、机械分工进行了安排。打风镐是施工的第一道工序,我安排两组人员同时进行。两个人扶镐柄、一个人拖供气管、一个人拖水管,一小时轮换一次。

柴油机"突突突"地响了起来,空压机也高速地转动了起来,战士们按照我的要求开始施工。开始我以为这个工作很简单,不就是手扶着镐柄往下按吗，又不要自己往下钻孔，这有什么难的？可是站在边上看了十分钟，我就发现不对劲。小江和小李两个人脸色涨得通红，豆大的汗珠不停地往下掉，扶着镐柄的手臂像风中的树枝一样抖动着，风镐像随时要倒下去一样。另一组已经打好了一个孔，而小江和小李的风镐镐钎还露在地面上大半截。

我连忙叫他们停下来，问他们原因。小江说："排长，这下面全是石头，太硬了，风镐不停地往上跳，反作用力大，我们可能还是力气太小了。"望着身高不到一米七的小江，看着边上几乎与他差不多高的风镐，我似乎明白了。我对小江说："从现在开始，你拖气管子，我跟小李扶镐柄。"

当我扶起风镐时，就感觉到打风镐看似轻松，实际上很费体力，必须要用劲死死地按住，防止打不下去或是打得慢。不仅震得手掌发酸、手臂发麻，而且"嗒嗒嗒"响个不停的噪声也让人头皮发麻。钻孔里冒出的水直往裤子上喷，风镐部件连接处的机油也一滴一滴地往上衣上飞过来。不到半天，人就像一个"泥猴"一样，身上黑一块、黄一块，没有一处干净的地方。

晚上休息时，小江愧疚地对我说："排长，这本来是我们战士应该做的，却让你辛苦了，明天还是我来吧！"我笑着对他说："这次你就不要打风镐了，等你长到跟它差不多时再让你上。"小江几乎哽咽着说："排长，我们入伍后，部队就教育我们要官兵友爱、互相帮助，你给我们做了最好的榜样。排长，从明天起，全排施工战士的衣服我全包了，生活上的事不要你们操心，你们抓紧时间休息！"

听到小江这么说，我立即在全排战士面前表扬了他。我告诉大家，能力有大小，只要大家齐心协力，任何困难都难不倒我们！

用了一个月时间，我们提前完成了施工任务，受到了部队首长的表扬。要不是小李在群里提起这事，我还真忘了呢。

——原载 2022 年 7 月 29 日《金陵晚报》

抬标石

吃完晚饭，指导员把我叫到连部，非常正式地对我说："明天你到营里去出公差，参加国防电缆维护施工，时间多久还不确定，你有什么要说的吗？"

指导员这么说，我一点概念也没有，更不知道劳动强度有多大，但是既然是工作，就不能讲条件，于是我很爽快地对指导员说："谢谢连首长信任，我保证完成任务，不给连队抹黑！"指导员欣慰地点点头，大手一挥，说你去忙吧。

第二天，天气晴好，被群山环绕的营部景色秀美，正当我感觉一切都非常美好的时候，电缆连连长召集我们开会了。

"同志们，这次任务是在300多公里长的国防电缆线沿路上埋设标石，明天就开始行动，下面我把人员分工讲一下……"连长大声地说着，我站在下面懵懵懂懂地听着，心里直犯疑惑：这是个什么样的活儿呢？

没想到的是，第一天干活就让我领教了什么叫苦、什么是累，我和一个兵龄比我早两年的老兵搭档，当天上午分给我们的任务是4块标石，抬到位、埋竖好，就可以回临时驻地吃饭。我下了卡车，走到提前摆放在集中点的标石前，一点不以为然，不就是1.2米高的不算粗的水泥柱吗，这有什么难的？可是当我们托起扁担往肩膀上挪动时，感觉很沉很沉，一根普通的水泥柱倒像是一块巨重无比的石头。终于将标石抬了起来，龇牙咧嘴的我俩一步一摇、一晃一颤地往前走着。好不容易走到插好竹签标记的地方，赶紧把扁担往下猛地一扔，顿觉浑身轻松。

擦完汗，我们用随身携带的锹、镐开始挖坑。那是个丘陵地带，薄薄的土层下面是风化石。不管石头有多硬，我们都必须在原位挖好坑，把标石埋设上。因为电缆就在下方，容不得半点偏差。不一会儿，手就磨出了水泡，汗珠子像断线的珍珠一样往下流。半个多小时才挖完坑、埋上标石。等我们把4根标石全部抬到位、埋设完，时间已经过了12点。饥肠辘辘的我们坐在回去的卡车上，整个人像瘫了一样，随着车厢东摇西晃。

午休时，我正睡得沉，突然被叫起来继续干活。下午时间长，任务就多。我们两个人完成了6根标石埋设任务。记不清走了多少路，也记不得翻了多少岭、过了多少河，只记得吃晚饭时端碗的手都有些颤抖。暮春时节，乍暖还寒。尽管这样，我还是匆忙地冲个冷水澡，倒在地铺上睡着了。

我是通信兵，平时都是在机房里上班，风吹不到、雨淋不到、太阳也晒不着，什么时候吃过这个苦？想起我跟指导员的保证，只有咬牙坚持下去。

日子一天天过去，我们一步步往前推进。刚开始时，浑身的骨头像散了架，疲劳使得我走路都想睡觉。早晨起来也没多少力气，直盼着这一天早点结束。慢慢地，我们适应了这个强度，干起活儿来也比以往快多了。天气越来越热，我们戴上草帽、披上毛巾，冒着酷暑在野外干活，每天军用水壶里提前灌满的水根本不够喝，要不就是到老百姓家里要水喝，要不就是去河塘里舀水喝。一天下午，突然下起了雷暴雨，我们毫无防备，浑身被浇了个透，但还是坚持把标石全部都埋好。所有人回到接回驻地的卡车上时，战友们互相指着浑身湿透的衣服，打趣道：今天我们都当了回海军，这是刚结束游泳训练！

整个工程历时两个月结束。那天，最后一根标石埋好，我和我的搭档站在它面前庄重地敬了一个礼。

有了这段经历，我一改过去懵懂的状态，变得勤奋和认真了。第二年，我光荣地考上了军校。我知道，那些抬过、埋好的标石已经成为我人生路上的标石，时刻提醒着我：不怕吃苦，勇往直前！

——原载 2022 年第 8 期《五月风》

合唱比赛输掉了

接到全院歌咏比赛通知后,教导员就安排学员队的班、排长,让他们从各班抽人,组建100人的队伍,立即开始训练,必须在比赛中拿到名次。

阵容庞大的参赛队包括了我们队一半多的学员,那些不爱唱歌甚至个别五音不全的人也被选了进去,跟他们一起参赛,心里就有点担心。我私下问过他们,这次比赛夺名次有信心吗?他们铿锵有力地说:"军人以服从命令为天职!上面选咱们参赛,那还有啥说的。不会唱还不会喊吗?我们就不信音量盖不过别的学员队。你可别长他人士气灭自己威风啊!"得,我还能说啥呢,端正态度参加训练呗。

指导我们排练的是本队同学周启兵。别看他个头儿不高,本领可不小,吹拉弹唱样样行。在学员队元旦晚会上,他吹完萨克斯,拉二胡,丢下二胡弹吉他,弹完吉他又吹笛子,真是迷死了我们。

他把我们分成了高、中、低音三个声部,并选了《一二三四歌》作为参赛曲目。别说,他这一番安排下来,大家还真服气。我们进军校前都当过兵,刚入伍就练唱军歌,谁都没听说过唱歌还要分声部的。而且他选的这首歌,唱得又熟又透。他命令一下,同学们兴奋得嗷嗷叫,呐喊声差不多能把屋顶掀翻。

放学后、自习课、休息日……只要是空闲时间,我们就组织排练。他先教低音部唱,教唱几遍后教中音部,然后再教高音部。他只要教这个声部唱,另外两个声部的同学就闲着没事,叽叽喳喳地吹牛侃大山，讲话声有时候甚至盖过了合唱声。他也停下来训过几次话，大家都是同学，谁还"怕"他啊，该聊天的还是照常聊。

有一次放学回来，我看到别的队在室外排练，人家是把几个声部分开训练的，这才是对的啊！像我们混在一起训练，占用时间不说，效果也会打折的。我猜周启兵也是知道混在一起训练的缺点的，但是他"镇"不住自己的同学，而且分开来训练，没那么多老师，他也分身乏术。

排练一个月后，教导员来听我们合练。大家为了表现，都忘了平时学的，把音量都唱大上去了。低音部的声音像中音部的、中音部的声音又像高音部的，最后竟然成了同一个声调。教导员也是"外行"，听到大家唱得这么整齐，还夸大家不错不错。

有领导这么一肯定，同学们排练时就更应付了。该低音时，声音像蚊子哼哼；该中音时，嗓音又细又尖；只有高音还像那么回事。毕竟大家"喊"歌这么多年，基本功还是有的。

正式比赛开始了！队员们精神抖擞地站到了舞台上，周启兵特地找了个凳子站在上面指挥。他手一抬，合唱声就响了起来。开始时几个声部还分得比较清楚，但是唱着唱着，就开始"串音"了。特别是开始轮唱时，完全乱套了。本该隔一拍再唱的抢拍子了，本该停顿的地方连贯起来了。急得周启兵在上面挥乱了手，可是已经无济于事了。台下传来了阵阵哄笑声，我知道这次比赛唱砸了，输掉了。

回来以后，教导员把我们狠狠训了一通，系政委也来队里找原因。经过一番了解，政委说，不怪参赛的学员们，方法不对，再努力都白费。以后做事，一定要选准方向，用对方法，那样才能成功！

——原载 2023 年 7 月 19 日《金陵晚报》

导游小阿哥

吃过午饭，导游小刘姑娘说下午让我们自行跟车去泸沽湖，那边有导游接待。我心里在想，后面会是一个什么样的导游呢？

大巴沿着狭窄的盘山公路颠簸了4个多小时，穿过县城，在经过一个红绿灯后，车子停靠在了路边。车门刚打开，一个黝黑瘦削、身手矫健的小伙子三步并作两步地跳上了车。

"朋友们，欢迎你们来到泸沽湖，来到我的家乡，我是你们此次行程的导游某某某，是纳西族人，大家记不住我的名字也不要紧，直接喊我导游小阿哥就行了……"我们还没从长途跋涉的困乏中清醒过来，小阿哥连珠炮似的介绍声就冲进了大家的耳膜。全车人都没能记住他的名字，在后面的行程中我们就直接叫他小阿哥。介绍完自己，导游小阿哥又向我们介绍起了游玩泸沽湖的行程，提醒我们要尊重当地的风俗，还把他的手机号码给了我们。

同行中一对母女向小阿哥提出晚上要一个大床房标间，他说旅行社给他的单子上只是双床标间，他来联系一下。话音未落，他就给宾馆打电话。尽管听不懂他讲的当地土话，但是从他响亮急切的嗓音和快速的节奏可以感受到小阿哥是个热心人。不一会儿，他微笑着对那对母女说办好了。母女俩连忙向他表示感谢，他哈哈一笑，大声说："没关系啦，我们就是应该满足游客们的要求，让你们感受到我们纳西族人的热情！"全车人无不点头称是。

安排好晚上的食宿，小阿哥看我们有些疲惫，就大声地跟我们说:"朋友们,我们纳西族人热情好客,能歌善舞。可惜车子空间太小,我没办法给你们跳舞啦,不过不要紧,晚饭后,我带你们去参加篝火晚会,你们可以尽情地跳。现在我就给你们唱首歌吧!"没等我们鼓掌,小阿哥那极具民族风味的歌声就在车内响了起来。他一唱完,车厢里立刻就响起了几天里最响亮的掌声。

到了泸沽湖景区,小阿哥一个箭步冲了出去,很快地办好了入园手续。我们是纯玩团,导游不需要全程陪同,但那会儿下着蒙蒙细雨,怕我们路上滑倒,他全程都跟着我们。见我们在景点逗留时间短,离晚饭还有一段时间,他又主动带我们去了一处行程单上没有安排的景点,又一次引起了我们的掌声。

在带我们去篝火晚会的路上,我跟他聊了起来。小阿哥今年25岁,家里也不太富裕,所以他趁着年轻拼命地在外打拼,几乎不敢休息。没想到在他阳光快乐的背后,也有如此的艰辛。他还说他曾经做过泸沽湖上的船夫,每天摇船送客人上湖中的里务比岛游玩,一天下来累得要瘫倒。见的世面广了,加上又爱学习,就改行当了导游,自己的收入,包括本地人的收入都比以前多,他也对未来充满了信心。

在送我们回丽江的旅途中,小阿哥说本来要送大家去城里,但是因为要见一个朋友,只好半路上提前下来,特地向大家表示歉意。我们问他是不是下车去见女朋友,小阿哥两天来第一次红了脸,害羞地笑了笑。

昨天在微信通讯录中新的朋友栏里才知道小阿哥叫礼让次尔。旅行结束已经十多天了,大家还在念叨着他,都希望他早日娶到他心爱的新娘。

——原载 2023 年 9 月 7 日《精神文明报》

第三辑　爱润无声

DI SAN JI
AI RUN WU SHENG

◇ 多彩社区
◇ 芸芸众生
◇ 成长舞台
◇ 终生难忘

邻里之间，暖了

那年冬天，突然而至的极寒天气让小城居民措手不及，广播里说这是该地区数年未遇的冰冻天气。毫无防备的张大妈这次也遭了殃，楼上邻居家无人居住，水管冻裂了，自来水通过砖墙楼板的缝隙"哗哗"地往下流，流得她家到处都是。

张大妈一个人生活，突如其来的"水灾"让她脑子里一片混乱，本来身体就不好的张大妈咳喘得更厉害了。怎么办呢？她先打了自来水公司电话，让人把楼上邻居家的水阀给关了，房顶上滴滴答答的水流这才止住。她又赶紧把地面上的物品搬到桌子上、凳子上。忙了一上午，才把家里收拾停当。

水是不流了，可是家里的墙皮经水浸泡，起鼓、脱落，斑驳得厉害。挂在墙上的液晶电视机进了水，放不出来了，一直以电视为伴的张大妈少了一个精神依靠，郁闷到了极点。卫生间的损失更惨重，浴霸进水、吊顶往下滴水、墙上的瓷砖往外渗水……哪里还像一个家，张大妈急得哭了好久。

找了很多人，打了多少个电话，楼上的邻居才姗姗来迟。原以为邻居来了问题就能得到解决，没承想，邻居一句话噎得张大妈跳楼的心都有了。"这个你不好怪我，我也不可能给你赔，要怪就怪天气严寒，水管冻裂的不是我家一个。我自己还有损失呢，我找谁赔！"邻居撂下这句话，理也不理欲哭无泪的张大妈，径自就走了。

张大妈气得脸都涨紫了，楼上邻居家虽然也受了损失，可是平时并不住，自己却要天天住在"水窝"里，这样下去怎么办。

她一边找维修师傅到现场查看,一边去社区请求帮助。

社区工作人员看到的情景比张大妈描述得还要糟糕。损失这么严重,而且她是带灾的,不赔偿怎么能说得过去呢?迫于压力,楼上邻居来到了社区接受调解。

工作人员跟他从法律方面讲了侵权责任,告诉他,张大妈告到法院,他肯定还是要承担赔偿责任。那样,不仅赔钱,面子也丢了。张大妈说,我也不是要赚你钱,你可以找人来修,我找过维修师傅,一起修下来要3000块钱,如果你不愿意找,我认倒霉,你给2000,我自己请人修。权衡了很久,楼上邻居这才勉强答应赔钱给张大妈。

第二天,楼上邻居带着2000块钱现金到了社区,当着工作人员面把钱给了张大妈。就在大家以为事情快要了结的时候,张大妈突然抽出200块钱给了楼上邻居一起来的孙子,说,我们都是好邻居,这次纯属意外,大家都不容易,谁也不想为难谁。马上就要过年了,这200块钱是给孩子的压岁钱。楼上邻居脸窘得通红,一再推让。社区工作人员说,这既然是张大妈的一点心意,你就收下。"邻居好,赛金宝",以后大家好好处,做好邻居。楼上邻居听了,不住地点头,连声说,张大妈今天教育了我,以后我要向她学习,张大妈是我的好邻居,以后我也要做她的好邻居。

张大妈不仅感动、感化了她的楼上邻居,也感动了在场的局外人。

——原载 2021 年 4 月 23 日《扬州晚报》

节日的来电

"五一"那天,我们一家在饭店给母亲过生日,正当大家互相敬酒时,我的手机响了。拿起手机一看,是老刘。

刚按下接听键,老刘铿锵有力的声音就从听筒传来:谢书记,祝你身体健康、节日快乐、全家幸福、工作顺利!有时间我们聚聚啊……一连串朴实的话语正是老刘老实本分性格的反映。不仅"五一"这一天,中秋、春节等节日,老刘也会给我打来电话,送上祝福。

老刘是我在社区工作时结识的居民。一天上午,他跑到我办公室,向我寻求帮助。老刘在工厂上班,收入不高,唯一的儿子上职业学校,日渐增长的开销让他不堪重负。所以,他把市里的房子租出去,自己再到郊外租房,产生的房租差能增加一点收入。"书记,我家庭条件困难,这么多年我都靠自己解决,但是以后怎么办,我心里没底。你一到社区,我就听邻居们说了,你当过兵,我想让儿子跟你学,也去当兵,不仅能解决孩子出路问题,让孩子有出息,也能减少家庭经济压力。但是,孩子不懂这个理,我想让你帮我劝劝他。"老刘有点不好意思地说明了来意。

帮助居民解决困难本来就是我分内的事,何况这是个好事啊,既让老刘生活压力减轻了,又给国防建设做贡献了,我肯定要帮老刘这个忙。我要来老刘儿子电话,给他打了过去。小刘从小是父亲带大的,他担心自己到了部队后,父亲孤身一人没人照顾,放心不下。听他这么一说,我立即给他吃了一粒"定心丸":虽然你父亲不在社区这边住,我们社区工作人员仍然会关心照顾他的情况，每周跟你父亲通一次电话，如果有需要我们就上门照看。

第二天，我开车带着老刘去了学校，当面跟小刘谈了我们社区今后的打算。小刘将信将疑，老刘在一旁着急地说："孩子，你不要担心，我现在身体好好的，正常上班。今后你不在家，就是我哪里不舒服，谢书记他们一定会帮我的。"看我们这么诚恳，小刘同意去当兵了。

到了部队，小刘就给我来了信。字里行间，看得出他向上的决心，又感觉到他对他的父亲还是放心不下。我连忙赶到老刘的居住地，跟他拍了张合影照，寄给了小刘。从那以后，小刘跟我亲近了许多，经常写信给我叙说军营生活。第二年，小刘面临退伍回家还是考学继续留在部队的问题，老刘又到办公室找我商量。我给他做了分析，建议小刘考学留部队。老刘说这也是他的意思，不过孩子犹豫不决，希望我再帮他劝劝孩子。我给小刘打了电话，告诉他趁着大好的青春年华，在军营这个大熔炉里实现人生的价值，抓住机遇，勇敢地去尝试，不断地战胜自己。听完我的鼓励，小刘斩钉截铁地跟我说：叔叔，我一定去拼一回！

没过多久，小刘给我打来电话，说他顺利地通过了士官学校的招生考试。老刘带着一面锦旗来到我办公室，我责怪他搞"面子"工程。老刘憨厚地说："书记，你为孩子成长进步操了不少心，按说我也该表示一下，但是我知道你的为人，送礼你也不会收，我不知道怎么表达感谢，就送来这面锦旗，表示一下我的心意。"

离开社区已经5年，每年逢年过节，老刘都会给我打来电话，说说孩子的情况，给我送上问候与祝福。每次接到老刘的电话，心里暖暖的，非常感动。我没为老刘做什么，就是换作社区其他工作人员，他们也一定会像我那样帮助老刘。要不是老刘经常给我打电话，我几乎都忘了这事。

——原载 2021 年 5 月 10 日《扬州晚报》

李大妈

　　李大妈个子不高,齐耳短发,人很精干。她退休回到社区,表现积极,被推选为支部书记。

　　他们小区有支健身操队,缺少固定场地,李大妈就来找我。"书记,我们小区健身操队没有场地,活动不方便,能不能帮我们想想办法。"我带着她跑了好几个地方,最终落实了固定场地。从那以后,李大妈他们的队伍人越来越多。平时她还把领队和组长们召集起来,到饭店 AA 制聚会。队伍里谁家有困难了,他们会及时跟我说,也会自己出钱去看望慰问。看到他们这么团结,我就跟记者联系,帮他们宣传。没几天,反映李大妈他们事迹的文章就见报了,还配上了照片。这让李大妈工作起来更有热情了。

　　那年夏天,社区组织粉刷楼道牛皮癣。楼道多、时间紧,社工们忙不过来。我看到李大妈的队伍人多心齐,就把她找过来,请她带人在他们小区先刷,每天只给他们 50 块钱买水、买午饭。任务布置下去没两天,他们小区 7 幢楼的楼道全刷好了。我到现场一看,楼道光洁如新,居民都说社区做了件大好事。我说这要感谢李大妈,是她带着志愿者冒着酷热刷的。看我们忙个不停,李大妈主动请缨,带着几个人在其他小区也刷了起来。没承想刚刷半天,李大妈就来找我了。"书记,这活儿我们不干了,这个小区的居民说我们为了钱才来的,做事我们不怕,但他们这么说就是羞辱我们了。"我连忙安慰她,让他们别怕,要理直气壮,他们的劳动价值远高于这点钱。为了给李大妈"撑腰",我和社工与他们混编成小组一起刷。

那年冬至社区组织包水饺，第二天李大妈拿着宣传活动的报纸来到我办公室，惊喜地说："书记，你知道吗？我们活动又上报纸了。看，上面还有我的照片。我以前的老同事一早就打电话给我，说我们社区活动搞得真好，真羡慕我！我跟同事说，是啊，我们这个社区活动多，在这个社区我们很幸福！"那时候，我觉得老人有时候就像小孩，快乐来得简单又满足。

李大妈有时候就像母亲一样慈祥，她经常跟我说，看到我们就像看到她女儿女婿一样，看到我们每天这么忙碌、这么辛苦，就心甘情愿地为我们做一些事情、帮一些忙。每次听到这样的话，我们的内心都是暖暖的。

那天一早，李大妈的老伴给我打电话，说她被摩托车撞了，情况比较严重，已经转到了重症监护室。接完电话，我立即赶到医院。由于人在重症监护室，我一直没能见到她。第二天，她老伴跟我说已经做过开颅手术，恢复良好，我悬着的心放了下来。当天下午，我又赶到医院看望。没想到情况突然恶化，又做了第二次开颅手术，遗憾的是李大妈最终还是走了。

听到这个噩耗，我久久不能平静。我连忙到她家中探望，并安排志愿者照顾她老伴。出殡那天，我对李大妈家人说，一定给她举行一个告别仪式，由我来致悼词。读完悼词，全场哭声一片，我这才发现自己早已泪流满面。

——原载 2021 年 8 月 11 日《现代快报》

巧化干戈为玉帛

老方刚到社区当书记时,就听说这个社区是全国先进。领导找他谈话时,希望他把先进的优势保持住,老方信心满满地答应了。让他万万没想到的是,刚到社区,开局竟然有点"不顺"。到任不久,电视台记者就打电话来,说要采访报道社区长期关心照顾百岁老人的事,顺便再慰问一下这位老人。老方一听就乐了,刚上任就遇上这好事,尽管这是前任一直在做的事,也是给自己社区工作开了个好头。老方一边想,一边忙着准备起来。

记者如约而至。正当老方在摄像机前接受采访时,一个居民跑了过来,边跑边大声地说,社区又作假了,成天就知道搞这些面子上的事……老方一看就慌了,又气又恼又莫名其妙,怎么半路"杀"出这么个"程咬金"来?老方连忙把这个居民请到一边说:"这位大姐,听你刚才么说,好像对我们社区有成见,能跟我说说吗?"居民见老方还有几分诚恳,便放低了声音说道:"是啊,你看你们,平时就知道做表面工作,我家老爷子那么大年纪了,从没见你们关心,更不要说上门了……"听她说完,老方当即表态会尽快核实情况,这才把人送走。

接待完记者来访,老方坐下没多久,就听到前台传来社工与居民的激烈争吵声。居民不省事也就罢了,怎么社工也不省事呢?老方头皮一紧,连忙跑到前台,只见一个戴着眼镜的四十多岁的居民手指着社工一顿指责。老方当时就蒙了!他连忙把这个居民请到办公室,问其缘由。居民说,是社工故意刁难他,他才发火的。看这个人没有半点悔意,老方劝解几句,就让他走了。

居民走了以后，社工就跑过来向老方诉苦。原来四十多岁的这个居民姓魏，住在社区边上，前面阻挠采访的女同志是他的姐姐。他们家经济条件好，父亲退休前在单位当领导，家里三个女儿和他一个男孩。小魏从小就受宠，大学毕业工作没几天就辞职回家了，整天什么事也不做。他们家认为他父亲也是老人，社区就应该定期上门看望，加上他们总认为社区有意针对他们，每次来社区办事都是骂骂咧咧的，社区不管干什么事他们都坚决反对。

尽管小魏一家对社区误解很深，老方觉得还是要主动去做解释沟通工作，不能"老死不相往来"。第二天，老方就去了小魏家。看到老方，小魏一家非常诧异，没想到社区竟然主动上门了。交流了半天，双方紧张的关系有了缓和，小魏也不像过去那样跟社区"针锋相对"了。

不久后，小魏的父亲突然去世，老方听到这个消息后就准备上门吊唁。社区的工作人员很不理解，老方说："我们就是做群众工作的，让更多居民拥护和支持社区工作是起码的要求，今天是密切双方关系的最佳时机，一定要抛掉成见、放低姿态，主动化干戈为玉帛，让他们跟社区走到一起来。"

当老方带着社区主任来到小魏家时，他们都惊呆了，愣了好一会儿。老方诚恳地向老人遗像三鞠躬，向小魏一家人表示了慰问。小魏主动伸出手与老方紧紧地握在了一起，从手掌的颤动里老方感受到了小魏内心的斗争，他知道小魏的态度转变了。

处理完丧事，小魏一家专门跑到老方办公室来，感动地说，真是没想到社区能不计前嫌，专门到家里看望，社区真是把居民放在了心上，过去有些不愉快，他们也有责任，今后一定支持社区工作。从那以后，小魏一家人到社区来办事，脸上都充满了笑容。小魏还经常说，社区有事就喊他，他一定到！

——原载 2021 年 8 月 27 日《市场星报》

"李大炮"变了

周围人喊老李"李大炮",一点也没冤枉他。他脾气火暴,嗓门也特别大,有时隔着一幢楼你都能听到他的说话声。如果你让他声音稍微小一点,他一定会这样回敬你:"干么事啊,我们码头工人就这样!上班时工友们隔得远,有事就大声吼,一辈子的习惯,改不了!"

第一次领教"李大炮"的"威力"是在他家。那天,我和社区主任一起到他家走访,刚敲了两下门,里面就传来一声大叫:"哪个啊?"话一出,门都隐隐作响,"李大炮"的绰号果然不是浪得虚名。仿佛是响应主人一样,他家的小狗也狂吠了起来。老李看到是我们上门后,立即冲着小狗吼叫道:"别叫!别叫!"边说边打开了门,其实他的嗓门比狗吠还要大一些。

坐下后,我向老李说明了来意。我说前面你跟社区之间有些误会,我刚到这个社区当书记,今天就是来听听你的想法,也请你给我们工作提提意见,以便我们以后把工作做得更好。老李一听就站了起来,脖子上青筋暴突,恨恨地说:"我是对你们社区有意见,你们做事太不地道了。前年我没交物业费,你们就到法院起诉我。我女儿出嫁那天,法官到我家送传票,你们让我怎么做人啊……"他的声音震得屋顶上的灰尘都往下掉,他爱人在一旁不时地提醒他小点声。

等他把话说完,我轻声细语地跟他说:"老李,首先我代表居委会向你说声对不起,这事确实处理得不恰当,请你谅解。但是,你长期不交物业费,这是你声誉受损的根本原因啊。我刚来，我保证以后我们有什么事先坐下来沟通。你看我们后面的工作，好吗？"听我这么诚恳地跟他解释，加上我主动到他家缓和关系，老李带着怀疑的态度大声说道："以后看吧，你们要是再像以前那样，我还是跟你们不客气！"

从那以后，每次看到他，我都主动打招呼，有时候他还到社区坐上一会儿。可就在大家相处融洽的时候，我又一次领教了"李大炮"的威力。

那天下午刚上班，我在办公室听到外面传来咆哮声，仔细一听，还是老李。这又怎么了？我连忙冲到离社区 100 米外的他家，只见他站在家门口，指着在楼梯里施工的工人喊道："你们想干什么啊，声音搞这么大，就不能注意点啊，我家孙女还在睡觉呢……"看到我来了，老李更来劲了，又指着我喊道，"你来了正好，工人就是你们居委会安排的，不文明施工，影响我们居民！"看他无理取闹的样子，我说道："老李，你喊什么喊，现在几点了？是休息时间吗？怎么就不能施工了？社区免费给你们安装楼道照明灯，这是给大家方便，你阻挠施工，是跟大家过不去呀。你家小孩睡觉，就不能提前找施工队商量，让他们晚点来吗？你这不问青红皂白地就骂人家工人，合适吗？"我这一通责问，加上边上围观的居民对他指指点点，老李泄了气，嗫嚅着说道："不好意思，是我不对，明天我把小孩送到女儿家去。"

原以为老李会因此恨上我，没想到第二天他就跑到了我办公室，向我承认了错误，带着几分疑惑，说："书记，看你平时文文静静的，没想到也有脾气啊，昨天把我一顿'熊'，我才知道我这'大炮筒子'性格确实不对啊！"

经过这事以后，老李不仅在我面前声音小了不少，在小区里讲话声音也小了许多。有一次我笑着问他怎么变了，他说："有理不在声高！活了大半辈子，我算明白了！"

——原载 2022 年 5 月 25 日《扬州晚报》

一面

刚上班,负责低保工作的汪干事领着一个人来到了我办公室。

这个人五十多岁年纪,个子一米八左右,腰微微躬着,一步一探,仿佛走快一点就要摔倒似的。鼻子上架副老花眼镜,稀疏的头发盘旋在头顶上,脑门上几条刀刻般的皱纹十分显眼。外套随着他的身体摇晃,就像穿了大一号的衣裳。在灯光的照耀下,脸色更显苍白,一副大病初愈的样子。脸上不时浮现的笑容,让他有几分可亲。

我给他让座、倒茶、寒暄,问清了他的基本情况。来人姓朱,56岁,低保户,成天无规律地生活,身体也不好,高血压、糖尿病……天天离不开药。就这样,一旦生活无着落了,他就来找社区伸手。前些年,社区帮他办理了低保手续,又给他申请到了廉租房,让他漂泊的生活安定了下来。正是社区无微不至的关心,让他幡然醒悟。

三个月前,老朱心脏病发作,社区第一时间送他去医院,给他办了住院手续,汪干事又及时给他办了临时救助,让他得到了及时治疗。"这次要不是社区帮忙,今天你就见不到我了,感谢社区救了我一命啊!"老朱颤抖地说着,"社区不仅派人在医院陪护,我出院后,又经常上门。你看,我恢复得多好啊!"听他这一说,我又仔细看了看他。尽管看上去还有几分虚弱,但是精神状态不错。

我问他今天来还有什么想法和要求,老朱腼腆地说了起来。

刚刚生过的这场大病，对于他来说是经历了一次生死。也正是因为他得到了社区的帮助、感受到了社会的关爱，让他想在有生之年为社区、为社会做一些有益的事。"说起来真惭愧，活了这么大岁数，对社会没有一点贡献，对家人就更不用说了。这次生病让我感想很多，夜里常常睡不好。我就在想，我再也不能这样虚度光阴了，我要到社区做志愿者！"

听他这么一说，我立即给他竖起了大拇指，他那苍白的脸上顿时有了几分红晕。不过，老朱这身体让他在社区做什么样的志愿者合适呢？当我说出这个疑问后，没想到他早就有了方案。"我这身体做体力活肯定不行，不过我可以帮助社区领导做低保户们的思想和转化工作。这帮人我知道，调皮捣蛋的多、找社区麻烦的多，以后这些人要找社区麻烦就交给我，我来跟他们谈心，你看行吗？"老朱恳切地说。这有什么不行的呢，这可是帮了社区的大忙呀，我立即答应了他，并让他以后做低保户工作有困难时再找我。老朱笑着说："我尽量不来找你，因为来找你的都不是好事！"说得我们都哈哈大笑起来。

这一面聊了一个多小时，我站起来送他离开。出门的那一刻，老朱的腰杆仿佛直了许多。

——原载 2022 年 10 月 14 日《扬子晚报》

近"乡"情更怯

9年前,我报名参加了社区书记岗位遴选,通过选拔后被分配到街道所辖的一个社区。说实话,刚开始报名的时候,我心里没底,虽然从部队转业到街道已经3年,但是真要独自去主持一个社区的工作,我的脑海中一片空白。到了社区后,不管是谁,对我这个不算年轻的社区书记还是带着几分疑虑的,从来没有基层经历的人能干好基层工作吗?他是不是来"镀金"的?他能把这个老社区带好吗?

到任后,我从零开始,发挥自己的特长,扩大社区知名度,提高居民对社区的认同感。在我的组织下,社区科普讲堂、老年讲堂办起来了,周周有讲课、月月有活动。到社区听课的人多了、参与社区活动的志愿者也多了。我到社区后的第一个中秋节,专门请了民族乐团演出,一下子提升了居民对社区活动的参与热情,从那以后,社区中秋活动年年举办,成了社区的"品牌活动"。

社区最头疼的事要数矛盾纠纷调解。上任之初,我让社区主任把对社区工作有不满情绪的居民名单给我,然后挨个上门走访谈心。虽然居民老潘因为物业管理问题跟社区发生过矛盾,但是我没有放弃,坚持跟他谈心聊天、安抚情绪。后来他家老人去世,我又上门慰问。老潘被我的真心感动,和社区工作人员握手言和。像这样的例子还有很多,正是通过长期耐心细致、诚恳执着的解释和安抚,居民们才越来越理解和支持社区工作。

跟居民相处久了,他们把我们当作一家人。居民冷女士经常说我跟她儿子年龄一样大，每次见了我格外亲切。我也把他们当成自己的亲人。志愿者李女士车祸去世，送别那天，我专门撰写悼词。居民们都是纯朴善良的，只有用心用真情与他们相处，才能得到他们的认可。

社区党总支换届那天，我在会议室门口与同事话别，每位同事都伸出手来与我握手告别，我的眼泪一直在眼眶中打转。走出社区大门的那一刻，心中有几许失落，更有一些感慨，任何时候，人都不能把在位时的奉承当作对自己的肯定，唯有离别时的真情才算是对工作的认可。

这两年因为工作需要，每次回到社区时，居民们都要拉着我，跟我说上一阵子。他们都说，书记，你走了，我们很想你！我又何尝不想念他们呢，我这些可爱可亲的亲人啊！

虽然只有短短的3年，曾经工作过的社区已经是我生命中难忘的第二故乡。每当我听到它、梦着它、走进它，我的心都颤动不已。

——原载2022年11月9日《劳动午报》

漫漫回家路

从异乡回到老家要多久？有人用了几个小时，有人用了几天，薛老太太用了10年。在她100岁那年，我们护送她回到了家乡。

那天上午，我正在社区忙着工作，一个佝偻着身子的老年人走了过来。细一看，不认识，基本确定不是我们社区的居民。当他开口说话时，一口外地方言证实了我的判断。"谢书记啊，我来找你有个事的，过几天国庆节，我想把我母亲接回去……"我连忙请他坐下，给他倒上茶，让他慢慢讲。

原来，他是薛老太太的儿子，今年已经70多岁了。

薛老太太可是我们社区的"名人"啊。她是社区里唯一一个百岁老人，领导经常来看望她，还上过电视呢。

20世纪50年代，薛老太太从老家到南京当保姆。她说丈夫已经去世多年，她一个人把孩子拉扯到成年，当时家乡闹灾荒，只好把孩子留在老家，孤身一人出来讨生活。幸运的是，她遇到了好人，雇主后来还帮她安排到社会福利工厂上班。几年后，她把户口也迁到了南京。再后来，单位宿舍拆迁，她用多年的积蓄买了一个单室套，终于在南京有了自己的"家"。

薛老太太也不是第一次回家。在她快90岁时，儿子看她年事已高，又是一个人生活，怕出意外，就把她接回老家。但是，她已经不适应农村生活，在老家待了一段时间后，又执意回到了南京。后来，因为年龄越来越大，回家变得越来越困难，就再也没回去过。直到这次她儿子来找我们。

弄清楚老人的来意后,我为他的举动而称赞。落叶终要归根,一个百岁老人在生命的尾声就应该由子孙后代照护和尽孝。我连忙答应了他,并请他放心,社区一定会安全地把他们护送到家。

出租车公司派出了一辆爱心车,社区卫生服务中心专门安排了两名医护人员随行。

那天一早,小区里就围了不少人,大家都赶来为薛老太太送行。穿着大红衣服的薛老太太化了淡妆,佩戴上了金项链、金耳环和手镯,精神矍铄。坐上爱心车后,她坐在孙女和医生中间,她不停地用手帕揩着泪水,自言自语地说:"回家了!回家了!"

鞭炮齐鸣、掌声雷动,在居民的祝福声中,车子缓缓驶出小区,载着薛老太太驶向了回家的路。

每到一个高速服务区前,我就用对讲机呼叫前车里的医生,了解薛老太太的身体状况,问他们是否需要停车休息。就在离家还有30公里的时候,高速出现了堵车,我们立即把车开进了服务区。薛老太太的精神状态非常好,走下车就说这里离家不远了,她对这个地方有印象。她还紧紧拉着我的手,激动地说着"谢谢、谢谢"。我握着老人的手,感到这双手暖乎乎的,还很有劲。

车队快到家门口时,鞭炮声、锣鼓声齐声响了起来。大型的气体拱门、两排的彩色气球立柱、大红的对联、4个大红灯笼把薛老太太儿子家装扮得像过年一样。

当薛老太太跨出车门的那一刻,整条巷子沸腾了,人们奔走着、打量着、谈笑着。薛老太太颤颤巍巍地走到迎接她的人面前,就有人给她介绍说:"这是你三孙女,这是你二重孙、二重孙媳妇,记住啊这是你玄孙,是你家第五代啦!"薛老太太擦着激动的泪水,开心地说:"到家了!终于到家了!"

所有人入席坐好,随行的医生又给薛老太太量了一下血压。

医生放下听诊器后，掏出一粒降压片给薛老太太服下，对她家人说："老人到家了，心情特别激动，血压比她平时高了不少，没事，吃了药再休息一会儿就好了，老人其他方面都没问题，你们放心吧！"

吃过午饭，我们准备返回。薛老太太从座椅上站起来，挥手与我们告别，眼神里既有高兴，又有不舍……

——原载 2023 年 9 月 27 日《扬州晚报》

东东退钱记

去年国庆，我带着11岁的儿子东东回老家看望妈妈。到家已是掌灯时分，妈妈在外面剥虾仁还没有回来。当我们吃完晚饭的时候，她终于回来了。虽然妈妈已经劳累了一整天，但当她看到久别的孙子时，手上的护袖来不及脱，一把上前就抱住了东东，嘴里连声说着："乖乖，乖乖……"脸上露出了激动又幸福的笑容。

我们一家人坐在堂屋里聊天，妈妈一边吃着饭一边骄傲地说："今天不错，剥的虾子比平时多得多，工钱就有150块。听说你们回来了，不然还要再剥一会儿，想凑到200块钱的。"妈妈的唠叨似乎告诉我，她还没老，还没到需要我们帮衬的时候，她自己还能挣零花钱，言下之意就是让我们在外工作要安心，不要牵挂她。听她说这些，我非常难过，心都要碎了。

第二天，我们就跟妈妈告别回南京自己的家了。临别前，我给了妈妈2000块钱，让她平时买点好的吃吃，不要节省，等有时间我们再回来看她。推辞了好一阵，妈妈才把钱收了下来，嘴里不住地说："怎么好呢，怎么好呢，你们买房子我都没给钱，对你们也没有贡献，到头来还要你们给我钱用！"说得我非常惭愧！妈妈把我带到人世间，为了我的成长付出了太多太多，我这一点小小表示又算得了什么呢？她是土生土长的农村人，一辈子在地里刨食，谁又指望她给我钱买房子呢？作为一个顶天立地的男人，难道不该靠自己去努力和奋斗吗？

回程路上，我们说起妈妈的辛劳，唏嘘不已。我也借机教育东东以后一定要自立自强，要靠自己的双手去创造属于自己的未来和幸福。东东默不作声，似乎听进了我说的话。

到了南京，我给妈妈打电话报平安，妈妈在电话里兴奋又激动地说："东东跟你们讲了吗，昨天晚上我给了他200块钱，让他回南京买点零嘴吃吃，因为他从小不在我身边，长这么大，我也没为他花过什么钱。当时他不肯要，后来我硬要给他，他才收了下来。今天早上你们走的时候，他把钱给他向东哥哥了（我的侄儿），让他哥哥等他走了以后再把钱退给我。你说这孩子多懂事，多孝顺！"

听了妈妈的话，我立即向东东求证。东东轻描淡写地说："是的，奶奶昨晚要给我零花钱，她的钱都是打工挣来的，很不容易，我怎么能要奶奶的钱呢！"

看到东东如此巧妙地处理奶奶给的零花钱，我非常欣慰，感觉这孩子一夜之间突然就长大了！

——原载2019年3月12日《高邮日报》

家乡的汪豆腐

汪豆腐，自然是用汤制作而成的，而且又以荤汤为佳。待锅中的汤水煮沸后，倒入已经劈好的豆腐和猪血（约占总量的三分之一），加上虾米、榨菜末、生姜末、盐等主副材料大火烧煮。煮熟后，立即用淀粉勾芡，边倒淀粉水边搅拌，待浓稠后倒入几滴麻油起锅，撒上葱花，放上熬好的猪油，就可以端上桌了。

制作汪豆腐并不是一件简单的事情，起码有两个方面是必须下功夫的。一是豆腐的选择。一定要选盐水点卤的，石膏点卤出来的味道要差很多。另外，豆腐不能太老，也不能太嫩，要硬度适中。太老了吃起来口感很硬，太嫩的一煮就化了，过与不及皆不可取。二是劈豆腐的技术。劈出来的豆腐粒不能太大，也不能太小，一定要均匀，否则卖相不好。劈好以后还要放在热水里"养"一会儿，去豆腥味。劈猪血的方法也跟劈豆腐一样。

汪豆腐刚端上桌的时候是不冒热气的，很多外地人第一次吃这道菜的时候就被这个假象迷惑了。当他们舀上一勺送到嘴中时，立刻就会被烫得哇哇直叫，终于体会到了什么叫"心急吃不了热豆腐"。家乡作家汪曾祺在《豆腐》这篇文章里也写到了汪豆腐很烫，吃急了会烫坏舌头。做好的汪豆腐是滚烫的，可是为什么看上去一点热气也没有呢？奥秘就在豆腐中融入的熟猪油上！熟猪油在化成液体的过程中是要吸收热量的，刚出锅的汪豆腐热气就是被它给吸收了，所以看上去一点也不烫。本地人在吃汪豆腐时，通常是先用调羹底将猪油均匀地摊在面上，这样就会融化得快一些，热量也会被吸收快一些，过一会儿舀上一勺送到嘴边，先用嘴唇试探一下温度，然后再慢慢地吃起来。本地人之所以能够从容不迫地去吃汪豆腐，那也是因为曾经被烫过而积累的教训吧。

我很小的时候，只能在酒席上才能吃到汪豆腐。虽然汪豆腐的食材简单，但是真正要把材料备齐，再用荤汤汪起来，还是要一定投入的。对于一个贫困家庭来说，在家做汪豆腐是十分奢侈的。

尽管没有经过专业培训，但是妈妈做出来的汪豆腐是我最爱吃的。现在每次回老家，这道菜成了保留项目。当我们落座后，妈妈就会端上一大碗刚做好的汪豆腐，香气扑鼻，不一会儿我们就吃个精光。

我在自己的家里也做过汪豆腐，可是怎么也做不出妈妈的味道来。家乡对于我来说，已经渐行渐远了！

——原载 2019 年 4 月 26 日《高邮日报》

一店穷三庄

楼下新开了一家龙虾店，每天晚上生意最旺的时候，一阵阵的十三香味、蒜泥味就会不时地飘到家里来。时间久了，酷爱吃龙虾的孩子也叫嚷着想去吃一顿解个馋。

一天下午上完课回来，孩子又嘟哝上了。尽管家里已经准备好了饭菜，但是我拗不过他，只好带着他去吃神往已久的龙虾。吃完后我问他感觉如何，孩子说："非常爽，终于过了一回瘾。"我不禁脱口而出："这真是一店穷三庄啊！"孩子连忙问我这话是什么意思。

我童年的时候，家里非常贫困，一年到头也吃不上几回肉，每天就是米饭加素菜，米是自家种的水稻碾的，菜是自留地里长的，只能解决基本的温饱而已。偶尔家里杀一只自己养的鸡解解馋，那也要下很大的决心，更谈不上花钱在外面买些其他菜了。

一个冬天的傍晚，我和父亲从浴室洗澡回来。走到村头一家豆腐坊的时候，我被那香浓的豆腐味吸引住了，一步也不想往前挪，嘴里不停地咽口水，乞求父亲说："能不能买点百叶回家，好久好久都没有吃过了。"见此情景，父亲犹豫了一会儿，无奈地带着我去了这家豆腐坊，买了几张百叶。在我吃饭的时候，父亲说："真是一店穷三庄，要是村头没有这家豆腐坊，今天就不用花费两块钱买百叶了。"

尽管父亲还停留在不应该花钱的埋怨中，我已经津津有味地吃掉了三碗米饭，比平时多吃了不少。现在想想，当时我只顾着自己解馋，而没想到父母的钱是多么难挣，更没有顾及父亲在花钱时的纠结和挣扎。

我刚讲完,孩子大声说:"爸爸,现在都什么时代啦,吃一顿龙虾能花几个钱,哪家还吃不起啊!再说,国家现在还鼓励大家消费,要不然经济怎么发展呢?"

是啊,现如今生活条件好了,下馆子吃大餐成了稀松平常的事情。我之所以要跟孩子说"一店穷三庄"这样的话,只不过是想让他在享受物质的同时,懂得珍惜与感恩。没想到他倒教育了我一顿,真是尴尬啊。

——原载 2019 年 12 月 13 日《高邮日报》

最贵的烧饼

我上小学的时候,老家出产3种风格的烧饼:一种是最普通的黄烧饼,外表圆形,约有小碗碗口一般大,面上撒了一点点芝麻,就像牛肉拉面里的牛肉一样寥寥无几,每个卖1毛钱。第二种叫火烧镰子,外表是菱形的(名称可能由其外形而来),内里放了一些葱花,吃起来特别香,每个卖1毛5分钱。第三种叫插酥烧饼,它是3种烧饼中最贵的,每个要卖2毛钱。它的外表呈长方形,面积较其他两种烧饼要大一些,面上的芝麻也比另外两种要多得多,而且撕开来能感觉到分成好几层,里面放的料糖也较其他两种多。

记得是暑假的一天早晨,起床后发现爸爸妈妈已经不在家了,我揉着惺忪的睡眼,饥肠辘辘地跑到厨房,看到锅灶上只有稀饭和咸菜。虽然还有一些期待,但对这样的早饭早已习以为常了。

大概10点钟的时候,妈妈扎着头巾,拎着一个塑料袋子回来了。只见横一道、竖一道粗细不一的黑线条在她脸上交错着,好像风雨中的树枝一样零乱。我走上前一看,原来是飞扬的灰尘飘到她的脸上,被她的汗水冲刷成了那样。妈妈一边放下袋子,一边问我起床后在干什么。说着,她从袋子里面拿出一块黄烧饼来,递给我说:"早晨起来吃的稀饭,肯定饿了,赶紧把烧饼吃了,等会儿我才做中饭呢。"

妈妈怎么突然给我带烧饼回来了?平时她可没这么大方的。别说一块烧饼了,就是一块糖也舍不得给我们买啊。尽管那时候我还小,但是我能够理解妈妈的"小气"。从我记事起,家里的生活条件就非常困难。父母还要供我和哥哥上学,哪里还有钱让我们改善伙食呢?

我一边开心地吃着烧饼,一边又有些疑惑,连忙问妈妈这块烧饼的来历。妈妈说:"今天 4 点多钟我就跟你爸爸出去干活了,帮人家把麦子运到城里的面粉厂,老板估计我们没有吃早饭,买了几块烧饼给我们。我们早晨走得急,就喝了两碗粥,我和你爸爸一包包地把麦子扛到厂里的仓库里。你爸爸干活累,吃了两块烧饼,我就吃了一块,剩下的一块就给你带回来了。"

原来我吃的烧饼是妈妈特地省下来的!那么早喝了稀饭出去干活,而且还是扛大包,别说两块烧饼了,就是一锅烧饼,她也能吃完啊!想到这些,我的眼泪顿时流了下来。妈妈看到我流泪,眼圈也红了。

——原载 2020 年 8 月 8 日《扬州晚报》

好吃人会查账

从我记事时起,家里生活就非常地窘迫。一年到头都是稀粥干饭,除了来亲戚或者过年,平时看不到一点荤腥。

那时候,我每天放学回到家,第一件事就是跑到厨房掀锅盖,看看还有没有中午剩下的饭菜。中午吃的没有油水的饭菜早已消化殆尽,所以哪怕看到一点锅巴也会狼吞虎咽。实在找不到什么吃的的时候,就会在家里家外转起来,只要看到地上有一张糖纸,或者看到一丁点的果皮,等妈妈回来的时候,我就要问上半天。询问他们是不是趁我不在的时候,吃了什么好吃的。妈妈说:"真是好吃人会查账!今天在外面做一天农活,哪来的工夫在家吃东西呀。再说了,家里也没钱买这些啊!"

农忙前,妈妈就开始为即将到来的农忙季节做准备。担绳准备齐了,收割刀也磨锋利了,一切就等着开镰了。没想到,她为农忙准备的充饥的食物被我"搜查"了出来。

有一天,我刚打开门进家,就闻到一股淡淡的麻油香。平时家里哪有钱去买麻油,突然闻到这个味道,尽管隐藏在某个角落,我还是灵敏地闻到了。先是去厨房里转了一圈,没有找到。又到其他房间继续找,还是没有发现踪迹。当我走到堂屋放粮食的木柜前时,香味越来越浓了。我掀开柜门,果然发现一大盆麻油馓子就放在黄灿灿的稻谷上面。

正当我准备去揪上几根尝尝时,妈妈回来了。她看到我的样子,心里明白了几分,对我说:"你这个好吃人,还真是会查账,放到这个犄角旮旯里还是被你找到了。那是明后天农忙时我们准备带到田里吃的,干农活容易饿,就准备用这个垫垫,你要吃,就拿几把吧。"听妈妈说完,我羞愧地低下了头,把馓子放回原处。

从那以后,我就有意克服自己的馋瘾了,就是看到有什么"痕迹",也不去"查账"了,突然就懂事起来了。

如今,人们再也不用为吃什么发愁了,甚至有些任性了。就连孩子也告诫我,买东西不要铺张浪费。想想现在,谁还能理解过去的那一段辛酸过往呢?

——原载 2020 年 9 月 29 日《扬州晚报》

第四辑　烟火家事

DI SI JI
YAN HUO JIA SHI

◇ 家人相伴
◇ 风雨同舟
◇ 温馨港湾
◇ 心灵归宿

辨声识亲人

昨晚加班,开车到家已经九点多钟。推开家门,爱人在旁边说,你刚才在楼下等门卫开门的时候,儿子说你回来了。我问儿子怎么知道的,他说,你每天送他上学,他听习惯了我们家车子开动的声音,再加上他一直盼着你早点回家,所以就知道啦。我忍不住上前拍了拍儿子的头,感动得说不出一句话来。

我上中学的时候,父亲买了拖拉机跑运输挣钱养家。为了多跑几趟,天不亮就出门了。不管父亲回来有多晚,母亲总是烧好饭等他。那时候,只要河对岸的公路上传来拖拉机的声音,母亲就会跑到大门口来,听一听声音后跟我说,这个不是你爸爸开的拖拉机,声音不对。当父亲开的拖拉机的响声从远处传来时,母亲一下子就能听出来,跟我说,你爸爸回来了!话音未落,母亲就会跑到厨房里,把饭菜放到锅里热起来。当热腾腾的饭菜搬上桌时,父亲真的就推门进来了。

我于是也有意去听马路上各种拖拉机的响声。听多了,果然就听出了不同:有的声音像孩童嗓音般清脆,有的声音像夏天响雷一样沉闷,有的声音像男高音一样高亢嘹亮……在这么多的声音中,母亲能一下子听出是父亲的拖拉机的声音,这不仅是她分辨声音的能力强,而且饱含着她对父亲回家的等待,饱含着她对父亲的爱。

我的小孩在医院出生后,产房里那么多婴儿的哭声,我一下子就能听出来哪个是他,每次都不会错。当时还没感觉到这是亲人之间特有的声音密码,直到儿子听到声音知道我回来,再联想到当年母亲听辨出父亲拖拉机的声音,我明白了。

世间有无数种声音,无疑亲人的声音是你能瞬息捕获并永存心间的。

——原载 2020 年 12 月 5 日《扬州晚报》

半烧半烩

对于每天要为初中生做晚饭的我来说,最痛苦的就是不知道每天做什么好。也经常问孩子,想吃些什么。孩子说,随便吧。这就难了。这是比证明哥德巴赫猜想还要费劲的事。后来,我也很少问了,问他也没答案。

有时候就自作主张,有时候就轮换着来,有时候就到网上学个菜谱应付一下。就这么每天将就着、对付着。可想而知,这样怎么会得到嘴巴一向挑剔的孩子的高度评价呢。

以往都是中午回家做好晚饭的准备工作。前几天工作太忙,中午实在不想为晚饭做准备工作了,就想着晚上应付一下算了。正好家里剩一些大白菜,冰箱里还有冻好的猪肉,再去买两块豆腐,配点丸子,做个大杂烩吧。于是中午到家,把肉切好、菜择好,这样晚上回来一锅炖。弄好之后小睡了片刻,精气神明显好了许多。

晚上接放学的孩子回家。孩子一上车就问我晚上吃什么。我没有像以往那样如数家珍般地报出菜名,只含糊地说了一句:"回家你就知道了。"车内的气氛顿时就"凝固"了。

到了家,孩子写作业,我在厨房做菜。等妻子回来,一家人上桌吃饭,孩子一看就皱起了眉头。以往再不济,起码也有两三道菜,还有一个汤,今天桌子上就一大盆汤汤水水的菜,他能高兴吗?孩子一边嘟嘟哝哝,一边懒洋洋地去拣菜。

刚吃上两口,孩子突然高兴了起来,直嚷着:"今天的菜真好吃,很有味道!"本来还闷闷不乐的我,心情顿时也大好起来:

"怎么好吃，你说说。"

"今天虽然就这一道菜，但是有特色。有荤有素，不油腻，也算不上清淡，咸淡适中，卤子可以当汤喝，好吃好吃。"

....

果然，这种不同于以往的做法让孩子觉得很新鲜，比往常还多吃了一碗饭。我告诉他，今天这道菜在我们高邮老家有个说法，叫"半烧半烩"，既是菜，又是汤。我小时候偶尔也吃这样的菜。

在我有他这么大的时候，家里条件非常困难，一年吃不了几次荤腥。偶尔打一次肉，买一回鱼，也是家里来了亲戚。那时候，我就经常盼着家里有亲戚来。可是一旦有亲戚要来，母亲前两天就开始愁眉苦脸起来，哪有什么余钱去打肉买鱼呢。等亲戚走了以后，母亲就用招待客人剩下的荤菜，加上菜地里的蔬菜，一股脑儿地放在一起煮。荤菜的油汁全被蔬菜吸收，蔬菜也就不像平常那样寡淡涩口，好吃极了，感觉就像一个朴素的小姑娘认真打扮后变得更加动人、漂亮一样。这样做菜，原来一丁点的荤菜数量就像放大了好多倍，让我解了很久的馋，吃得也比往常要多。母亲称这样做的菜叫半烧半烩。农忙的时候，时间紧，没有工夫做上几道菜，母亲就做半烧半烩的菜，一大盆菜就解决了吃饭问题。这道菜成了当年母亲应付贫穷日子和繁忙生活的无奈之举。

孩子喜欢半烧半烩，那是富足生活的一种调剂。他哪知道我当年吃这道菜的特殊背景啊。

——原载 2021 年 3 月 3 日《扬州晚报》

爷爷苦了一辈子

我还在上小学的时候，爷爷就去世了。

父亲说，打他记事时起，家里就一贫如洗，爷爷老实巴交守着几亩薄田。爷爷有5个子女，加之没有什么技能，生活的窘困可想而知。爷爷身体很单薄，风一吹就要倒。

当年，父亲的学习成绩很好，但家里实在没钱供他上学，只好回来学茅匠。过去人家多是茅草屋，茅匠就是帮人家修修房子。学校老师不忍心，多次上门做工作，说父亲不上学太可惜了。可实在上不起，父亲就这样做了一辈子的农民。

等到我记事时，家里已经搬到河边庄台上，一家四口住着旧瓦房，爷爷奶奶留在了老宅的草房子里。

每天我到村里上学都要经过爷爷家。爷爷每天都早早地守在家门口，看到我走到那边，连忙招呼我进去，问我吃没吃过早饭。有时候我吃过了，还要让我再吃上几口。而我几乎每次都吃不完。这时，爷爷就接过碗，把碗里的米粒吃得干干净净。后来，我再也不剩一粒米了。

有一次，爷爷在家做手擀面，趁下课，把我和哥哥带到河对岸的家里去吃。那面条真是好吃极了！我们一边吃，爷爷一边说：平时你们也没什么面食吃，今天正好你们姑妈带面粉过来，就做点给你们尝尝。平时没好的吃，要学习，要长身体，爷爷也没什么好的，就做点面条让你们解解馋。回到学校，小伙伴们听说我们中途回去吃面条了，甭提多羡慕了。我知道，尽管生活拮据，但爷爷心里真的很疼爱我们。

奶奶去世时，爷爷很伤心，哭了很久，原来就很瘦弱的他更加瘦小了。爷爷一个人了，精神明显差多了，父亲不忍心他一个人生火做饭，让他每天到家里来吃。每次吃饭，爷爷只揀一点点菜，缩在桌子的一角吃着。我经常喊他坐到中间来，让他挑喜欢的菜吃。可爷爷总说，自己老了。

爷爷一生没有享到什么福。每年夏季麦子收完，父亲都要替爷爷还以前欠生产队的账。父亲说，虽然爷爷没给他带来什么富裕的生活，甚至中断了他的学业，但爷爷心地善良、待人真诚，为人老实本分，生产队里大家称赞，正因为这样，大家才同意借给他。

爷爷穷苦一生，没有给我们留下什么物质财富，却给我们做了很好的榜样，教导我们做一个正直、善良的人。

爷爷的轮廓在我心中已经模糊，但他耐得住清贫、固守住操守的品质永远值得我学习。

——原载 2021 年 3 月 7 日《扬州晚报》

我和母亲的第一张合影

1995年12月的一天,父母亲送我参军入伍。那天我们早早来到县城,下午才有大巴送我们到部队。见时间还早,我们就在县城转了起来。走到电影院前,母亲说:我们一起拍个照吧。正好边上有商业摄影点,于是便拍了我跟母亲唯一的一张合影。到了部队,家里把这张照片寄给了我。辗转多年,换过多个工作地点,这张合影一直被我保存着。

母亲很小的时候,她的妈妈、我的外婆就去世了。母亲说,她连外婆的面容都记不住了。尽管从小缺少母爱,但这并不影响她母亲天性的发挥。不管是缝衣洗被,还是各种农活;不管是四时八节,还是人情往来,母亲样样做得不比别的妈妈逊色。贫穷的生活因为母亲的精心操持,并不缺少温暖。我身上的衣服尽管有补丁,却是一尘不染。每天的吃食尽管单调,却不是冷茶淡饭。多少次当我和哥哥睡醒的时候,仍看到母亲在煤油灯下为我们纳着千层底的鞋子;多少次当我们晚自习归来,母亲从暖暖的被窝里爬起为我们热好饭菜;多少次当我们要去亲戚家出人情的时候,母亲总是帮我们把衣服抻了又抻……

母亲是个温和的人,一辈子与世无争,也鲜见她发脾气。我上小学的时候,一次放学被同学推搡,电线杆拉线上裸露出来的铁丝戳破了我的手臂,差点儿戳到动脉上。我哭着回家,母亲又生气又心疼,急匆匆地拽着我走到学校,找到老师讨说法。毕竟是在放学途中发生的事,学校也不太好处理,叫来同学的家人,赔礼道歉了事。那是我在家乡上学的十二年里,母亲唯一一次去学校，也是她发火最厉害的一次。

有一年春节前，母亲准备把房前屋后彻底打扫一遍，就到邻居家借大扫帚。原以为邻居一定会满口答应，毕竟母亲平时对邻里总是会出手相助。没想到，邻居不仅没同意借，还数落了母亲一顿。听完邻居的奚落，母亲说完对不起掉头就回，一路上母亲强忍泪水，到家时才哭了出来。母亲跟我说，人家帮是情分，不帮是本分，凡事都要靠自己。

母亲不识字，一辈子吃了没文化的亏，她叮嘱我从小就要认真学习，一定要出人头地。她对我说，养儿不读书，赛如养圈猪。初三那年，懵懂无知，我跟一帮同学放弃了中考。开始还瞒着母亲，直到别的同学拿到高中录取通知书，母亲才知道这事。她把我叫到面前，还未开口，眼泪就流了出来，哽咽着说，孩子，你怎么这么不争气啊，你真是不知道天高地厚啊，你还小，以后没文化怎么生活？父亲听到消息火冒三丈，说以后再也不管我了。母亲反过来不断地劝他，"逼"着父亲找到学校，让我又重读了初三。到了部队后，她经常告诫我，一定要认真表现，认真工作，谋个好前程。转业到了地方，母亲也经常叮嘱我，要始终保持军人作风，做事要雷厉风行，要争先进。每次打电话回家，母亲总是跟我说，现在抓得严呐，处处顶真，一定不能马虎。去年，我刚回老家两天便接到通知要回单位，母亲说，赶快走，赶快回单位，你在家陪我过年就孝顺啦？去把工作干好，这才是对我的孝顺。

母亲是持家"高手"。村里的砖窑刚建成，母亲就找到生产队，说我们家要烧砖。生产队长说，别人家都是男人来安排这些事，你说的能定吗？母亲说，我说了就一定能成。她找来制坯的机器和师傅，找来帮忙的人，四万块砖坯一天就制好了。母亲很早就来到砖窑，给砖坯掀掉盖膜，晚上又赶过来盖好。夏天的一个中午，乌云上来了，眼看就要下大雨，母亲从凳子上一跳而起，边跑边喊我们，快、快，到窑场给砖坯盖雨布。土制的砖窑没烧多少砖，就坍塌了，有的人家一窑也没烧上，我们家却烧了两窑，这成了母亲经常挂在嘴边的"得意"之事。盖楼房时，母亲天不亮就起来做早饭，然后给师傅和我们布置任务，帮忙到十点多就回家做饭。中午别人休息，她在家烧茶，准备第二天的饭菜。晚上收工了，母亲又住到未建好的房子里看护。父亲常说，要不是母亲组织有方，楼房不可能那么顺利盖起来。

生活的清贫，让母亲学会了忍耐，也让她学会了节省。她对自己最苛刻，却把最好的生活给了我们。在我印象中，她从来没有单独拍过一张照片。那年办身份证，母亲才拍了一次照片。拿到身份证后，母亲时不时地拿出来看一下，还遗憾地说，当时紧张，都没笑，没有拍好。其实我知道，这是母亲还没习惯在镜头前放松，拘谨得很。后来换了身份证，母亲仍然把前面的身份证保存着，毕竟那是她仅有的几张照片之一。

我也没想到送我去部队那天，母亲会提出来拍张合影照。尽管是在仓促之中拍摄的，我仍然觉得那是一张最美的合影照。照片里有母子相依相偎，照片外有母子互相思念！后来我听父亲说，到了部队以后，母亲经常把这张合影照拿出来看，一边看一边流泪。那是一个母亲在想念她的儿子啊！

母亲年事渐高，我每年回去的次数屈指可数，即使回去，也很匆忙，顾不上跟她拍张照片。下次回家，一定跟她拍张合影照！

——原载 2021 年 5 月 27 日《扬州日报》

给母亲过生日

母亲今年七十岁,我计划在乡下老家给她办一个生日宴。

老家办生日宴比较复杂,先要跟厨师定好日子,防止预定的时间厨师没空。酒席前两天,按照厨师开的"厨料单子"置办食材,有些新鲜菜则要当天买。厨师一到,家里就忙碌开了,大棚搭起来、锅灶烧起来、桌椅摆起来……一直要忙到晚上七八点钟,这一天的宴席才算消停。

当我把办生日宴的想法在电话里告诉母亲时,她连声说,不要办、不要办,不得做头。我说十年才一回,要给你热闹一下子,让你过一个难忘的生日。母亲一向是爱热闹、好客的人,这回怎么了?不管我怎么劝说,母亲仍说不办不办,这下轮到我诧异了。

母亲六十岁生日宴是我办的,她时常挂在嘴上,说那个生日过得很难忘。那次,我提前在老家请了厨师,并定在五一长假第二天办酒席,方便亲朋好友来吃酒。五一那天,我们一家就从南京赶到了老家,买齐了酒席用品。买鞭炮时,老板看我买了很多烟火,好奇地问家里谁做事,怎么买这么多。我说是给母亲过生日买的,老家规矩是女儿买,可我妈没有女儿,就我给她买了,听得老板不住地点头。当天晚上,暖寿酒结束,烟火就不停地放了起来。第二天来了十几桌客人,母亲里里外外忙得不亦乐乎,一会儿招呼亲戚坐,一会儿安排人跑腿,一会儿到厨房看看菜……生日宴结束,烟火比头一天更密集、更持久地燃放了起来。母亲说到这个事,就笑得合不拢嘴,说邻居都羡慕她的生日办得好，讲她的生日宴太隆重，天都被烟花放红了。

正因为母亲六十岁生日办得她满意，所以这次我还准备在老家给她办。可是母亲不像上次过生日那样，坚决不愿意再办十几桌酒席，这让我为难了。离她生日没多久，我给她下了最后"通牒"，办不办？在哪里办？给个准确答复！母亲见"躲"不过，就说了不想办的原因。她说，现在铺张攀比的风气严重，在农村办个酒，出份子一般关系就要出 300 元，重要的亲戚要 500 元。今天你请，明天他办，让我们老年人有点"吃不消"。而且在家办酒，提前一两个月就要准备，有的亲戚通知不到还有意见，既麻烦别人，又劳累自己，我们岁数大了，不能操心费神，就要过简单的生活。

听她这么一说，我觉得也有道理，就跟她商量在城里的大酒店办一桌，把舅舅姨娘叔叔他们请过来吃饭，不收贺礼。母亲说这个办法好。

母亲七十岁生日那天，我们早早地来到酒店，把包间布置了一番，寿星图、寿联挂到了墙上，彩球粘在了柱子上……一派喜庆的气氛，比老家办生日宴时的堂屋气氛更热烈。一道道菜肴上来了，父亲母亲开心地招呼着亲戚们吃菜。他们几个老人一边吃、一边聊天，互相敬酒，轻松又快乐。生日蛋糕车推上来时，大家让母亲讲话，她有点紧张，连说我太激动了，都不知道讲什么好了。

平静下来，母亲说，平时孩子们都忙，办顿酒要牵扯他们多少精力，我们老年人要自觉。大操大办不等于就是孝顺、就是有面子，今天虽然只办一桌，但却比办十几桌要好，这样大家反而能在一起说说话、拉拉家常，都没有负担，移风易俗我们要带头！话音刚落，大家情不自禁地给她鼓起了掌。

看着母亲开心满足的样子，我觉得这个生日办得值！

——原载 2022 年 7 月 22 日《镇江日报》

"拔丝红薯"未成功

周末,问儿子想吃什么菜。没想到他点了一道"拔丝红薯"。"这菜我没做过呀。""不是有下厨房App吗?你在上面跟着学。""昨晚不是请你吃过烧烤了吗,这道菜能不能不做?我怕我做不好。""烧烤是陪你吃的,我还是想吃拔丝红薯。不要有畏难情绪嘛,总会有第一次的!"……

好吧,再说下去也无济于事,不如硬着头皮做吧,万一成功了呢?

我买回食材,煞有介事地做了起来。第一道工序是红薯切块。这对我来说不算啥,小时候玩泥长大的,啥模型没做过?不一会儿,有棱有角的薯块就切好了,很有看相。万事开头难!我这头开得这么好,基本上成功一半啦!第二道工序油炸红薯。我待油五成热时将薯块下锅炸,用漏勺从边上翻炒,直至煎成金黄色起锅。本来想把薯块煎得稍微硬一点,可是有几块都要焦了,还是软塌塌的!第三道工序是熬糖汁。这是最关键最核心的一步。App上说用小火慢熬,直到颜色变成棕黄,大气泡变成小气泡,用勺捞汁上来,能看到丝就可以下薯块翻炒。如果按这个流程制作,那就成功了。我天生急性子,半壶白糖倒下去,久不融化,急不可耐。于是开大火,来回翻炒,糖汁沾满锅的四周,形成了饼状沾在锅边,锅底只有可怜的一点糖汁。前功尽弃了!只好把薯块倒在锅里炒,盛起来,夹起一块,根本就没有丝!像头发丝细的丝都没有!

不仅没有功劳,这回连苦劳也没有了,我心里无限忐忑!走到客厅,我声音低低地、柔柔地跟正在写作业的儿子说:"东东,这次拔丝红薯没弄成功,丝没出来,根本原因是我性子太急了,没有按操作规程办,挺遗憾的。要不你先尝两块?"

"嗯,味道还不错,"小子一边咂嘴一边评价道,"看相也很好,可惜就是没有丝,徒有虚名啊!下次熬糖汁的时候不要急。"

"是的,真不能急。我在想,做其他事情的时候也是这样。比如,你上次考试成绩不太理想,我批评了你几句,现在想想,不应该,还是要给你时间。"我说。

"谢谢你理解,我心里有数。"儿子回答说。

"可是,孩子,初中只有三年,你这马上就上初二了,成绩还是外甥打灯笼——照舅(旧),我和你妈心里急啊。你看,我这急火攻心的,连做菜都分神了。"

"别找借口,没做好就是没做好。大不了下次再重做呗,多做几次就好了。关键是要总结经验,不要犯同样的错误。错一次,就要有一次提高。"

得,把我平时讲他的话又还给我了!

——原载 2021 年 8 月 26 日《大江晚报》

砧板馋

儿子放学回家，放下书包就往厨房里冲。母亲连忙用筷子搛了两块刚做好的红烧肉给他，孩子一边"咝咝咝"地吸着凉气，一边大咬大嚼起来。看着他狼吞虎咽的样子，母亲连忙说，慢点慢点，不要烫到，有一锅肉呢。等他吃得满嘴流油地回房间写作业时，母亲笑着对我说，跟你小时候一样，"砧板馋"！

"砧板馋"这个词不知道是不是母亲的发明创造，还是家乡原本就有这样的说法，我没去考证，不过用在我身上真是既形象又贴切。

小时候家里穷，勤劳的母亲总是想尽一切办法来安排我们的吃食，有时候烙点饼、有时候做个手擀面、有时候做顿菜泡饭……变来变去，都是围绕米面做文章，能够用来下饭的就是自家种的各种蔬菜。手头拮据，哪有闲钱给我们买荤腥吃呢。

家里来客人是我最开心的事。即使生活再困难，只要客人来，母亲都会到镇上买鱼买肉，手上实在拿不出钱的话，母亲忍痛也要杀一只还在生蛋的鸡来招待。有一次舅舅来，母亲还是跟邻居借了5块钱，这才置办了一桌菜。

每次来客人，母亲站锅烧菜，我负责烧火。我一边往炉膛里添柴火，一边不停地走到灶台前看母亲炒菜。一边看还一边问母亲，菜好了吗？菜起锅前，母亲就会搛上一两块肉递到我嘴里，问我淡了还是咸了。我一边吃一边嘟囔着说：正好正好！看着我大快朵颐地吃着，母亲的脸上布满了笑容。最多搛两三块肉给我，母亲就不搛了，都被我吃了，拿什么来招待客人呢。

母亲厨艺远近闻名，邻居家办酒都会请她去给厨师打下手。那次伯母家办喜事，酒席还没开始我就到了。母亲连忙招手让我过去，抓起已经卤好切成片的牛肉塞了两块给我，我一口全部吞了下去，立即跑开跟小伙伴们玩去了。一会儿吃完了，我又跑到母亲身边来，母亲又撩了两块羊肉给我。

就在我如痴如醉地嚼着羊肉时，伯母走了过来，脸上露出了不悦。母亲连忙解释说，孩子是个"砧板馋"，一会儿上桌就不吃了，从小就这样。伯母嘴巴似乎张动了两下，还是什么都没说就走开了。开席后，母亲盛了一碗饭，拌了些汤，我在厨房里囫囵吞枣一般吃了下去。刚吃完，撂下饭碗，嘴一抹，迫不及待地找小伙伴们去了。

晚上从伯母家回来，母亲把我叫到了身边，语重心长地对我说，白天你看到你伯母的脸色了吧，我知道你是"砧板馋"，吃也吃不了多少，可是吃相很难看。我们家虽然穷，但人要有志气，不能做丢脸的事，更不能让人家在背后指指戳戳。以后我给人家酒席帮忙，你就不要去了，你就在家里吃，我提前把饭给你弄好。看着母亲严肃又自责的表情，我重重地点了点头。从那以后，我的"砧板馋"坏毛病一下子就改掉了。

现在生活条件好了，不缺吃不缺穿，我的"砧板馋"往事早被我忘到了九霄云外，要不是母亲跟孩子这么讲，我还真想不起来了呢。

——原载 2021 年 9 月 30 日《楚天都市报》

母亲的手机话费

每个周末给母亲打电话成了我跟她之间的默契。母亲不识字,记不住号码,都是我给她打。如果哪个周末没打电话给她,后面她就要问是不是那一周有什么事,还让我不要牵挂她。听到这些,我心里十分愧疚。哪是没时间打电话呀,只是忙着自己的事忽略了我和她的"约定"。

昨天晚上给母亲打电话时,话筒里传来"您拨打的电话因欠费已停机"的提示。这是我第一次遇到母亲的手机欠费停机这样的事。平时给母亲打电话,也偶尔产生过这样的疑问:她的手机怎么总有话费?她是怎么充值的?仅仅是片刻的想法而已,并没有向母亲追问过这事。

我立即给母亲手机充了值,在电话里给她说了自己和爱人、孩子的近况,让她和父亲在家要保重身体,不要舍不得花钱,多买些补品,如果没钱就跟我说,我给她寄。母亲连声说有钱用、有钱用,让我别操心,他们会照顾好身体的。还叮嘱我要认真工作,把家庭照顾好。说到最后,我问母亲,手机怎么没话费了?她突然"呀"了一声,连说自己大意了。她说这两天本来准备去缴费的,没想到今天就没话费了。

原来,母亲每隔一段时间就去营业厅缴一次话费,防止欠费打不通。我问她怎么知道隔多长时间缴一次费才不会停机的,母亲说她的手机不往外打,只接我和父亲的电话,用不了多少话费,一次充50块钱够用三个多月,本来这两天离上回缴费有三个月了,刚准备明天去缴,没想到今天就欠费了。她说手机欠费停机就打不通，就听不到我的声音，就会担心我。母亲一边说一边自责，听得我心里难受极了，眼泪忍不住夺眶而出。

平时，我自认为是个"孝顺"的人。每次回老家，都要给母亲留一点钱，还会在网上给他们买一些生活用品快递回去。父母亲从乡下老家来我这，都要带他们到商场里买买衣服，带他们去饭店吃一些平时没吃过的菜肴。每个周末给母亲打个电话，问问她和父亲的身体情况。我以为已经做到了无微不至，可是跟母亲对我的爱相比，真是差得太远。我怎么就没想到主动给母亲手机充值呢？我怎么就没想到她的手机也会欠费呢？

我在电话里对母亲说："以后你不用去缴费了，我在手机上给你充话费。"母亲却说："不用、不用，你们孩子在上学，又要还房贷，压力大，手机话费要不了几个钱，我有呢，等将来没钱用了，再跟你们要。"那一刻，我真不知道该对她说些什么，心里一阵阵难过。

不多的手机话费让我沐浴着母亲那温润的爱，也让我懂得对父母的爱要再具体一点、再细致一些……

——原载 2021 年 10 月 13 日《中国社会报》

未晚要睡觉

应该是天生的原因，从小我就有早早睡觉的习惯。不管什么好吃的、好玩的在我面前，只要天色擦黑，我就会蜷缩在母亲的怀抱里酣然地睡着。母亲经常讲我，不知道上辈子是不是瞌睡虫变来的，未晚就要睡觉。

就是到了学习最紧张的高中时期，早睡的习惯依然没有任何改变。晚自习回来，哥哥写作业，我拿着书本，双手支在桌上困得东倒西歪，不一会儿就会进入梦乡。一觉醒来，见哥哥仍在写作业，有时候还责怪他几句。

这样的习惯注定不会使我在学习上有什么建树，高中毕业名落孙山也在情理之中。到了部队，每天晚上九点半熄灯，早晨六点半起床，我觉得挺好，这与我的早睡习惯完全契合，仿佛找到了人生归属地。

美好的感觉永远是那么短暂！新兵连开始没几天，轮到我们班站岗，我被安排在夜里11点半上哨。看到排班表，头就大了。从小到大，还没体验过睡梦中被叫醒的滋味，那一定会很痛苦吧。

就在我沉睡正香时，交哨的战友跑到我床边来，轻轻地摇了摇我的肩膀。我迷迷糊糊地半睁着眼，口齿不清地对他说，知道了，马上来！战友放心地继续去站哨了，我闭上眼睛又睡着了。大概过了十多分钟，战友再次跑到我的床头，使劲地推了我几下，吓得我一骨碌坐了起来。看到战友在边上，脸一下子就红了。我行动迟缓地找着衣服，战友也颇有耐心地在边上等着，估计他怕他走了我还要睡着吧。套着冰冷的棉衣，腿在暖暖和和的被窝里犹豫挣扎了很久才十分不情愿地穿上棉裤。呵欠连天地走出宿舍，一股冷风扑面而来，眼睛一下子就睁大了。皓月当空、青山如黛、寒风凛冽，混沌的大脑无法去辨析所处的环境，只有本能地裹紧大衣，走向哨位。

冬天深夜里的大山，温度在零摄氏度以下，冻得我不住地搓手。饶是如此，困意也一阵阵袭来。上下眼皮快要打架时，又猛地一惊，万一出现紧急情况怎么办？一同站哨的战友找着话题跟我聊天，我竟然没有听进去多少，只是礼貌地随声附和着。两个小时的站哨时间仿佛像一个世纪那么久，好不容易才挨到了换哨，睡梦被吵醒的感受真的很痛苦啊！

到了老连队，四班倒的通信值勤让我未晚就要睡觉的习惯不得不改了。小夜班、大夜班常年轮着上，还是不适应。填报军校志愿时，我没有选择一直从事的通信专业，原因就是怕毕业后还要过四班倒的生活。

孩子上初中后，我的睡觉时间越来越晚了。陪他整理错题、帮他报默单词、一起分析解答难题……经常要到快十一点才能睡觉，有时候甚至更晚。慢慢地，我的早睡习惯也在改变着，肩上的家庭责任、望子成龙的迫切心情让我从不适应到欣然承受再到习惯成自然。每次陪他的时候，我就会想起小时候，当我一觉醒来，发现妈妈还在电灯下做着针线活，我就不理解妈妈为什么还不睡觉。现在，我知道了，哪是母亲不想未晚就要睡觉啊，是肩上有重重的担子啊！

——原载 2021 年 10 月 13 日《金陵晚报》

"温"橙汁

当我从长途汽车站出站口接到父母亲时，着实吓了一跳。两个老人很吃力地拎着两个大口袋，步履艰难地走了出来。上车后，我忍不住"责怪"他们："请你们来，是给你儿媳妇过40岁生日的。前两天特地打电话让你们不要带东西，没想到你们还是带了这么多。"母亲笑着说："没带多少，都是地里长的新鲜蔬菜，又给孙子带了两只老母鸡……"

晚上，儿子刚到家，上前就抱住了爷爷奶奶，亲热地叫个不停。母亲看到孩子，高兴得脸上乐开了花。妻子看着父母已经把晚饭做好，连声说还是老人在这好，回来就有现成的饭吃。

饭桌上，我陪父亲喝酒，母亲兴奋地向我们说着老家的事情。母亲说今年的粮食收成好，卖水稻就卖了6000多块钱，以前我给他们办的养老金每个月也能拿到1000多块，这日子越过越好了。儿子插嘴说道："爷爷奶奶，你们都70岁了，不能做体力活，缺钱用就让我爸给。"母亲一听这话更开心了，连夸孩子孝顺。

吃完饭，我去厨房给父母榨起了橙汁。这是特意从水果超市买的最好的橙子，他们平时在家是舍不得花钱买水果的，更不要说榨汁这么"浪费"了。当我把橙汁端到客厅递给父母亲时，母亲连声说不喝。开始我以为她是省给孩子喝，我说榨得多，你跟父亲一人一杯，孩子也有。母亲还是坚持说不喝，在我再三追问下，母亲才说他们胃不好，不能喝冷的。

我突然想起了母亲有慢性胃炎，发作时经常不住地打空嗝，有时候疼起来甚至吃不下饭。孩子听母亲这么说,连忙端起橙汁,跑进了厨房。只见他把装有橙汁的杯子放到了一个小盆里,然后往盆里倒了接近杯口的开水。看到他用开水温起了橙汁,我既吃惊又高兴,感觉才14岁的他突然懂事了。我问他为什么不直接放到微波炉里转,他说那样加热橙汁会变味。孩子一边温橙汁,一边跟母亲说:"奶奶,你们以后在家也可以这样,这样你们就能喝上新鲜的果汁,补充了维生素,身体就会好。"父母听后又开心地笑了起来。

大约十分钟后,孩子把两杯橙汁端给了父母。两个老人拿起杯子时,手都有些微微颤抖。喝下一口后,母亲说,一点不凉,真甜!父亲在一旁不住地点头。

——原载2021年12月28日《中国青年作家报》

母亲的力量

年初,我打算在老家给母亲办一场生日宴,为她庆贺七十岁寿辰。母亲听说后,坚决不同意。她说,现在农村攀比风气严重,出份子出得重,乡亲们吃不消,而且办酒席劳心费神,不要办,不如就在大酒店办一桌,把舅舅姨娘叔叔他们请过来吃顿饭,不收他们礼金,这样省事又省心。我违拗不过她,只好照办。

母亲生日那天,全家早早到了城里的酒店,布置包间,安排菜肴,气氛还真不比在农村办酒席差。晚宴上,父母亲开心地招呼亲戚们吃菜。几个老人边吃边聊天,轻松又愉快。吃到最后,母亲大声地说:"谢谢儿子为我办的生日宴,希望儿子事业进步,家庭和睦。祝大家身体健康,万事如意!"大家鼓起了掌,我也感慨得说不出话来。

工作之余,我爱好写作。今年,在报纸上发表 60 多篇文章,其中写母亲的占了一定数量。印象最深的是一次给母亲打电话,她的手机欠费停机了。平时我只关注她的身体,却忘了关心她的手机话费和日常零用,心里十分愧疚。带着自责的心情,我写了《母亲的手机话费》,在《中国社会报》上发表。今年,《我和母亲的合影照》《我给母亲过生日》《老妈思想最开明》《母亲的"壮举"》等文章也陆续在报纸上发表。在写母亲时,我还打电话跟她核实细节,母亲每次都会肯定我、鼓励我,还跟我说写文章要实事求是,做人更不能虚假。当我把今年刚拿到的市作协会员证给母亲看时,母亲开心地说:"我的儿子就是优秀,没让妈妈失望。"

　　这一年，有波澜壮阔，有坎坷曲折，更有母亲的叮咛、嘱托和厚望。这一年，我在平淡的岁月里努力跋涉，并小有收获，这一切都是因为有了母亲的力量，更是因为母亲这座高山为我挡风遮雨、助我前行！

　　我爱这平淡如水的生活，我更爱我慈祥善良的母亲！

——原载 2021 年 12 月 30 日《金陵晚报》

父亲的肯定

"文龙，书柜里这些书你都看过吗？"父亲戴着老花镜，一遍遍地来回在书柜上扫视着。看到曾经看过的书，他还拿出来翻上几页，一边翻一边说："现在的书装帧真好，比我们那时候的书好多了。"

听到父亲询问，我连忙跑到书房，告诉他这些书大部分都看过，有一些计划以后再看，肯定要把书柜里的书全部看完。父亲赞许地点了点头，说："你爱看书让我很欣慰，这次从老家过来，第一眼就看到了书房里三个书柜都装满了书，开始还以为你买回来做样子的，没想到你还真读了不少，希望你要坚持。"接过父亲的话，我骄傲地向他汇报了这些年读书的情况。我说我每年要读上百本书，读书的范围很广，小说、诗词、历史、传记……只要是有益的书，都会去读，平时我的很大开销就是买书，这不书房都快要装不下了嘛。父亲一听这话，连说好、好、好！

父亲一向不善言辞，甚至有些木讷，更不要说专门去肯定或表扬一个人，他心里头也许有这样的意思，可是要让他说出来，还真是难。父亲当年学习成绩很好，可惜家里穷，初中没读完就辍学学手艺了。老师几次跑到家里来，劝爷爷让父亲读书，奈何家境太贫寒了，老师无功而返，这也成了父亲一生的痛。即使回来务农做手艺，父亲也没有停止读书，我很小的时候就经常看到父亲在煤油灯下捧着书看。父亲爱读书，因此，他看到我也在不停地读书，给我肯定也就不奇怪了。

父亲一边听我絮叨着读书的经历，一边贪婪地看着书柜里的书，嘴里还一边念叨着："有书读真幸福啊！文龙你一定要始终保持读书的习惯，要悟出书中的道理，不能满足于一知半解，而且还要化为你的做人准则，这样才不违背读书的初衷。不要光顾着自己读，还要带上孩子一起读书。忠厚传家久，诗书继世长啊！"我很认同地点了点头，并告诉他已经这样做了，父亲从老花镜后给我投来了赞许的目光。

当父亲从书柜中翻到一本我的市作家协会会员证时，他凑近看了又看。不一会儿，手开始微微发抖，他半信半疑地问道："文龙，这确定是你的会员证吗？你是市作家协会会员了？"我略带骄傲地大声对他说："是的，今年刚入会的，这上面有我的照片呢！"父亲把会员证翻过来覆过去地看，直到"确定"是我无疑后，问了我缘由。我告诉他，从去年开始，我就拿起笔，把读书的感受、生活的感悟和自己的思考都写了下来，并尝试着给报社投稿。第一篇稿件见报后，那种感觉就像考试得满分一样激动，从那以后，我就一直坚持写作，去年在报纸上发表了20多篇，今年已经发表了60多篇，而且还上了国家机关和省委机关报，在外地报纸也发表了不少。

父亲扶了扶老花镜镜架，戴上去又摘下来，还在书房里不停地走来走去。"文龙，没想到这两年你的进步这么大，我真替你高兴。我当年的遗憾你替我弥补了，你超过了我，我真为你高兴。你不愧是我的好儿子，希望你不要骄傲，要再接再厉……"父亲一连串地说了许多话。

父亲激动的样子让我受到了鼓舞，心中暗暗告诫自己：一定不能松劲，朝着父亲期许的路往前走！

——原载2021年12月31日《扬州晚报》

岳母又寄香肠来

晚上，我们一家正在吃饭，岳母突然打来了电话："你们在吃饭没得？给你们做的香肠好了，明天就给你们寄过来……"岳母在电话里大声地说着，儿子在一边兴奋地大叫着："又有香肠吃了，又有香肠吃了！"

记不清这是岳母第几个年头给我们寄香肠了，每年到这时候，他们总会提前做好香肠寄给我们。

1998年，我到重庆上大学的时候，看到香肠是没有好感的。尽管我十分喜欢吃香肠，但都是吃广式的，重庆的香肠熏得黑乎乎的，一股烟熏味、松香味，这"玩意儿"能吃吗？会好吃吗？听当地人说香肠也是很麻辣的，我从小就吃甜不吃辣，心里就对香肠很抵触。

有一次去歇台子邮局办事，我看到当地人正在邮局给外地的亲戚寄香肠，觉得真是难以理解，这东西有那么好吃吗？放寒假回江苏老家带土特产，我也不买香肠，因为带回去也没人吃。

随着在重庆生活的时间越来越长，我竟然慢慢地喜欢上了麻辣口味，也喜欢上了香肠。这浓烈的地方美食，有着一种让人难以拒绝的魔力。

刚夹起香肠，就有一股类似松柏的芳香冲入鼻腔内，让人闻之一振，满口生津。吃到嘴里，麻麻辣辣的味道混杂着隐隐约约的芬芳，味道十分独特，让人吃了上瘾，再也舍不得丢下筷子。

后来，只要有机会，我都会点上一盘香肠来解解馋。

就在我快要毕业的时候，一个偶然的机会，我认识了家在重庆的妻子。

  岳母听说我特别喜欢吃香肠，就每年给我们寄。有一年做香肠，岳母特地多放了瘦肉，吃起来并没有肥瘦搭配均匀的好吃。我在电话里笑着跟她说："妈，我现在也是半个重庆人了，您就按照本地的做法做嘛。"岳母自责地说："知道你不喜欢吃肥肉，还特地多搁了瘦肉，以后就按常规做。"

  受到我们的影响，或者是本来就有着重庆人的基因，儿子也特别喜欢吃香肠。每到冬天就开始翘首企盼，时常念叨："婆婆什么时候给我们寄香肠啊？"

  岳母寄来的香肠已经在路上了，父母给我们的爱也一直从那头到这头，源源不断、长长久久。

——原载 2022 年 1 月 2 日《重庆日报》

给父母寄一份

昨晚,母亲在电话里开心地跟我说,他们收到我寄的苹果了。我连忙问他们是否已经尝过,母亲大声地说,吃了,吃了,特别甜,以前从来没吃过这么好吃的苹果。这在哪儿买的,多少钱一斤啊,肯定很贵吧,以后不要瞎买了,村里有得卖……

听着母亲在电话里絮叨,我抱定一个信念,就是不告诉她真相,只对她说这是托熟人买的,不贵,如果还想吃后面再寄。

寄给父母的苹果是我在一个美食公众号里发现的。看着文章中图文并茂的描述,天生爱吃苹果的我就买了一箱。果然没有让我失望,苹果外表是饱受紫外线照耀后的红彤色,拿在手上香气扑鼻,沉甸甸的,咬上一口,又脆又甜,汁多肉细,十分可口,难怪一个苹果就要七块钱呢。如果我把这个真实情况告诉母亲,一向勤俭节约的她不骂我才怪。

吃着苹果,我就想着给远在家乡的父母也寄一份。我知道,如果我不给他们寄,他们永远也不会花钱买。在他们固有的思想观念里,只要有饭菜吃饱就可以了,有没有水果无所谓。这是他们从青年时期开始应对困顿生活而不得不采取的生活方式,也是被逼迫形成的生活习惯。

祖上是贫苦的家庭,基本上家徒四壁。父母不仅要侍奉多病的爷爷奶奶,还要帮助叔叔盖房娶亲,加上抚养哥哥和我,供我们穿衣吃饭、求学读书,仅凭父母两双手,日子过得多么艰难可想而知。父母是最能吃苦的人,也是最能守住清贫的人。除了挤出有限的钱来应对日常必需的开销,水果、零食是从来不会买的。家里一年到头就是粥、米饭和地里种的蔬菜，自家养的猪、鸡、鹅是不会自己吃的，那要拿去卖钱。即使是农忙需要出体力的时候，父母也舍不得花钱买肉回来补营养，在他们的"食谱"里更没有水果这项内容。

尽管生活条件越来越好，我和哥哥工作以后也经常给父母零用钱。但是长期养成的习惯，让他们很难改变生活习惯，主动去买水果吃。想到这，我连忙又下了一单，给父母也寄了一份。

下单以后，我电话提醒父母要接快递电话，及时把苹果拿回家。母亲听说给他们寄苹果，在电话里批评我说："真是没得事做，谁要你寄苹果啊。我们牙不好，也吃不动。"吃不动是母亲的借口，她其实是舍不得钱。我告诉她，把苹果切成小块或者碎丁，就吃得动了。母亲说下次再也不要寄了。平时工作繁忙，还有上中学的孩子需要照顾，很少有时间回老家去看望父母。即使偶尔回去，买了水果和营养品，也要被父母"批评"一番，责备我乱花钱。倒不如快递好，既能尽一点孝心，又免得被他们拒绝。

听母亲说苹果好吃，我又在网上买了一箱橙子寄回去。以后再遇到父母能够吃得了的好吃的食品，我再给他们寄。

——原载 2022 年 1 月 14 日《金陵晚报》

我家的特别年俗

一年中春节是最重要的节日，也是最令人期待和重视的日子。家家户户忙着祭灶、掸尘、贴春联……世世代代流传着拜年、压岁钱、迎财神、逛庙会等年俗。除了这些年俗外，我家过年还有自己的特别习俗。

头一个特别年俗就是打稻囤子。三十晚上，吃过午饭，母亲里里外外再打扫一遍卫生，然后准备年夜饭，我和哥哥贴对联、贴窗花，父亲就忙着打稻囤子了。蒲草编成的小包里装满石灰，在门前屋后和每个房间的地面上间隔着丢放，石灰从蒲包缝隙里撒出来，在地面上形成一个圆圆的白色印痕，这就是打稻囤子。除房间内外，通往猪圈鸡舍和河边码头的路上也会打满稻囤子，凡是有人走的地方都要打上。当稻囤子全部打满，到处是一片圆圆的白白的印迹，仿佛步入仙境一般，煞是好看。父亲说，如果"年"这个怪物走到这边，会留下脚印，就吓得不敢来，这样就能保佑我们全家平安。起初村里也有人家打稻囤子，后来嫌麻烦坚持下来的寥寥无几，只有我父亲每年都认认真真地打稻囤子。

另一个特别年俗要属年夜饭里的水芹菜。虽然地处水乡，但是家里却不种水芹，生活窘迫平时也舍不得花钱买。从记事时起，直到我参军入伍离开家乡，不管每年年夜饭的菜肴如何变化，水芹炒千张一直是"保留节目"。吃年夜饭时，母亲就会对我和哥哥说，吃了水芹菜，就要变勤快。人在世上，除了老实本分，还要勤快，不管做哪行，都不能懒。勤快是持家之本，这样才能在社会上立足。这其实也是母亲的人生信条，勤劳善良的她是大家公认的。这么多年来，我始终铭记母亲对我的勤劳教育。

最特别的年俗是大年初一说话前的仪式。除夕晚上准备睡觉时，母亲给我和哥哥拿来新衣服、新鞋子、新袜子，给我们一人一个用红纸包着的压岁钱，还给我们一人一块用红纸包着的云片糕。父亲告诉我们，初一早晨醒来，先把云片糕吃了才能说话、才能看压岁钱有多少，一定不能违反规矩。初一一早，我和哥哥在被窝里被震耳欲聋的鞭炮声吵醒时，谁也不敢先说话，连忙把云片糕吃下去，然后用脚踢一下对方，说我已经吃过糕了、看到是多少压岁钱了，表明自己没有违规。我不知道初一开口说话前为什么要先吃糕，曾经也想过问父亲，但是想到既然是他让我们这么做，一定有道理，就打消了追问的念头。我也问过其他小伙伴，他们家是不是也这样，都表示了否定，这是我家最独有的年俗了。

除了前面说的这些，每年初一这一天，母亲不会像平常一样早起做饭，而是由父亲来做，让劳累了一年的母亲也歇一歇。名义上这天母亲不用起早做早饭，就好像一年都不要起早似的，但是这包含了父亲对她的爱，既是我家的年俗之一，又是对我和哥哥的一次教育。

不管什么样的年俗，都饱含着人们对美好生活的感恩和对未来幸福的祈祷和期盼，我家的特别年俗也是如此！

——原载 2022 年 1 月 27 日《黄石日报》

父母的春天

春天是什么时候来的？是立春那天吗？是从读朱自清的《春》开始的吗？还是柳枝冒芽、百鸟鸣唱的时候呢？在我的故乡，春天是从乡亲们下田那一刻开始的。

落光叶子的树枝还是那样干瘦，静静的河面上还留有一些破碎的冰片，路两边的野草黄黄的一片，偶尔夹杂了一点点绿。茅草屋的屋面上还有几处残雪，也在一点点地融化……尽管已是春节——春天的节日，可冬天还在广袤的大地赖着，在田间地头赖着……

"老张，你今天下田干什么啊？""下田追肥，麦子太瘦了，趁着化雪再追点化肥。老李，你下田又是干什么啊？""天气预报说过两天有雨，我赶紧把墒沟理一下，不然积水要把麦子泡起来了。""你们真是的，今天才大年初五，年还没过完呢，就来不及了，哪非要现在就下田？"……就在城里的人们还在忙着走亲访友、迎来送往、相互拜年时，乡亲们已经扛起大锹，走向自家的田头了。

作为老生产队长，父亲是干农活的一把好手。父亲从不在意年怎么过，就在乡亲们还没下田的时候，他已经开始做起了准备。每年正月初四前后，父亲就会出门干农活，每次都是村里第一个下田的人。他经常叫上我们弟兄俩一起，尽管我们满脸的不情愿，甚至带着祈求的目光，父亲就像没看到一样，大喊一声"走"，我们便极不情愿地跟着他往前挪步。

冻裂的泥土握在手里软软的，旷野里吹来的风呼啸着，可吹在脸上已经感觉油油的,轻柔了许多。已经苏醒的麦子不知什么时候竟然漫过我的鞋帮了。眼前田间的景致让我有些着迷,可是一想到不能像其他小伙伴一样尽情地玩耍,想到就要到来的辛苦,心里还是有些抵触。

父亲把化肥扛到了田头,母亲往追肥机里装着化肥。不一会儿就把追肥机装满了,我们一字排开往前施肥。追肥机是土制的简易器械,用手握着长柄,往土里一按,下方的出肥口就会把化肥埋在地里。有时候土是湿的,泥土堵住了出肥口,就要把土剔走。有时候土块硬,还得把脚踩在出肥口边上的支腿上加把力。没走上几米,已经累得气喘吁吁。看着威严的父亲,请求休息一下的念头到了嘴边也不敢说出来,只好一步一步地往前走。不到一个小时,两只手上就起了水泡。母亲心疼地让我们休息一下,父亲总是严厉地说,这才做多久的活,不要停,继续!一个上午下来,我已经累得精疲力竭,也不管父亲同意不同意,就躺在了田头。

当我放松着累垮的身体,晒着温暖的太阳时,父亲走过来问我累不累,我认真地点了点头。父亲对我说:"面朝黄土背朝天的生活哪有不苦不累的,你们学习跟这个比轻松多了,坐到教室里,风吹不到,雨淋不到,这能有什么苦?跟着老师听课,按老师要求写作业,又怎么会累?你们平时学习态度就不认真,成绩没有达到我的要求,就要让你们吃点苦,你们才晓得。我知道你们想什么,你们肯定想现在还是过年,要让你们好好玩。一年之计在于春,现在不抓紧,后面就没收获,学习也是,今天不抓紧,后面就没出路。"

听完父亲的话,我醒悟了。父亲每年第一个出门干农活,既是抢农时搞生产,又是借机教育我们,像春天给大地带来希望一样,让我们也给他带去希望。

第二天再跟着父母去干农活时,我没有一丝抱怨。一边挥洒着汗水，一边坚定着自己好好学习的决心，手上的劲更足了。田间地头，到处晃动着乡亲们劳碌的身影，一幅热热闹闹的春耕图展现在了乡村的大地上。

故乡春来早，人勤春更早！

——原载 2022 年 2 月 7 日《扬州晚报》

鸡汤的衍生品

冬令进补,有"一九一只鸡"的滋补食方说法,对于承担一家三口晚餐烹制任务的我来说,一直奉为圭臬。到了冬季,乃至春天时节,我家厨房里的老母鸡汤几乎不断档。

通常情况下,当年的母鸡重约2斤,一年以上的老母鸡基本上在2斤以上,甚至达到3斤多重。我们家吃饭人少,上初二的儿子又不喜欢吃剩饭,为了避免浪费,我每次都把母鸡剁成3份,每次就炖1份。

饶是如此,每次炖好的鸡汤都不能一顿喝完。开始还把剩下的鸡汤放冰箱里贮存,过了好几天还是剩着,只好倒掉了事。看着油汪汪、闻着香喷喷的鸡汤,倒了不忍心,放冰箱里时间太久又会坏,我左右为难。最终,喝不完的鸡汤还是一倒了之,让我好生惋惜。

吃剩的鸡汤怎么处理?如何让爱人和孩子能够每次全部吃完?我们一家三口都爱吃豆制品,解决喝不完的鸡汤何不从这里下手呢。想了半天,我终于找到了方法。

那就是每次炖鸡汤后,我用鸡汤来做大煮干丝和汪豆腐。

做大煮干丝时,先把薄干张切成细如银针般的丝,再用一根火腿肠和一个青椒切丝配色。烹制时,鸡汤下锅,放入榨菜末和虾米提鲜。煮沸后,放入切好的干丝、火腿肠丝和青椒丝,再放入少许盐。煮熟后,滴上几滴麻油,真是香极了。

汪豆腐是家乡的一道特色菜,汪曾祺在《豆腐》这篇文章中也说到了它。每次我会选老嫩适中的豆腐,劈成骰子般大小的粒，用鸡汤做底汤，放入豆腐粒、虾皮、榨菜末熬制，烧熟后，用淀粉勾好芡即可出锅。出锅后，滴入麻油，再用调羹舀上一勺猪油封在做好的汪豆腐的表面，一道地道的家乡菜就呈现在了家人面前。

这两道菜只要一上桌，不一会儿就吃得干干净净。每次做这两道菜，都能把前一天剩的鸡汤全部用完，鸡汤喝不掉的问题悄然解决了。时间久了，爱人和孩子越来越喜欢上了这两道菜，没过多久，就嚷着让我做。想要把豆制品做出鲜味来，非荤汤不可。荤汤中，鸡汤又是首选。鸡汤与大煮干丝、汪豆腐在我们家成了"孪生兄弟"。

吃得久了，儿子看出了门道。每次端上大煮干丝或汪豆腐，儿子就会说，鸡汤的衍生品来了！

——原载 2022 年 2 月 17 日《楚天都市报》

母亲、谚语和我

母亲说,她很小的时候,外婆就去世了。母亲姊妹多,家里穷。虽然不识字,但母亲始终保持纯朴、善良、孝敬长辈、与人友善的良好美德。在教育哥哥和我时,她经常用谚语,这些谚语不仅贴切,而且效果极好。

儿时,我对适应季节还没有任何概念,准备任性增减衣物时,母亲就会提醒我。例如,春节前后,我和小伙伴玩得满头大汗,想要脱掉厚棉衣时,母亲就会说:"'打(立)过春,赤脚奔',这还没打春呢,你不能脱!"待到春暖花开,气温渐高,我和母亲说要换薄衣服,她就会说:"'吃了端午粽,才把棉衣送',过段时间再给你们换棉衣。"母亲这么说,我只好照办。有一年冬天特别冷,我看到一个老爷爷在棉衣外面系了一根绳子,不知其故,就问母亲为什么。母亲说:"'腰中系根线,赛如添一件',衣服扎紧了,风就进不去了,'冷的是个风,穷的是个债'啊。"听母亲这么一说,我才明白原因。母亲还说:"'腊月冻死懒汉',人只要勤快,就不怕冷。"看到母亲冬日里劳动出汗的样子,我就明白了。

等到我们上学时,母亲经常对我和哥哥说:"不要怕吃苦,'吃得苦中苦,方为人上人',哪有不吃苦就成功的啊!"有一天,老师来家访,我在隔壁隐约听到母亲和老师说:"老师,你放心,'惯儿不惯学',这个道理我们懂,我们绝不护短,一定严加管教,积极配合老师。"听到母亲说这些话,我的学习态度端正了许多。

高中毕业后,我一直为人生的出路苦苦追寻,上过技能培训班、打过工、进过工厂……我整天苦思冥想,吃不好,睡不好,整个人非常憔悴。母亲心疼不已，经常跟我说："孩子，你不能为难自己，要好好吃饭，'吃一猪，不抵一呼'，要休息好，有个好身体才有好的前途啊。我知道你想离开农村，我也晓得你不甘心学木匠、瓦匠手艺，但是'荒年饿不死手艺人'，你考虑好，想学我们就带你找个师傅。"当我对渺茫的前途垂头丧气时，母亲就劝我："'雨下不到一天，人穷不了一世'，你还年轻，不要灰心，要相信自己！你有什么想法，我们都支持你，人生的路要选择好，不要'瞎子吃狗肉，块块是好的'，适合你的才行。"几个月后，我当兵入伍，母亲松了一口气，跟我说："俗话说，'好铁不打钉，好男不当兵。'我不这么看，到了部队后你要争气，干出样子来，这就是你的前途。"三年后，当我在电话里告诉母亲，我考上了军校，母亲喜极而泣。

在母亲眼里，我是永远长不大的孩子。我成家后，母亲还经常教育我："过日子要精打细算，'吃不穷、穿不穷，不会算计一世穷'，不能大手大脚，不能铺张浪费，'外面有个勤（挣）钱手，家中有个聚宝盆'，要慢慢聚财，家才能富起来。我知道你这个人好交朋友，交朋友也要看人。夫妻之间要和睦，不要总是责怪对方，'话从心中起，说人说自己'，要想想自己做得怎么样……"

母亲用这些谚语教育我，朴素的教育方式影响了我的一生。

——原载 2022 年 3 月 1 日《春城晚报》

菜吃光

上周回老家看望父母，人还在路上，父亲就打来几个电话，问我们到哪里了，父亲那迫切又激动的心情，通过手机传了过来。刚到家，桌子上已摆满了菜。母亲在厨房里一边炒菜，一边招呼我们洗手吃饭。我跟母亲说不用再炒了，桌上的菜已足够。母亲笑着说："还有两个菜就好，这些要现炒才好吃，你们先上桌吃，我炒好就来。"

坐了两个多小时车子，妻儿显然饿了，他们狼吞虎咽地吃了起来。我一边陪父亲喝酒，一边跟母亲唠家常。谈兴正浓时，妻子和孩子放下了碗筷，连说吃饱了。儿子嘴一抹，满足地说道："奶奶做的菜真好吃，吃得好撑啊！"听孩子这么一说，母亲嘴角笑开了花："东东（儿子小名），我知道你们一家子平时喜欢吃什么，听说你们要回来，我昨天就把菜都准备好了，好吃你就多吃点啊，盘子里还剩好多呢。"

我看了看桌上的菜，发现鸡汤、肉圆子、鱼和红烧仔鸡还剩一些，其他菜所剩无几。尽管这样，母亲还是不停地念叨："我就喜欢你们把菜吃光，都吃掉才好呢。要是吃不掉，我就不高兴。"可这么多菜，怎么能吃得完？

母亲这样的心情，我没几天也有了同感。

周末休息，时间充裕，就给妻儿多做了两个菜，弥补一下平日工作太忙对家庭付出的不足。果然，菜刚上桌，孩子就忍不住叫了起来："哇，这么多好吃的菜啊，今天是过节吗？"看着孩子这么开心，我像受到嘉奖的士兵一样激动。妻子在一旁也嘟囔道:"我的减肥计划又要失败了!"

　　一边吃一边说话,就连平时不愿意谈学习的孩子也不忌讳了,大大方方地跟我们交流起来。当孩子说着"吃饱了"丢下碗筷时,我一看桌上还剩不少菜,立即就不高兴了。辛辛苦苦做了这么多,居然不"畅销",心里难受,就像货物滞销给商人带来的感受一样。我连珠炮似的责问着他:"为什么不吃了?你平时不是嫌菜不好吗,说菜少吗,今天做这么多,怎么吃不光?你现在长身体,初中上学又费脑力,多吃点没事,使劲吃,再吃一点!"孩子委屈地说:"真的吃不下了,我吃饱了,下次你别做这么多菜了,行吗?"

　　我和爱人吃着桌上的剩菜,不由自主想起母亲。每次只要我们回去,她总要做上满满一桌子菜,不停地劝我们吃,还怪我们不能把菜全部吃光。其实,这哪里是"责怪"啊,分明就是她对我们满满的爱!我自己不也跟母亲一样吗?

——原载 2022 年 4 月 27 日《市场星报》

父子的焦虑

上午在单位开会,困意一阵阵搅扰着我,让我在打盹与听讲之间痛苦挣扎。这都是昨晚没睡好的缘故,而没睡好又是因为我和孩子的焦虑导致,根源在于今天要期中考试。

上周,孩子班级群里发布了期中考试通知。从那天起,我就反复叮嘱他要认真准备,争取考个好成绩。昨天接他放学,我又跟他说,前段时间在家上网课不自觉,复课后测试成绩不佳,这次一定要认真考,用成绩证明自己。孩子跟我说知道了,还说班主任找他谈话了,他成绩排在全校218名,老师说跟其他同学比有差距,还要继续努力。我鼓励了他,毕竟比刚入学时进步了许多。我说,既然现在有这个基础,那么本学期期末考试成绩排名就要争取在150至180名,下半年初三争取达到120名,明年中考冲刺年级前100名,这样你的目标才能实现。孩子重重地点了点头,说一定会努力。

从他上小学一年级起,我对他的学习抓得就不紧,我更看重的是他能成为一个相对全面的人,比如三观正、懂礼貌、有爱心。正是基于这个原因,我引导他看书,跟他讲做人的道理,与他交流男孩子普遍感兴趣的政治经济热点问题,甚至在紧张的学习期间带他去大剧院看演出。其实我的内心并不淡定,想到孩子现在的学习状态和中考成绩决定他将来能上什么样的高中、上什么样的大学,想到孩子的前途命运,我也时常感到焦急和不安。

昨天吃过晚饭,忙完家务后,我和妻子到书房里看书,大气都不敢出。妻子想跟我说说家务事,我连忙摇手制止她,生怕打扰孩子复习。家里十分安静，空气都仿佛凝固了。

孩子忙完学习，已经十点半。我催他赶紧睡觉，明天要以饱满的状态参加考试。他没像往常那样磨蹭，立即就回了房间。原以为他能像往常一样很快就打起呼噜，然而约半个小时后，我却在迷迷糊糊中听到他房间门的响动，心里顿时起了无名火，埋怨他没有早点睡着。他轻轻地走到我们房间门口，对我说："爸爸，我睡不着，你能不能过来陪我一会儿？"我连忙跟他到房间躺下，轻轻地拍着他的肩膀。以往也是这样，只要他紧张或不舒服，就会让我陪。每次我慢慢地有节奏地拍，不一会儿他就能睡着。

我拍了很久，他还是没进入梦乡。我内心更加焦躁，有几次拍打的节奏都乱了，也不敢跟他说话。我调整自己，轻声呼吸，一边拍一边在心里默唱催眠曲。半个小时后，孩子睡着了，但是睡眠很浅，没有像往常一样鼾声如雷。过一会儿，我刚起身准备回自己房间睡觉，孩子突然醒了。我好不懊恼，恨自己惊动了他。又如法炮制地去拍他，孩子说："爸爸，我一个人睡，不要拍了！"

回到房间，我却不困了，竖着耳朵听着他房间的动静，多希望早点听到他的呼噜声啊！过了好久，孩子又跑了过来，说："爸爸，我有点紧张，你不要怪我。你也不要过来陪我，再过一会儿，我就能睡着。"

又过了许久，终于听到了孩子的呼噜声，我看了下手机，已经是凌晨一点，我也在自责、纠结、焦虑和不安中睡着了……

——原载 2022 年 5 月 25 日《金陵晚报》

扣住幸福时光

前几天,儿子说想吃霉干菜扣肉了,问我能不能做。以前只在饭店吃过这道菜,自己从未做过,能否做得好,心里没底。但一想到不能让孩子失望,我言语铿锵地告诉他:没问题!

随后,我在网上查了攻略,还打印了出来。前天晚上,提前泡了母亲从老家带来的霉干菜。昨天中午下班回家,买了五花肉和配料,按照攻略一步步制作起来。先是将两块切正方形的五花肉整块放在水里煮,水开后再煮五分钟,然后翻一面继续煮五分钟。滚烫的肉块捞出锅,赶忙用牙签在肉皮上戳洞,为的是接下来给肉块抹老抽上色时好吸收。抹老抽时犯了难,直接用手吧,烫人;用筷子蘸吧,不仅慢还不均匀。着急了半天,突然想到用牙刷往上刷。找来一把新牙刷,蘸上老抽涂抹起来,果然又快又均匀。刷完老抽凉一会儿,再放到油锅里炸三分钟。听着锅里发出的"噼噼啪啪"声,一股为家人制作美食的满足感油然而生。

起锅后,略呈焦色的肉皮仿佛让整个厨房都充满了阳光。趁着热气,我用厨刀把肉块切成了薄片,每一处都抹上了调好的酱汁。一边抹,心里一边打鼓,调制酱汁时没尝咸淡,不知道霉干菜扣肉做出来是咸是淡呢。把肉片整齐地码入碗里,我又开始炒起霉干菜。炒熟后的霉干菜放在肉片上,压紧,端上蒸锅开始蒸。一看手表,已经是下午一点了。

我有每天午休的习惯,也就睡个15分钟左右。如果哪天没午休,整个下午人都是恍惚的。霉干菜扣肉上锅蒸,已经过了平常午休时间。等锅里的水开时,时针已指向了一点半,马上还要赶到单位去上班，这个午休泡汤了。

晚上接孩子放学到家，一边炒菜，一边继续蒸霉干菜扣肉。当我将这道菜倒扣在盘子上的那一瞬间，仿佛就是在拆盲盒一样，不知道会有什么惊喜发生。当这道菜露出"真容"时，妻子和孩子都哇的一声给了肯定，他们都说这跟饭店做出来的没两样。妻子拿起相机准备拍照，我说别急，还没撒葱花呢。

热气腾腾的霉干菜扣肉成了当天晚餐的"主角"。孩子迫不及待地搛上一块吃了起来，我在边上就像等待面试官评分的选手一样忐忑不安。孩子吃了两口说："真好吃，爸爸您也尝尝。""真的吗？是不是小子有意安慰或者鼓励我呢？"我小心翼翼地搛了一块尝了尝，不错，咸淡适中，肉片肥而不腻、霉菜香软中带甜，小子诚不欺我也！妻子在边上说："没想到你第一次做就成功了，味道特别好，我要多吃几块呢。"孩子赞同地点了点头，连说今天晚上的菜最好吃。

不一会儿，这道菜就吃光了，孩子满足地说："爸爸，谢谢您给我做了最可口的饭菜，经常有我喜欢吃的菜，我觉得很幸福！"我也借机教育他一下，对他说："儿子，你可别只感谢你老爸，还要感谢你妈给你每天做早饭，还要感谢远在老家的奶奶，要不是她在老家做好霉干菜带过来，今天也没这道菜呀！"儿子连声说："是的！是的！"

再有一年，儿子就要上高中了。那时候，除了早饭在家吃，中饭晚饭就要在学校吃了，估计我也没"研发"新菜的动力了。趁着这段时间，我要多做几道他喜欢的饭菜，来"扣"住我们的幸福时光。

——原载 2022 年 6 月 4 日《现代快报》

那进门的一杯茶……

昨晚,加完班开车到小区已经 11 点。我有气无力地推开车门,挪着双腿缓慢地往家中走去。

我轻轻地打开家门,没想到客厅的灯还亮着。妻子蹑手蹑脚地走到门口,轻声细语地跟我说:"回来啦,辛苦了!儿子刚睡着,小声点!"她一边做了个"嘘"的手势,一边接过我手中的包,引着我到餐桌前坐下。

刚坐下,我就发现餐桌上有一杯泡好的茶。碧绿的叶片摇摇摆摆地往杯底沉,一股似有若无的轻烟在杯口徐徐升起。我看着那圆润、轻盈又生动的叶芽,不禁口舌生津,端起茶杯,迫不及待地喝了起来。

喝上几口,浑身舒坦,忙碌了一天的疲劳顿时消失不见了。我轻声地问妻子,怎么想起来给我泡茶的?妻子柔声地说:"今天你在外面忙,哪有时间顾得上喝水,就是有水喝,也只有矿泉水,哪有茶水好。估摸着你要到家了,我就提前泡了茶,免得烫。"一番话听得我满足又幸福,默默给妻子竖起大拇指。

细细地品茶,不禁想起了少年时代的一件往事。

我的父亲一生独爱茶,茶杯每天不离手。那时家庭条件艰苦,但母亲总会省出一点钱来买茶叶。哪怕是最便宜的品种,父亲也喝得很陶醉。正因为父亲有这样的爱好,家中足足准备了 3 个暖水瓶。母亲忙 · 口三餐时,首先就是烧开水。所以,父亲的茶杯时常是满满的。偶尔,我也偷偷拿起父亲的水杯喝上一口,但是那苦涩的酽茶让我直吐舌头。

有一天放学，我和小伙伴们在外面打闹了很久，才满头大汗地回到家。到了家，就看到堂屋的八仙桌上有一杯已经泡好的茶，喉咙冒烟的我想也不想，拿起茶杯咕咚咕咚地喝了起来。不一会儿，茶杯已空空如也。放下茶杯不久，母亲回来了。看我喝光了茶杯中的水，突然训斥起我来："你这个孩子，谁让你把茶喝光的，你知不知道这是给你爸爸泡的？你倒是一点不客气！他一会儿干活回来就要喝茶，还不赶紧把茶水续上。"

在这之前，我从没在意母亲提前给父亲泡茶的事。从那以后，每次我放学回家，进门都能看到桌上有一杯提前泡好的茶。而我每次喝水就自己倒，再也不敢碰父亲的茶杯了。

现在，我一边喝着妻子提前泡好的茶，一边问妻子，以前从没给我泡过茶，今天是什么特别的日子吗？

妻子羞赧地说："今天妈妈打电话来，问你最近在忙什么，我把你经常加班的事告诉她了，妈妈很心疼，让我每天给你泡点茶解解乏。以后每天你进家门，都能喝上我泡的茶！"

我连忙向妻子摇了摇手，又向她点了点头，端着这温暖的水杯，甜蜜地品咂起来。

茶水氤氲间，亲情浓烈时。那进门的一杯茶，甘冽了心，温暖了家！

——原载 2022 年 8 月 23 日《中华合作时报》

剥虾仁

昨天,我看到一条制作低脂鲜虾蒸饺的视频,视频里仅用了三四样食材,傻瓜式做法,颜色鲜亮的成品,这让一直为改善家中伙食而苦恼的我如获至宝。立即买来食材,如法炮制起来。

切胡萝卜丁、压荸荠碎非常简单,两三分钟就完成了,可是剥虾仁却难住了我。

盆子里的活虾游来蹿去,抓到手里不住地挣扎,头尾相触着蜷起身体。我从中间将虾子掐成两段,头部去掉,专心致志地剥起虾仁来。从虾尾壳上端撕开一条线,沿着这条线往两边剥开,直至把线全部剥落。

虽然撕开了线,但剥起来却并不容易,往两边掰虾壳时,虾尾总是会在手中滑动,使不上力气。如果紧紧攥住,又怕捏碎了虾肉,只好一点一点小心翼翼地剥。有的虾头去掉后尾巴还在手上扭动,剥起来更费劲,手指不小心就会被坚硬的虾壳戳到。

总共就 23 只虾子,全部剥完竟用了半个小时,平均一分多钟才剥出 1 个虾仁。不仅如此,手掌上、手指上还有好几道划破的伤痕,隐隐有些血丝。这是我第一次动手剥虾仁,竟然如此狼狈,心中不由起了疑问,母亲打工时是怎样剥虾仁的呢?

前段时间回老家看望父母,开车到家已是夜幕降临,母亲脚上穿着雨靴、手臂上戴着护袖、脸上沾着些许水珠回来了。我问母亲去做什么活了,母亲兴奋地说:"最近在村里养虾大户家剥虾仁,一天能挣一两百块钱呢,在家也是闲着,现在能打工挣点钱,倒不觉得自己老了……"

母亲一边招呼我们吃菜，一边滔滔不绝地向我们讲着她的"辉煌"打工经历。前段时间，父亲身体不好，不能外出打零工，家中的零用钱就捉襟见肘了。正好是虾子上市时节，养虾大户需要人剥虾仁，母亲听到这个消息就去报了名。头一天，母亲没什么经验，一共才剥了不到 10 斤虾仁，看着别人挣的钱比她多，母亲不甘心。第二天早早地就赶了过去，别人休息她也不闲着，中午就吃早晨做好带过去的饭菜。我问她有没有热一下再吃，母亲说哪顾得上啊，用微波炉热饭要排队，耽误的时间能剥 1 斤虾仁，少挣 6 块钱呢。母亲得意地说："从早到晚一直坐着，腰也总是弯着，前几天睡觉腰都有点不舒服，这几天好多了。剥得最多的一天挣了 200 块钱，多高兴啊！照这样下去，我挣的钱比你爸爸打零工还要多呢……"母亲一脸骄傲的神态，我却万般不忍，悲上心头。

　　快 70 岁的人，万一累坏了身体怎么办？我让母亲不要再去剥虾仁了，以后我定期给他们零用钱。母亲微笑着说："我们还没老呢。你们也不容易，要还房贷，要抚养小孩，还要应付人情往来，处处要用钱！"任凭母亲怎么解释，我还是不同意她再去剥虾仁。看我态度坚决，母亲"妥协"了。

　　包好虾仁饺子上锅蒸。一边想着孩子马上放学到家吃上这道菜该是多么高兴，一边算着剥 1 斤虾仁 6 块钱工资，母亲一天挣 200 块钱，不是要剥 30 多斤虾仁吗。我剥 1 斤虾仁都这么费劲，母亲是怎样剥虾仁的呢？

　　想到这，不禁泪流满面！

——原载 2022 年 10 月 19 日《现代快报》

母亲教我抗风暴

天气预报说明天是进入冬季的第一次大范围降温,温度下降10℃以上,并伴有大风。说降温就降温,真让人措手不及。我赶忙从衣橱里给孩子找出羊绒衫和冬季校服,一边找,一边想起小时候母亲教我抗风暴的事。

那时家里很穷,御寒的衣服只有那么几件。记得我当时上身里面穿的是套头棉毛衫,中间穿的是开司米线衣、光面的绒毛衫,外面套一件厚棉袄,最外层穿一件单褂子。下身穿的是跟上身一样颜色的光面绒毛裤,外层套一条单裤。只有这些老式破旧的棉衣也就罢了,可替换的仅有一套。由于长时间穿,破损多,几乎每件棉衣上面都缀有补丁。兴许是厚棉袄不用贴身穿,不容易脏,又可能是做一件棉袄要花费很多钱,一个冬天我只有这一件棉袄,露出褂子的棉袄袖口黑脏如漆、油亮似镜。

同学们有的穿着羊毛衫、线衣和滑雪衫外套,整个人显得轻盈又有精神。每当遇到他们,我都不好意思跟他们一起走,觉得很没面子。

有时我就跟母亲撒娇,想要一件羊毛衫或者滑雪衫。一到这时候,母亲就面露窘色,很为难地说家里实在没有多余的钱给我们买这些。父亲闲时开拖拉机跑运输挣点钱,也不是天天有活干。有时候货主一时不结账,连柴油都要跟供销社赊账。供我们兄弟俩上学已经非常吃力,想让我们穿得更漂亮一点,父母显然力不从心。

有一年冬天,我和哥哥去摘棉花,一下午摘了满满两蛇皮袋，卖了20块钱。我们把钱拿回家，母亲大度地让我们一人去买一套新棉毛衫。我捧着散发着香味的新衣服，兴奋得身上都暖和了许多。但是，这样的机会并不多。

每年寒潮来临前，听着门外呼啸的寒风声，母亲总是鼓动我们说："孩子，头一个风暴你们不要怕它，直起身子、挺起脖子往前走，就不会觉得有多冷。实在要感觉冷，你们就跑跑跳跳，身上就会暖和了。抗过这阵风暴，身上就是穿得少，后面再冷都不怕了！"正如母亲所说，抗过这头一个风暴以后，后面降温的天气里尽管我们比别的孩子穿得少，但却不像刚进入冬天那么寒冷，也就不再向母亲提出要羊毛衫和滑雪衫的要求了。

手捧着给孩子准备的棉衣，想想当年饥寒交迫的生活，我理解了母亲当年的无奈。她何尝不想给我们穿得暖和一点、漂亮一点呢，在贫穷的日子里，她教我们学会抵抗风暴，也是伟大的母爱啊。

——原载2022年11月16日《现代快报》

水芹里的家教

昨天去菜场买菜时,看到水芹已经上市,连忙买了一把。生在水乡的我对水芹并不陌生,家乡的河道内、池塘里就有人种水芹。

水芹,又叫刀芹、河芹、楚葵、蜀芹、野芹,为伞形科多年生水生宿根草本植物。一到冬季,水芹菜绿色的叶子就浮在了水面上,它随着河水缓缓摇动,就像仙姑的裙带一样飘飘欲飞,让淡白的水面像泼洒了点点墨汁一样有韵味,好似一幅水墨画。艳阳高照时,如果你走近它,轻轻地嗅一嗅,还能闻到丝丝药香,让人清新提神。

水芹不仅外形婀娜多姿,其神韵也颇得文人墨客的青睐。"思乐泮水,薄采其芹。"古时的读书人若考中秀才,到孔庙祭拜时,先要在大成门边的泮池里,采些水芹插在帽冠上,这样才算是真正的读书人,所以读书人又被称为"采芹人",给书生们平添了一种清纯的精神、脱俗的气质。

在我家乡,水芹一般用来炒肉丝,或者炒千张、炒豆干。在菜场买了水芹后,我又买了几块豆腐干。到了家中,掐掉水芹叶子、撕去根须,冲洗去污,切成了几段。摆放在瓷白的盘子里,淡绿近白的芹段在红辣椒丁的点缀下,宛如美丽动人的青春少女,漂亮极了。水芹倒入锅中炒上几铲,放入豆腐干,再炒上一小会儿,浇上香醋、淋上麻油,酸香扑鼻,不禁让人口舌生津、垂涎欲滴。

热气腾腾的水芹炒豆干端上桌后,吃惯了大鱼大肉的儿子连声称赞，说炒出来的水芹淡雅、芳香、清脆、爽口，不一会儿一盘子水芹就吃光了，平时只吃一碗米饭的他竟然干掉了两碗饭。

一边吃饭，我一边跟孩子说："你今年上初三了，学习任务重，平时要注意调节好各科的学习时间。比如，数学题做了一会儿，脑子有点糊，可以做做语文、记记历史知识点。就像我给你做菜一样，每天不重样，这样你才有食欲。今天的水芹是今年第一次吃，感觉不错吧，这就是调节带来的效果。你长这么大，还不知道水芹是怎么生长的，更不知道是怎么采上岸的，冰冷的天，水寒刺骨，农民们要到水里去，从淤泥里连根挖出来，多不容易啊。你现在生活条件这么好，更要有吃苦精神，全身心地投入学习，一定要对得起你自己……"我说着，孩子似懂非懂地点头应和着。

跟孩子说这些话的时候，我想起小时候母亲借机教育我的情景。尽管家乡河道多，但不是每家每户都会种水芹，我家只有在年夜饭上才能吃到这道菜。每年做年夜饭，母亲都会炒上满满一大盘子水芹，母亲一边给我们兄弟俩搛菜，一边说："过年就要多吃（水）芹菜，这样人才能更勤劳。什么时候都不能懒，懒人不得出相（出息），让人瞧不起！你们以后一定要做个勤快的人……"

文盲的母亲并不知道水芹有"菜之美者，云梦之芹"的雅称，她只用她能够理解的朴实无华的话语来教育我们。纯朴的话语饱含着她对我们的谆谆教诲和殷殷期盼，就像我对我的孩子那样。

——原载 2013 年 1 月 6 日《中国审计报》

赵金兰的"快递清单"

上午九点多钟,在村东头小卖部前的空地上,围坐成一圈的老头儿老太们正东家长西家短地唠着家常。这时,快递小哥开着载满货物的三轮车冲了过来。

"赵金兰,你的快递!"快递小哥一边翻身下车,一边大声喊道。

"怎么又有快递,昨天你不是才给我送过吗?"赵金兰连忙站了起来。

"是啊,你的快递多,不然还不知道你就叫赵金兰呢。现在每次收货,我都把你的快递放在第一个!"小哥一边给她递纸箱,一边往空地上卸货。

赵金兰吃力地拎着纸箱坐到小板凳上,老头儿老太们就围了上来。她拿着剪菜用的剪刀划开透明胶带,打开纸箱盖,酱油、蚝油、料酒、麻油……各种玻璃瓶和包装盒就露了出来。赵金兰一件件拿起来又放进了纸箱里,脸上堆满了开心的笑容。

"怎么调料也给你寄啊,我们这里又不是买不到,这是哪个寄的啊……"

"肯定是我儿子寄的,前几个月才寄过调料回来。你们不晓得,除了调料,衣裳、水果、日用品什么都给我寄,叫他不要寄不要寄,就是不听……"赵金兰抱怨的话音里透着满满的骄傲。

晚上,刚吃过晚饭的赵金兰接到了儿子打来的电话。

"妈,寄给你们的调料收到了吗?我这边显示已经签收了!"

"收到了收到了,下回不要寄了,家里能买到呢。你们工作倒忙煞了，还天天为老娘烦神！"

"收到就好，用完了我再给你们寄。"

"我们有钱用呢，你们孩子小，用钱地方多，还要还房贷，手头也不宽绰，以后别寄了。咦，你怎么晓得家里没调料了？"

"上次给你们寄的调料有3个月了，应该用完了。前年给爸买的棉皮鞋估计不能穿了，今天我在网上又买了一双，再过几天快递送到，你记得拿一下。上次买的梨子你们吃完了吧，刚才我在网上买了梨子和柚子。你们牙不好，吃不动就蒸水喝。"

··········

我的母亲赵金兰今年71岁，一辈子生活在农村，省吃俭用，从不乱花一分钱。今年由于工作忙，孩子又面临中考，一直没能回去看他们，只好在网上隔三岔五地给他们买些生活用品。

开始的时候，我是无规律地买，想起来就买一点。后来，我在电脑上专门做了个表格，取名为"赵金兰的快递清单"，上面有物品名称、购买日期、数量、受欢迎程度、是否复购、拟复购日期等项目。父母喜欢的、需要的物品，到了复购日期，我就上网采购，保证不"断档"。

电话里，我一边跟母亲说着话，一边翻着手中的"快递清单"，清单上显示再过两天，就要给母亲买暖宝宝了。年前还要再给他们采购一批物品，保证用到春节。等今年春节回去，带他们逛街购物，正好把"清单"再完善一下。

——原载2022年12月28日《扬子晚报》

岳父的泪花

妻子坐上车,摇下车窗,挥手向站在路边的岳父岳母告别。不经意间,我看到岳父的眼睛里依稀噙着泪花。那一刻,我的心似乎被撞击了一下,既心酸又温暖。

今年春节去不去重庆岳父家过年,我是有些犹豫的。孩子今年要中考,怕影响他学习,一直举棋不定。那天孩子跟我说,已经四年没看到外公外婆了,让我下了决心,今年去重庆过年!

我把这个想法告诉了我的父母,母亲在电话里说:"你跟小娟(我的妻子)早就有约定,双方父母家轮流过年,今年虽然轮到我们家,但是你们都好几年没去过重庆,小娟也几年看不到父母了,应该去!不要牵挂我们,安心去!"那一刻,我被父母的宽容大度和通情达理所感动。

出发那天,我兴奋得早早就醒了。全程九个多小时车程,竟然一点也不感觉到困。我看着窗外的青山、峡谷、麦田和河流,心旷神怡,舒坦极了。这是三年多来第一次出远门。平时在单位工作,前面三个春节都在南京值守。今年春节有机会到外面走一走,换一换心情,也是内心想要去重庆的原因之一。

刚出火车站,孩子就冲向外公外婆,给他们来了个结实的拥抱。岳父岳母脸上绽满了笑容,口中还不停地说道:"幺儿好乖哟,恁个多年没看到了,长得恁个高了啊。哇,不得了哎……"

围着翻滚沸腾的火锅,一家人开心地吃着、说着、笑着,袅袅上升的热气让每个人的脸都变得温润起来。一向不善言辞、性格内向的岳父还不停地问起我们的点点滴滴,问一句、笑一下,我们回上一句，仿佛要让我把这几年来的日常都向他事无巨细地讲出来才解馋似的。岳母在边上催着说："抓紧吃菜，孩子们回来要待 6 天呢，后面慢慢说。幸好今天吃的是火锅，要不然像你们这样只顾说话，菜都要凉了！"说得我们哈哈大笑了起来，连忙动起了筷子。

每天一起床，岳父就问我们早饭想吃什么。听说我们想吃重庆小面，他丢下早饭碗，就带我们下楼。到了面馆，还抢着付钱。趁我们吃饭，岳父就把当天的午饭、晚饭安排告诉我们，交代我们走亲戚时要带些什么。

晚上回到家，岳父都要跟我们说一会儿话。有时候是问工作，有时候是问孩子的学习，有时候是问家庭生活有没有困难，有时候是给我们讲他们的身体情况、生活开支和人情往来。几乎每天都要聊到很晚，岳母催着他赶紧洗漱，让我们早点休息，每次岳父都有些欲言又止。

印象最深的就是岳父听说我工作干得不错被组织提拔时，他高兴得脸上挂满了光彩，郑重地说："文龙没让我们失望，我们脸上有光。组织提拔你，不仅是你工作做得好，更是对你的信任，是给你压担子。经过考验，你是合格的。希望你挑好组织交给的担子，加倍地工作，干出一番成绩来。另外，千万不能违规违纪，平安才是最大的幸福啊！"听到这些，我觉得岳父的形象又高大了许多，内心里牢牢记住了他的嘱托。

后视镜里，岳父岳母的身影越来越小，但他们的双手还在不停地挥动着……

——原载 2023 年 2 月 8 日《扬州日报》

那一碗腌笃鲜

我的家乡没有腌笃鲜这道菜,第一次吃是在前几年春天全家去皖南游玩的时候,出于对当地菜的好奇,就点了它。

腌笃鲜端上桌时,一股鲜香直钻入鼻腔,我禁不住被它的鲜味打动,嘴巴条件反射般地咂巴了一下,满口生津。上前一看,只见那浓浓的乳白色汤水就像凝脂一般,薄薄的咸肉片、冬笋片静静地安卧在汤汁中,让平静的表面变得生动起来。千张结就像那书童陪伴着书生一样与咸肉片、冬笋片须臾不离,在碧绿莴笋的点缀下,满碗的黄与白更加耀眼夺目起来。

咬一口笋片,咔嚓咔嚓脆响,有点涩,更有些甜。经历了风霜雨雪的咸肉片瘦而不柴,香滑软嫩。饱蘸浓汁的千张结囊括了整碗的鲜,让豆香只成为整首乐曲中的一个小小音符。莴笋兴许是最后才放到汤里去煮的,要不然吃到嘴里怎么会有脆生生的口感呢?不过,正是这味道让它成为腌笃鲜里不可或缺的成员。

我和爱人吃得满头大汗,平时不爱喝汤的儿子竟连喝了两三碗,还说不过瘾。睡觉前,他还问我什么时候给他做腌笃鲜。

回来以后,我就忘了这事。待想起来,又不是有鲜笋的季节。到了冬笋、春笋上市了,家里又没腌咸肉,只好作罢。有时候孩子问起来,我就以这些理由搪塞他。

今年春节回老家,父母特地给了我两大块咸肉。我说我们平时不爱吃咸货,怎么想起来给我们咸肉啊。母亲笑着说:"年前偶然听到东东(孩子的小名)说过一次,说家里从不腌咸肉,害得他怎么也吃不上腌笃鲜。你父亲就记住了,特地买来黑猪肉腌的。喏，这两块咸肉怎么样，回去就给我孙子做腌笃鲜吧！"拎着沉甸甸的咸肉，我心里充满了幸福和感激。

回到家中，我赶紧买来鲜笋等食材，按照搜索到的烹制方法兴致盎然地做了起来。汤水烧开时，锅盖像听着欢快乐曲的舞者在开心地有节奏地跳着，"噗噗噗"的声音像厨房里正演奏着高亢的进行曲。写作业的孩子隔一会儿就跑过来看一下，每次都急切地问我什么时候能好。

我一边炖着腌笃鲜，一边炒着其他菜，心里还想着今天这碗汤一定能够得到孩子的表扬。就在所有的菜都做好，准备端上桌时，我突然接到了领导电话："文龙，明天上午区里要来检查养老院工作，这是你负责的，你现在就到单位加个班，把相关材料准备好！"

挂完电话，我拿起外套就准备出门，妻子让我先吃一点再去，孩子也让我先喝一碗腌笃鲜汤。我说时间太紧，还是先去单位，不要怕我饿，办公室里有方便面。

加完班到家，孩子给我泡了一杯茶，说我累了，让我在书房里坐着看看报纸，休息休息。

不一会儿，孩子端着一碗热气腾腾的腌笃鲜走了进来，对我说："爸爸，这是你为全家做的精美菜肴，非常好吃，我特地给你留了一碗，你来尝尝！"原以为他们会把腌笃鲜全部吃完，没想到还有意外的收获。

喝上一口腌笃鲜汤，鲜得我掉下了眼泪……

——原载 2023 年 2 月 23 日《春城晚报》

电话里的"偷听"

母亲不识字,每次都是我给她打电话。打完电话后,也是我先挂断,要不然她找不到挂机按键。

上个月底,我像往常一样打电话给她,母亲照例拉拉杂杂地跟我说着家常话,叮嘱我把孩子照顾好,工作干好,不能出差错,让我不要担心他们,他们过得很好。

就在我跟母亲开心地说着话时,在客厅写作业的孩子突然叫我,我连忙跟母亲说:"不说了不说了,你孙子叫我有事了!"没听清楚母亲在电话里说些什么,我撂下手机就跑到了孩子身边。

等我再拿起手机时,发现母亲还没挂电话,里面隐约传来母亲和父亲的说话声。

"你不要跟文龙说我感冒的事,他一天忙工作都累得够呛,孙子今年要中考,家里家外都是事,不能让他担心,不能影响他工作……"父亲瓮声瓮气地说着。

"你什么时候听到我跟文龙说你感冒啦,这点数我还没有吗?他工作忙,我们帮不上就算了,还能再给他添麻烦啊!"母亲嗔怪着说道。

"下次文龙再问你,家里还缺什么,你就说什么都不缺,家里都有,他们负担重,不能让他再为我们花钱。"

"哪一回我不是这样说啊,要有用呢,他寄东西给我们之前也不说,我哪晓得他要寄啊!"

……

我听着电话里父母交谈的声音,羞愧的心情、难过的心情混杂着涌上了心头。

每次我打电话给母亲，都是只跟母亲一个人说话，"顺带"着问问父亲的情况。有时候母亲不在手机边上，父亲接电话时，说不到两句就挂了。再后来，只要是父亲接的电话，他就会说："你晚一点打过来哦，等你妈妈回来再打！"

第二天，我就到药店买了感冒药、消炎药、止咳药，又去超市买了茶叶、蜂蜜和日用品寄了回去。

上个周末晚上，我给母亲打电话。母亲的声音刚传来，我立即说道："让爸爸接电话！"

父亲兴奋地接过了电话，还问我是不是知道他感冒了，特意给他寄感冒药回去。我强忍着哽咽："啊！你什么时候感冒了？打电话你们怎么没说？你们岁数大了，我们又不在身边，可要注意身体啊。最近天气变化无常，容易感冒，寄药回来本来是给你们备着的。现在感冒好了吗？"父亲连声说道："好了，好了！你不要为我们担心！你自己要注意身体！来，你跟你妈妈说话！"

母亲接过电话就是一顿责怪："叫你不要给我们寄东西，叫你不要寄，就是不听，我们有钱买呢。你怎么晓得你父亲感冒的啊！不碍事，几天就好了，你放心！"我没好告诉母亲真相，只好用回父亲的话来搪塞她。

说完一通话后，我跟母亲说了再见。这次我没像以前一样迅速地挂掉电话，而是把手机放在耳边，"偷听"了父母说些什么……

——原载 2023 年 3 月 13 日《扬子晚报》

"放假"的欢喜

前天晚上,妻子接孩子放学刚到家,我已经把热腾腾的饭菜端上了桌。看着色泽鲜艳、摆放整齐的鸡鸭鱼肉呈现在面前,上了一天课的孩子边吸着鼻子边大声嚷嚷着说:"真香,真香!现在就开饭,我太饿了。"

妻子连忙从厨房里拿来碗筷和汤勺,还问我要不要喝一杯解解乏。孩子吃得满头大汗,边吃边评价道:"爸爸今天做的辣子鸡真不错,鸡肉不硬也不烂,一看就特别有食欲。今天的清蒸鲈鱼也非常好吃,一尝就知道用了蒸鱼豉油,最特别的还是这葱丝,切得纤细匀称,为这道菜又加了分……"

我十分受用地吃着菜,还跟孩子打趣道:"你小子都吃出经验来了,俨然一个小美食家。我看再这样下去啊,你的嘴都要吃刁了。"妻子在一旁假装不高兴地说道:"可不是嘛,现在他就认你做的菜,我做得再好啊他都不喜欢吃了!""那还不是你做的菜没有爸爸做得好嘛!"孩子抢白道。

以前老人跟我们一起生活,做饭都是老人"包办"。自从孩子上了初中,老人回老家以后,做饭就成了我的"专利"。我不仅通过各种途径学习烹饪的方法,还每天注意了解孩子喜欢吃什么不喜欢吃什么。慢慢地,我的烹饪水平越来越高,做的菜也越来越对孩子的胃口。特别让孩子满意的就是我还注意"创新",每天做不同品种的菜肴。即使是同一个品种的菜,我还采用不同的烹制方法,不仅让他吃得满意,还吃出了"门道"。

就在快吃完饭的时候,我对他们说:"明天晚上我们单位有个应酬,不回来吃饭了,你们想吃什么,我明天中午回来做好,你们晚上到家以后，热一下就可以吃了。"

原以为孩子会开心地提出要求，没想到他听了以后连忙说道："爸爸，你难得在外面有个活动，你安心去，别管我们，明天你也不要中午回来做饭了，我们自己解决。"这倒让我很诧异，一种突然"下岗"的感觉侵袭了我，一时还真难以适应。妻子也笑着说道："每天都是你做饭，辛苦了，明天正好给你放一天假，你就安心应酬，不要操心我们了！"

不甘失去"专职厨师"地位的我还是紧追不舍地问他们明天怎么解决晚饭问题，孩子神秘地说道："暂时保密，明天晚上你到家了我再告诉你！"

估计再问也问不出"答案"，我只好放弃，心里还是有些不踏实。

今天晚上跟同事一起聚餐，看着满桌的菜肴，我还在想着，他们今晚吃什么呢？

九点多钟回到家，孩子在写作业，妻子在沙发上刷手机。我到家第一件事就是问他们晚上吃的什么，孩子还卖关子让我猜。见我实在猜不出来，他哈哈大笑着说："爸爸，晚上我和妈妈吃的兰州拉面。你可别担心我没吃饱啊，我还点了几根烤羊肉串，一张饼和一个鸡蛋，怎么样，营养够了吧！"

我疑惑地问他怎么想吃这个了，孩子委婉地说道："爸爸，你平时做的菜确实非常好吃，我们一家人都很喜欢，可是天天吃你做的菜，做得再好，也有点'味觉疲劳'。平时我如果跟你说想吃羊肉串，你一定要跟我讲半天的食品健康问题，肯定不同意我吃。这不你正好有应酬，不仅给你放一天假，也让我的味觉享受一天难得的'假期'嘛。你看，这难道不是皆大欢喜的事吗？"

听他这么一说，我前面悬着的心真的放下来了。一次偶尔的"脱岗"，不也正是一次难得的"放假"吗？关键是这个"放假"还放出了全家人的欢喜。想想，还真是挺有趣的。

——原载 2023 年 3 月 28 日《滕州日报》

手写说明书

前几天给母亲打电话，她说他们一切都好，就是最近老家患感冒的人多，让我们不要担心。我连忙提醒她不要随意串门，年龄大了，抵抗力差，容易被感染上。

打完电话后，我让在医院工作的妻子明天上班开点感冒药回来，寄回老家给父母备着。

第二天下班，妻子带回来四五盒药，有感冒灵冲剂、退烧药、消炎药，其中还有一盒进口的抗病毒药。

我一盒一盒地拿起药品说明书看着，准备在电话里指导父母如何服用。儿子在边上说："爸爸，我们一次给爷爷奶奶寄这么多药，就怕他们弄乱了，那麻烦就大了。而且，你看，这说明书上的字太小，爷爷看报纸都要戴老花镜，这上面的字他能看清楚吗？"

一语惊醒梦中人！是啊，别说这么多的药物父母容易搞混淆，就是每种药物怎么服用也会把他们搞得头晕。正当我为如何让父母安全用药苦恼时，孩子又对我说："爸爸，你可以在药品盒子上编号，然后每个号的药物再给他们手写个说明书，就用平时说话的方式写，这样他们就会记得很清楚，你千万要记住，字一定要写得大一点啊！"

我不得不佩服孩子的聪明机灵。说干就干！按照孩子教我的方法，在药物盒子上分别写上了大大的编号1、2、3……

给盒子编上号后，我又依次写起了药物使用说明书：1号，退热药，体温达到38.5度以上吃一颗，12小时内如果不退热，再吃一颗，退热就不要吃了。2号，消炎药，喉咙疼的时候吃，一天吃三顿，每顿吃一颗，一定是吃过饭以后再吃。3号，抗病毒药，身体不发热不要吃，如果身体发热了，每天早上、晚上吃一颗，要连吃5天……每份说明书上的字都特别大，几乎占满了一整页。

妻子看着手写的说明书，对我竖起了大拇指，笑着说："你这个是药物包装盒上说明书的'翻译版'啊，不过这个好，实用，相信他们一看就会了。对了，你要提醒爷爷他们一下，身体不舒服了就给我打电话，我来告诉他们该吃几号药。"

昨天晚上，我们正在吃晚饭。父亲打来电话，中气十足地对我说："你们寄回来的药都收到了，一看寄那么多，我还担心怎么用呢，再看到每个盒子上都粘贴有说明书，一下子就明白了，字写得那么大，我不戴老花镜都能看得很清楚。你们放心，我们会注意身体的，孙子马上要中考了，你们都要保重身体啊……"

听着父亲的叮嘱话语，那顿晚饭我们全家都吃得很香。

——原载 2023 年 5 月 8 日《人民政协报》

一个"勤"字代代传

从记事时起,父母的辛勤忙碌就在我脑海中刻下了深深的印记。

每天早晨我和哥哥醒来,锅灶里已经有母亲提前煮好的稀饭,她和父亲早就到地里干活去了。中午放学回来,难得一家四口在一起吃一顿饭,要么父亲在外面干活,要么母亲匆匆扒上两口饭,拿起饭盒带饭给在田地里干活的父亲。

后来,父亲买了一辆拖拉机跑起了运输。每天凌晨,我还在迷迷糊糊中就听到机器的声音,父亲已经出门了。晚上我们已经睡觉,父亲还没回来。母亲经常对我说:"我们家穷,你们爸爸起早贪黑就是要比别人勤快,这样才能过上好日子。"

那时,我家的房屋虽然破旧,但是里里外外被母亲收拾得干干净净,堂屋里的木柜被母亲擦得一尘不染。冬闲时节,母亲每天都给我们纳鞋底,经常是我们一觉睡醒,她还在灯下忙碌着。

每年春节的年夜饭,母亲一定会做一道"水芹百叶"。边给我们搛菜,母亲边说:"吃了水芹菜,人要变勤快!希望你们要牢记勤是传家宝,一代一代传下去!"

在父母的"勤劳"教育和影响下,我和哥哥从不偷懒,家务活我们分工做。哥哥挑水劈柴,我就烧火做饭;哥哥养鸭放鹅,我就割草喂猪。每天放学路上,我们都会捡些柴草回来。到了家,放下书包就跟母亲去自留地里给瓜果蔬菜浇水捉虫。农忙时,我们更是跟在父母身边,帮忙做一些杂活。上了初中,我们就能下地跟父母割麦割稻、挑担运肥了。每年插秧是最忙的时候，哥哥一早跟着父母下地干活，我也早早起床去集市上买菜，回来后先把全家人的衣服洗好，然后一个人做好一桌菜，招待前来帮工的邻居们。吃过午饭，我洗完碗又跟他们一起下地插秧。

记得有一次到亲戚家吃饭，我和哥哥不由自主地帮着扫地洗碗，亲戚连忙阻拦说："你们是客人，怎么能让你们忙呢？"母亲听到这，笑着说："他们兄弟俩在家勤快习惯了，就让他们俩做点杂事，什么时候都不能吃'闲饭'啊！"

有了孩子后，我也有意识地培养他勤快的习惯。凡是他能做的事都一律交给他做，从不包办。孩子 7 岁那年，父母亲来我们家小住。每天，我和爱人做饭，孩子就负责洗碗。每天洗澡前，他自己找衣服。洗完以后，自己洗自己的衣服，还要自己叠当天晒干的衣物，并整整齐齐地码在衣柜里。早晨起来，他自己叠被子、整床铺。睡觉前，他自己整理第二天上课用的书本和文具。每个周末，他要负责自己房间的卫生打扫，擦桌子、拖地、整理书柜等。

看到孩子既能独立完成自己的事，还会做家务活，父母很高兴，开心地对我说："我们家的勤劳家风是一代代传下去了！"

——原载 2023 年 5 月 20 日《黄石日报》

让母亲"好意思"

昨晚给母亲打电话,我像往常一样问问她最近身体怎么样,父亲是不是还经常出去打零工,叮嘱她在生活上不要节约,多买点鸡鸭鱼肉吃,健康上不要舍不得。母亲随口应承道:"吃的、吃的,没有舍不得花钱。"她还让我不要操心他们,她和父亲在家一切都好。

说到哥哥最近买了新房,母亲在电话里更是笑得合不拢嘴,连声说:"这下我的心愿都满足了,也幸亏你多帮忙,给你哥哥支持,要不然他们买房还有很大的困难,弟兄相处就要这样……"母亲平时好烦神、爱操心,我和哥哥家里有一点事,她都要天天念叨,有时候甚至影响睡眠。所以,每次给她打电话,我一般很少说一些"不如意"的事情,尽说她高兴的事儿。听到母亲在电话里那么开心,我心里也像灌了蜜一样甜。

再过一段时间就要农忙,父母在家还种了五六亩地。他们今年都七十多岁了,真担心他们过度操劳。当我把这个疑虑告诉母亲后,没想到她轻松地说道:"儿子,你放心,现在种田人快活呢,割麦是机器,收完麦子直接送烘干房,就能拿到钱了,后面犁地、插秧都是机械,你不要担心,一点也不累!"

尽管母亲说得如此轻描淡写,但我知道父母要强的性格,农忙时他们一定不会像平时那样轻闲的。我反复提醒她不要太过劳累,每天控制劳动时间,只做做拿拿接接的活就可以了。我还关照他们这段时间更要加强营养,多补补。说到这,突然想起了平时一直给她买的蛋白粉不知道还有没有。

听我问她这件事，母亲歉意地笑着说："你不说，我都没打算告诉你，你上上个月寄回家的蛋白粉两周前就吃完了。"我追问她为什么前几次打电话都不告诉我，母亲似乎抿着嘴说："一年到头，不晓得你给我们买了多少东西啊，从用的到吃的，不知道花了多少钱，我真是不过意（不好意思）。你们弟兄两个呢，你哥哥负担重，那也不应该让你一个人为我们花钱啊……"

原来母亲没有告诉我的原因竟然是这个！那一刻，我心里真是难受极了！当我说明天就给母亲再寄时，她在电话那头坚定地说不要。

我一边跟她说，一边在想如何让母亲"好意思"接受呢，突然想到前几天妻子说母亲给我们寄来的咸鸭蛋非常好吃，那是母亲专门为我们腌的。她还特地告诉我们，每天一早，她就到养鸭人家买刚生下来的蛋，图的就是新鲜。想到这，我就不经意地说："妈，什么时候你再给我寄点鸭蛋来啊，你媳妇孙子都喜欢吃呢。"母亲一听，嗓音提高了八度，自豪地说："我就说好吃吧，没问题，明天就去买，保证你们一个月以后就能吃上新鲜的鸭蛋！"

这时候，当我再说后天她就能收到蛋白粉时，母亲已经不像开始时那样坚持拒绝了。

孩子向父母索取时总是那么理直气壮，父母向子女伸手时却犹犹豫豫甚至张不开口。看来，以后我只有偶尔给母亲提点"要求"，向她索要一点，她才能够非常"好意思"地、坦然地接受我的小小回报啊！

——原载 2023 年 5 月 24 日《南方农村报》

嗜茶如父

真是万万没想到,我竟然也爱上了喝茶,已经到了每天不喝点茶就觉得缺少点什么、就感觉身体总有点不自在的地步,每天不定时地啜饮上一两口茶,浑身都舒坦了。要知道,我以前可不是这样的。

我是个急性子,做起事情来风风火火,这也表现在解决口干舌燥上。每当口渴似灸之时,不管是茶是水,一点不挑,拿过来就一顿猛灌。

犹记得儿时暑天,跟小伙伴们玩得挥汗如雨、嘴里冒烟时,跑到厨房,拿起竹瓢,在水缸中舀上一瓢水,咚咚咚……不过一会儿就全倒进了肚子里,有时候一瓢不够,还要再喝上半瓢,冲出门外时,还听到满肚子水晃动的声音。要是《红楼梦》中的妙玉看到我这副模样,一定要笑我是饮牛饮骡了。

在印象中,上学读书时,也没有带水杯的习惯,渴了就到老师家,或者到食堂里去讨口水喝,更别提喝茶了。后来参军入伍到部队,每个人都配发了茶缸,既可以洗漱,也可以喝水,就这样,还是没有养成喝茶的习惯。一是身边战友没有人喝茶;二是也没那个闲暇时间去品茶,再说不多的津贴还要用来买书买生活用品,根本想不到去买茶叶来喝。

人生的前 40 年就这样与茶无缘。

可是,我的父亲却一辈子酷爱喝茶。不管他走到哪里,不管是闲时还是农忙,他的茶杯是不离手的。母亲知道他这个爱好和习惯,所以不管什么时候,家中的水瓶总是满满的。每天早晨起来，或者每天做饭的时候，母亲第一件事就是烧开水。我经常看到父亲一边摇头晃脑地吹着水杯口，一边眯着眼睛慢悠悠地品着茶。那种陶醉、那种满足，让我很不理解，茶有这么好喝吗？

那些年家里穷，除了买必备的生活用品，母亲还要抠出钱来给父亲买茶叶。那个如锈一般色彩的茶叶罐子从来不空。茶叶不是名贵的，贵的也买不起，而是枝粗叶阔的那种。有一次我好奇地尝了尝父亲的茶，刚喝一口，立即就吐了出来，真是太苦了，这哪是茶呀，仿佛药味一般。还有一次，我放学一路疯跑回家，口干得要命，开门看见桌上有一杯泡好的茶，不管三七二十一，一口气喝了个底朝天。当我在写作业时，母亲回来看到我把茶喝完了，立即就骂起我来，说这是给你父亲提前泡好的茶，他一会儿干活回来，正好温温的，解渴，你小子不问青红皂白喝个干净，让你父亲回来喝什么啊？从那以后，我再也不敢碰父亲的茶杯了。

这几年，开始往 50 岁上走了，脾气也比年少时温和了许多，加上坐在办公室的时间多了，没事的时候我也闲情逸致地泡起了茶。刚开始喝的时候，不习惯，是皱着眉头喝的，每天最多喝一两杯茶，但是越喝越觉得茶有味，越喝越爱上了茶。看着茶叶在沸水中载沉载浮，看着茶汤渐渐变浓，看着袅袅上升的茶烟，闻着隐隐幽幽的茶香，真的是惬意极了！现在每天不喝上四五杯茶，就觉得这一天过得并不充实，真是跟我的父亲一样了。

知道父亲爱喝茶，我经常会买些茶叶给他。每次母亲都会跟父亲说："你看，还是享孩子的福吧，要不然，你哪有这么好的茶叶喝！"

——原载 2023 年 6 月 12 日《淮海晚报》

吃土豆

每个人都有不喜欢吃的食物，而我就不喜欢吃土豆。只要菜肴里有土豆，我碰都不碰。如果只有这一道菜，我宁愿吃干饭，也不捡一块土豆来吃。

吊诡的是我的爱人和孩子喜欢吃土豆。无论是炒土豆丝、炸土豆片，还是拌土豆泥、烹土豆块，他们都风卷残云般大吃一空。在他们的"诱导"或是劝说下，偶尔我也尝一点，但往往刚入口就吐了出来。若在公众场合，只好强忍着咽下去。

成家20年来，我在家里的主厨"地位"越来越牢固，其他人无法撼动，每天买什么菜、吃什么餐，都是我"说了算"。因为我不爱吃土豆，所以一年到头，我们家几乎不吃一颗土豆。爱人和孩子偶尔吃上一回，要不是我不在家，爱人下厨时才有；要不是在外面吃饭时，孩子点份土豆来解馋。

最近孩子初中毕业放暑假在家，对于每天吃什么菜也会发表一些意见。他几次提醒我买些土豆回来，我就像没听到一样，没有满足他的要求。

昨天，我刚要出门买菜，孩子又让我买土豆。我反问他："土豆有这么好吃吗？你是不是真想吃了？"孩子委屈地说："都跟你说过好几回了，一回也没买。你不喜欢吃，也要考虑考虑我们啊！"听他这一说，我还真有些惭愧。主观主义害人不浅！自己不喜欢的东西，别人就一定不喜欢吗？况且，我是知道爱人和孩子非常喜欢吃土豆的。细想起来，自己还是太自私了。

想到这些，我果断地对孩子说："今天一定买土豆，用土豆给你做两道菜，让你好好解解馋！"见我不再顽固地坚持且又迅速地答应他，孩子十分高兴，还给我讲起了多吃土豆的好处，似乎想拉我"入伙"。孩子用老气横秋的口吻跟我说道："孔子说过'己所不欲，勿施于人'，这固然是一种美德，但是自己不爱吃的食物也不能阻止别人吃啊。我认为我们都要做到'己所不食，勿慢于人'。别人喜欢吃的食物，自己再不喜欢，也要尽量满足。爸爸，你说是不是这个道理？"

别说，还真是这个理，我没有理由反驳他。等他说完，我高兴地说道："儿子，你今天给我上了一课。以后啊，我们多交流，我也不会再固执己见，我们共同把家里的日子过得和和美美的！"

出门的那一刻，我已经有了主意，以后土豆就是我们家的家常菜、"座上宾"了！

——原载 2023 年 7 月 21 日《现代快报》

花生里的思念

我特别爱吃花生，这个嗜好和我的外公有关。

小时候，一到村里澡堂子开业，外公就忙了起来，每天一早他就在家里包花生。包装纸是提前裁好的四四方方的报纸，花生是刚在锅里炒熟的。只见外公左手握着卷成筒装的纸袋，右手轻轻抓上一把花生，麻利地丢到纸袋里，再将纸袋扎好口，一袋袋喷香的花生就包好了。

看外公包花生是一种享受，就像看魔术师表演一样，每次看得我很痴迷。别以为外公那么随手一抓就会出现重量上的偏差，我曾经好奇地称过，外公包的花生几乎每袋都一样重。

吃过午饭，外公背着箩筐去了澡堂子，帮老板打打杂，顺便再卖卖手包的花生。外公勤快，眼里有活，忙得团团转的同时又热情地招揽着生意。因为外公手包的花生早上刚炒好、包好，味道香、口感脆，所以不到澡堂打烊就能卖光。尽管如此，外公还是坚持到澡堂子打烊才回家，晚饭都是提前从家里带过去的，从不占老板一分便宜。

那些年，每年春节到外公家拜年，老远就能闻到浓浓的花生香。外公知道我们爱吃，早早地就在堂屋桌上摆满了花生。一坐下来，外公早就准备好的红包都看不上了，眼里只有那饱鼓鼓的花生。喝喝水，嚼嚼香喷喷的花生，再跟表哥表弟们打打闹闹，哪还顾得上满桌子菜呀。

那些年，一到农闲，外公就会到我家来住上一段日子。每次外公来，就是我和哥哥最开心的时候。母亲总会隔三岔五地去打肉买鱼，或者杀鸡宰鹅，想方设法做几个菜。这让我们贫穷的日子有些奢侈，又让我们寡淡的舌尖有了丰润的滋味。

那年入伍之前，我专门去看了外公。中风后的外公静静地坐在屋檐下的椅子上，双手抄在袖筒里，听我说就要去部队，外公的嘴唇颤抖着，说不出话来，两行眼泪默默地流了出来。当兵第五年，我在军校接到了外公去世的电话。因为我在部队，外公走之前特地交代不要告诉我。未能见上外公最后一面，这也成了我一生的遗憾。

随着年龄的增长，我对花生的喜爱更甚，这里面饱含着我对外公的思念。外公的爱也像花生壳一样，将我紧紧包裹着、保护着。

——原载2023年第12期《家庭百事通》

"总指挥"

昨天晚上给母亲打电话，本以为像往常一样说说家长里短，说上几分钟就挂电话，没承想竟然聊了20多分钟，母亲在电话里一直跟我说着为侄儿明年办婚礼做准备的事。

她说确定明年五一给侄儿办婚礼后，她就开始忙了起来。"先要找厨师，五一办酒席的人家多，不提前订好，婚宴就要打折扣，就像唱戏没请到名角一样。我找了你大伯的女婿，就是你堂姐夫，你不是认得吗，他开过饭店，又在工厂当过厨师长，手艺直接没话说。"母亲开心地向我说着，还问我觉得这个决定怎么样，我笑着回应她说："你这个决定就像我们单位领导作出的决策一样，非常英明！"

听我夸赞她，母亲更是情绪高涨，又说找完厨师就订大篷，还要找场地。"孙子婚礼是大事，在家门口场院摆不下那么多桌，我打算在西面集贸市场边上搭大篷，占不了他们多少位置。这么喜庆的事，也能为集贸市场聚人气，不相信他们不同意，我明天就准备找他们谈。"母亲胸有成竹地向我说着。别说，母亲这个想法倒是很有"战略眼光"。走不了几步，场面不再局促，倒是有点"头脑"呢。

我一边听着，一边附和着，一边还表扬着她。母亲见我这么认可她的决定，感慨着说道："你说，我考虑得周不周全？像不像个'总指挥'？这段时间都为这个事焦灼了，几天没睡好觉了！"我连忙让她不要太操劳，到时候哥哥和我会提前回家筹办的。我劝慰她说："老妈，你确实是我们家的'总指挥'，这么多年，你每样事都办得顺顺当当的，但是要少烦神，'总指挥'先把身体照顾好,才能指挥我们干工作呢!"母亲连说晓得了、晓得了,还为自己解释说:"我难道不想多休息吗,'总指挥'你以为就这么好当啊,多少事要烦神啊!"

确实是这样,那年我们家盖新房子,母亲也是操碎了心。那些天,母亲早早地就起来安排任务,谁干什么、谁操作什么机械、谁在哪个位置,她都安排得清清楚楚。就连她回到河对岸的老房子里做饭,也时不时地跑出来喊上一两嗓子,及时调派人手、安排活儿。邻居就笑她,说你天天这样喊,人都被你吵死了,树上的麻雀都被你喊飞跑了!两个月后,新房子落成,母亲嗓子哑了,人也瘦了一圈。

别以为母亲只是在家中的事情上发挥"总指挥"作用,在村里的事情上,她也有指挥才能呢。前不久回老家,母亲就跟我说起了她帮助父亲处理村里的一些事。

父亲这几年当上了村民小组长,但是,父亲性格内向,又不好意思跟人家"红脸",有的事情有时候就"僵"在那儿了。前几天开会,讨论把村里的农田整体外包给合作社,有的村民不同意,甚至从中作梗,眼看这事就要"黄"了。母亲说当时她看到这个情况,立即站了出来,说要少数服从多数,外包是大趋势,如果不同意,就把他们的田调到一起去,不能夹在外包农田中间。这样既不影响外包,也不影响少部分人的利益。经母亲这一番指点安排,这事办成了。父亲感慨地说道:"你们妈妈里里外外确实是一把好手,像个'总指挥'的样子呢!"

不管是家庭还是单位,都要有个"主心骨",而且这个"主心骨"要带着大家往正确的方向走,才能行稳致远。这么多年来,正是在母亲的带领下,我们一家人的生活才过得顺风顺水。母亲今年71岁了,希望她这个"总指挥"永远带着我们一家人继续前进!

——原载 2023 年 10 月 27 日《安庆晚报》